古典文獻研究輯刊

七 編

曾永義 主編

第 1 冊

〈七編〉總目

編 輯 部 編

中國文學的對偶研究

陳柏全 著

國家圖書館出版品預行編目資料

中國文學的對偶研究／陳柏全 著 — 初版 — 新北市：花木蘭
文化出版社，2013〔民 102〕
目 2+208 面；19×26 公分
（古典文學研究輯刊 七編：第 1 冊）
ISBN：978-986-322-090-9（精裝）
1. 中國文學 2. 修辭學
820.8   102001622

古典文學研究輯刊
七 編 第 一 冊   ISBN：978-986-322-090-9

中國文學的對偶研究

作　　者 陳柏全
主　　編 曾永義
總 編 輯 杜潔祥
出　　版 花木蘭文化出版社
發 行 所 花木蘭文化出版社
發 行 人 高小娟
聯絡地址 新北市永和區中正路五九五號七樓
　　　　　電話：02-2923-1455 ／傳眞：02-2923-1452
網　　址 http://www.huamulan.tw 信箱 sut81518@gmail.com
印　　刷 普羅文化出版廣告事業
初　　版 2013 年 3 月
定　　價 七編 16 冊（精裝）新台幣 26,000 元

〈七編〉總目

編輯部　編

《古典文學研究輯刊》七編　書目

《古典文學研究輯刊》七編
各書作者簡介・提要・目次

第一冊　中國文學的對偶研究

作者簡介

陳柏全，1971 年生，廣東茂名人。東海大學中國文學系文學博士，現任東海大學兼任助理教授。主要研究詩詞格律和詩學理論、批評，曾發表〈〈「律詩」試釋〉再論——從三種唐人詩集看唐人律詩定義〉、〈何日金雞放赦回？——李白流貶夜郎時期詩歌所反映之生命情調〉等論文，出版學術專著《清代詩話中格律論研究》。

提　要

在中國文學的各種體例裡，普遍都會運用對偶，甚至在賦、連珠、駢文、近體詩、八股文等文體中，對偶更是其文體的寫作要求與形式特徵之一，而對聯則完全以對偶作爲其外在唯一的形式。從修辭手法到格律要求，乃至於獨立成篇，對偶在中國文學裡，扮演著的相當特殊的角色，它是中國文學獨有的特色。本論文即是在此基礎上，針對中國文學中的對偶所作的一系列研究。

本論文的撰述，分爲四章。第二章，談對偶的形成起源與定義。本文將對偶的基本條件界定爲：「意義相對、句法相似，並排在一起的兩個句子（句組）」，從聲律的角度提出對偶有「古對」與「律對」兩種分別，並對此兩種對偶做出清楚的定義與解釋。據此定義，進一步在第三章，縱向論述對偶的發展過程，

將對偶的發展過程，區分為「古對時期」、「古對到律對的過渡時期」、「律對時期」、「古／律對並重時期」等四個階段，著力於突顯對偶在發展過程中，性質上的變化並藉此證明對偶實有「古對」、「律對」之分。第四章，探討歷來論著對於對偶的分類，從形式與內容的角度分析前人所提出的對偶分類中所顯現的一些問題。第五章，橫向觀察對偶在各體文學中的運用，以「特定文體」、「其他體裁」以及「對聯」三個部分作為觀察重點，考察對偶在中國文學中普遍氾濫的現象。

經由以上四章的研究，本論文得出了較具新意的研究成果如下：

第一、在對偶的界定上，將對偶從聲律上區分為「古對」與「律對」，並透過對對偶的發展歷史，確定了其彼此間的衍變過程。

第二、歷來對於字數不等，而意義相對、句法相似、詞性相對的並列兩個句子，並不其視之為「對偶」，本文從「古對」的觀察以及明清四書文中「股對」的分析，得到對偶也有字數不等的形式，只是這種形式在對偶的發展過程中，逐漸少為人所運用。

第三、對偶的篇幅，不僅有兩句相對、隔句相對、多句相對，甚至可以長達數十句相對的「股對」，本文從明清四書文中「股對」的觀察分析中，發現「股對」的對偶結構，有「對中有對」的雙層對偶結構，突顯出四書文的作者，在寫作「股對」時的刻意創新之處。

第四、對於對聯的聲律，一般論者皆主張以近體詩平仄規律為原則，本文從對偶有「古對」、「律對」之分，提出對聯亦有「古對」對聯與「律對」對聯之分，並從現存對聯資料中找到不少不符合所謂對聯寫作規則的對聯，證明對聯的寫作，其實至今尚未有固定的譜式。

本文對於對偶的研究，不僅從事了全面的觀察分析，也得到具體的成果，相信對於對偶將有較為深刻的了解與體會，亦將對於對偶的研究有所助益與激發。

目　次

第二冊　建安文學探微

作者簡介

　　施建軍，河南汝南人，鄭州大學文學碩士，復旦大學文學博士，先後師從俞紹初、楊明先生攻讀中國古典文獻學和中國古代文學，主要研究方向為漢魏六朝文學與文學批評，現為上海市公務員。

提　要

　　建安文學研究是中國古代文學研究的一大熱點，論著繁多，要寫出新意勢必很難。作者知難而進，抓住研究者往往不太注意，不太注重，或者論述雖多但不夠深刻，不夠準確的問題和細節，探幽發微，新見迭出。

　　本書以論題為綱，以相關批評和研究為目，對魏晉到明清的建安文學批評史料和二十世紀的建安文學研究成果進行了比較系統的梳理，實為古往今來的建安文學接受史或研究史，其間往往不乏新意。如作者認為，辭賦仍然是建安時期的主流文體，大賦創作也並不寂寞；所謂「建安體」，主要體現在「梗概而多氣」，「漸見作用之」，「雖浸尚華靡，而淳樸餘風，隱約尚在」。諸如此類，都有助於我們更加客觀和深入地理解建安文學的成就和特色。

　　對數量眾多但一度被忽略、評價不高的三曹遊仙詩，作者詳加探討，涉及創作淵源、地位價值、創作時間、思想意蘊、曹氏父子究竟信不信神仙等諸多問題。

作者重新審視了曹操與建安諸文士之間的關係，以雄辯的史實說明，曹操不會太重視、更不會重用建安諸文士，諸文士志不得伸的不平之鳴不時發乎詩文。

曹氏兄弟爭嗣這一歷史事件對建安文學的影響非同尋常。無論是對爭嗣經過的追尋還是對其影響的探究，本書都顯得更加細緻深入，也更接近事件的本源。

目　次

第三冊　李翱研究

作者簡介

　　黃愛平，女，湖北公安人，華南理工大學國際教育學院教師。武漢大學文學碩士，師從尚永亮先生；復旦大學文學博士，師從楊明先生；上海師範大學博士後，合作導師孫遜先生。主要從事中國文學與文學批評研究，對中國文化向外傳播、跨文化傳播有濃厚興趣。於《文藝理論研究》、《古代文學理論研究》、《古籍研究》等刊物上發表《論宋詩話中的「工」》等論文多篇，參加編撰《中國語文》及其他大型辭書。

提　要

　　本文首次對李翱進行全面研究，主要關注其生平交遊、思想、文章、文論四個方面。

　　簡介其生平後，主要選取陸、梁肅、韓愈等十多人，探討他們與李翱的交際往來，探析李翱的思想淵源及生活狀態，爲後文論述打下基礎。考證李翱與韓愈關係，提供了兩人關係並非不好的充分證據。

　　關於李翱的思想，本文重新審視其重要作品《復性書》，著重探討李翱思想的儒家本色，彌補學界研究的疏漏。《論語筆解》是李翱、韓愈二人交相辯

論、探討經義的產物，但沒有受到足夠重視，筆者運用文本細讀法詳細分析了《論語筆解》是如何對先儒進行突破的，「以心解經」是怎麼回事，韓、李二人解經的價值何在，爲我們詳細瞭解韓、李二人思想發展及其在思想史上的地位提供了更爲清晰的脈絡。

至於李翱的文章，本文採用考證、文本細讀法與比較法，主要與韓愈、皇甫湜等韓派作者及柳宗元等他派作者比較，明瞭其文章特點及各自的成敗得失、李翱在韓派作者群體中的作用及他們的相互影響。

審視李翱文論思想及其作品，他提出了「創意造言」這樣具有文學性的觀點，但是因爲他本身是儒家的底子，始終都沒有擺脫「爲文明道」的影響，無論是創作還是理論都受到限制。

文後附錄《論語筆解》，爲進一步研究提供基本資料。

目　次

第四冊　楊愼生平及其文學

作者簡介

　　楊日出，男，民國 31 年出生，臺灣省雲林縣人。先後畢業於省立成功大學中國文學系以及省立高雄師範學院（後改制爲國立高雄師範大學）國文研究所碩士班。歷任斗六中學教師、嘉義師專講師、嘉義師範學院副教授，民國 96 年自嘉義大學退休並兼任副教授數年。撰有《莊子天下篇研究》、〈談二程的爲學與做人〉、〈禮記學記（篇）疑義商榷〉、〈試探唐傳奇小說中的詩歌〉、〈墨

子的生活哲學〉、〈明楊慎興教寺海棠詩析疑〉、〈論杜甫詩史與史家四長〉與〈明人楊升菴的讀書與寫作生涯考論〉等論文。

提　要

　　本論文旨在表彰明代學者楊慎（字用修，號升菴，公元 1488～1559 年）其憂患意識與詩文成就，同時參究要籍，增訂其年譜，期使楊慎生平所以特立，文學所以淵雅，以至生平與文學關係之所以密切者，庶幾得之。

　　第一章緒論。說明研究之主要目的與具體方法，並自期論述之原則。

　　第二章楊慎生平考述（上）。本章考述其邑里之勝狀，世系之承啓，復考訂升菴年譜，繫以詩文作品，著明相關事蹟。

　　第三章楊慎生平考述（下）。本章分就師承、父執、謫戍前後宦途與夫詩文、門生等，考察升菴交遊之種種，明其特別珍視朋友一倫之緣由，且及其人秉性志趣與治學境界。

　　第四章楊慎文學析論。本章辨明其文學理論，由懷疑精神出發，以創新爲鵠的，並自「詩史」之討論，見其批評之「三昧」。至其文學作品則既以奇秀之文筆，報導蠻域風物，又以悲憫之講唱，發抒警勸之哲理，皆堪稱之爲「精鑿醍醐」（升菴語），偉麗之玄珠，在在莫非其理論之實踐與印證。

　　第五章結論。計升菴學行影響後世之深切廣大者約得四端焉——一是梅花精神之高度象徵，一是道統與史統之促成合一，一是楊朱思想獲致眞詮，以及清人性靈一說，信亦自此啓迪。

目　次

第五、六冊　明清家庭小說的時間研究——以《金瓶梅》、《醒世姻緣傳》、《林蘭香》、《紅樓夢》爲對象

作者簡介

林偉淑，現爲淡江大學中國文學學系專任助理教授。學經歷爲：輔仁大學中文系博士、中山大學中文系碩士、淡江大學中文系畢業，曾赴德國並於法蘭克福歌德學院及 MAINZ 大學的大學語言班學習德文。碩士論文以台灣六〇年代白先勇等人創辦的《現代文學》雜誌爲研究對象，博士論文則回到古典小說，研究明清家庭小說。2011 年爲宏典文化出版社撰寫《樂知學院——金瓶梅》一書。

提　要

魯迅在《中國小說史略》提出人情／世情小說，然而人情／世情一詞涵蓋的範圍較廣，近人提出「家庭小說」，使世態人情的指稱，更能聚焦在家庭的書寫上。

本文討論《金瓶梅》、《醒世姻緣傳》、《林蘭香》、《紅樓夢》等四部明清小說的時間議題。家庭的興衰常是和國家有密切的關係，家庭小說往往設定一個過去的、前朝的皇帝紀年，隱喻對於那個時代的褒貶。個人的劫難有時是依傍所生存的時代，有時則是因果輪迴的功過計算，儘管如此，仍能在生命中展現自己存在的可能性。本論文透過家庭時間以及空間所記憶的時間變化，討論明

清這四部家庭小說展現的意義。

家庭小說的時間往往表現在日常瑣事中。小說描寫家庭事件、聚會宴飲、祭祖活動、飲食服飾、男女欲望、夫妻主僕之間的家庭生活，這種貼近女性視角的表現，正是家庭小說有別於其他小說的書寫方式；小說裡不斷出現的「第二天」、「次日」等時間修辭，體現日常生活的時間感；小說描寫的個人時間刻度「生日」，以及群體時間刻度「歲時節慶」，都帶有深刻的文化意涵；家庭小說多以編年體寫作，然而依時敘事有所侷限，因此使用預敘、補敘、追敘、倒敘手法，以補充直線時間敘述的不足；小說寫作家庭生活中占卜算命，猜燈謎、占花名的家庭遊戲預言未來，並強調小說的主題命意。

時間必須依傍空間才能被表現，透過空間的變化展現時間的流轉；宅院中的私密空間如臥房、閣樓都充滿過往的記憶，或用以召喚記憶。家庭小說中的智慧老人往往指出時間的流轉；夢境則有預言或警告的作用。時間的消逝，使人們對於存在有更深刻的感受，這也使得作爲敘事文體的家庭小說，展現更深刻的抒情性及文化意義。

目　次

上　冊

第七冊　《牡丹亭》與《紅樓夢》的兩種關懷──「情」與「女性」

作者簡介

　　王月華，國立中山大學中國文學博士。偶因《紅樓夢》而起的，兼及性別文學、現代小說、現代散文與先秦儒道，構組了我生活、研究、教學的脈絡與圖景；至今，我仍欣欣周旋其中。而本文是我 2009 年博士學位論文。

　　學術界、教育界的價值與標準，幾年來瞬息多變，甚或原則與技術攪混不明。或說學術、教育是良心事業，其實做人便是良心，有幸學習中國學術這等生命學問，儒家老莊等先知經典提示「知識」與「權力」二者的純潔與危險，是而：位階是身分識別而非尊卑，知識的使用當是謙和的責任而非專傲的權力。

　　因以自期：自己若干學習心得，不論是清代《紅樓夢》繡像的社會通俗價值（「清代《紅樓夢》繡像研究」，1992），或《牡丹亭》、《紅樓夢》對「情」與對「女性」的人文關懷，任何一門學術研究不只是研究者的階段心得與發現，更為該研究範疇補足釐清，甚至提出一些安穩現世的實質力量。

提　要

　　此文乃筆者繼「清代《紅樓夢》繡像研究」（1992）後，關於古典小說研究之作。

　　本文以《牡丹亭》與《紅樓夢》為材料，置之於中國明清女性研究的版圖上，借「情」與「女性」之相承轉化的書寫，證明文本乃為作家建立人文關懷

之鉅作。研究動機在於：第一、現代研究路向有整合的趨勢，傳統文本與現代研究學門可以如何整合而得致不斷的詮釋可能？第二、以文本而言，從歷史中的時間與空間來看《牡丹亭》與《紅樓夢》，其文本的最大意義在哪裡？第三、應當如何評比《牡丹亭》與《紅樓夢》二者文本精神之間的承續與轉化？在學術上，本文一方面延續筆者「清代《紅樓夢》繡像研究」（1992），該書處理《紅樓夢》小說繡像在清代流傳之審美觀，另一方面結合筆者近年在中國性別研究上關注的心得；職是，本文擬就明清兩部最重要之「言情」經典：一是十七世紀的明代萬曆《牡丹亭》，一是十八世紀的清代乾隆《紅樓夢》，深化其對「情」與「女性」的關懷，從而抉發明清時期即與現代生命價值相合的遙音，以突顯文本之人文意義，且以「關懷」命題，希望指明文本的意義所在，在人際頻繁卻關懷淡薄的現代生態中提供一點思考。

　　本文研究文本，嘗試將文本與性別、關懷倫理學作某種程度的學科整合，用以擴大文本解讀的更多義的可能性，延伸豐富而共存的意義；特別針對男性筆下的女性形象的剖析。先個別分析《牡丹亭》、《紅樓夢》「情」書寫與「女性」書寫的層次，再比較二者在「情」書寫與「女性」書寫，並及活動空間的對照與承續。二者以「情」命書，如杜麗娘之情、賈寶玉之情各自承載了作家的經歷與身份、代言的成份與層次，杜麗娘與柳夢梅之情、賈寶玉與林黛玉之情的背景、結局與運作過程，杜麗娘、林黛玉等女性的經驗與活動、空間與才藝，文本尊重或弘揚女性的意識。

　　杜麗娘、柳夢梅、賈寶玉、林黛玉等敘述故事之角色為《牡丹亭》與《紅樓夢》作家代言，而成為文本中的「理想情人」。而「佳人」典型是作家以女性角色之「理想女性」，對杜麗娘、林黛玉一類女性，文本塑造其理想性的同時，女性的長期性別困境也被書寫出來，成為文本中相當重要的敘述。再者，過去研究明清女性處境與形象的，多認為男性文本往往流於「父權宰制」，立場偏頗。然而相對於女性文本，男性文本猶有可開發之處；並且，明清時期對女性發出友善的不乏男性意見，這些男性巧合地與「尊情觀」的作家多有重疊。意識往往早於實踐，學者指出早在十八世紀西方女權主義興盛之前，中國在十六、十七世紀明清時期即有女性意識之萌動，既啟蒙了新的婦女思想，並且為近代引入西進的女性思想準備了思想基礎。

　　是以文分五章。第一章：揭明研究動機、範圍、方法與題旨，特別從「情」與「女性」的歷來討論說明作家「關懷」的心理基礎，包含「情」、「女性」在

中國思想長期討論或型塑，如儒學或政教、政策對於「情」與「女性」書寫的影響，晚明「情」與「女性」書寫的思想背景，「情」的正面看法，與「女性」的制約、反應、表現。

　　第二章：討論《牡丹亭》的「情」與「女性」之書寫與關懷，包含湯顯祖際遇與其「為情作使」之生命志願的轉向與貞定，《牡丹亭》「情」主題之內涵與層次，杜麗娘與柳夢梅「情真」之歷程與美學意義。

　　第三章：討論《紅樓夢》的「情」與「女性」之書寫與關懷，包含文本中作家曹雪芹「大旨談情」的訴求，《紅樓夢》「情」主題之內涵與層次；賈寶玉、林黛玉「情盟」歷程與美學意義；林黛玉、王熙鳳、賈探春等女性才藝之意義。

　　第四章：比較二部文本，包含文本繼承，「情」與「女性」關懷意義與差異、轉化與對照，如「情」、「理想情人」，「理想女性」與女性空間轉變的意義。

　　第五章：歸結《牡丹亭》與《紅樓夢》男性文本，其對自身與女性關懷之價值與在現代的意義。

目　次

第八冊　清代《紅樓夢》繡像研究

作者簡介

　　王月華，國立中山大學中國文學博士。偶因《紅樓夢》而起的，兼及性別文學、現代小說、現代散文與先秦儒道，構組了我生活、研究、教學的脈絡與圖景；至今，我仍欣欣周旋其中。而本文是我 2009 年博士學位論文。

　　學術界、教育界的價值與標準，幾年來瞬息多變，甚或原則與技術攪混不明。或說學術、教育是良心事業，其實做人便是良心，有幸學習中國學術這等生命學問，儒家老莊等先知經典提示「知識」與「權力」二者的純潔與危險，是而：位階是身分識別而非尊卑，知識的使用當是謙和的責任而非專傲的權力。

　　因以自期：自己若干學習心得，不論是清代《紅樓夢》繡像的社會通俗價值（「清代《紅樓夢》繡像研究」，1992），或《牡丹亭》、《紅樓夢》對「情」與對「女性」的人文關懷，任何一門學術研究不只是研究者的階段心得與發現，更爲該研究範疇補足釐清，甚至提出一些安穩現世的實質力量。

提　要

　　繡像在我國書籍圖文傳統中，特指古代戲曲小說的人物插圖，是因文而發、與文並置的版畫藝術，故繡像與本文、版畫有極緊密的關聯。插圖與版畫的藝術一向爲文學、繪畫研究者所忽略，而《紅樓夢》的研究始終側重於文字，對其衍生的圖畫，甚至是隨文出版的繡像，學界也少有涉及。主因可能是《紅樓夢》一書高度的藝術成就，在學術的研究上已能自足，致使其圖畫雖然時有新作，而論之者卻少。是筆者欲就舊有的材料，先以清代《紅樓夢》的繡像爲研究的起點，並做爲紅學領域裡一個新議題的研發。

　　基於對題材的關懷和思考，本論文必須考察關於清代的《紅樓夢》：

　　1.就各本繡像之所本的，與其底本版本，在來源上是一致的，還是另成系統？2.做爲圖畫創作的靈感母體而言，《紅樓夢》的描寫藝術裡，究竟提供了什麼畫題線索？脂評幫了什麼忙？3.繡像對本文的詮釋，有否達到了和評點相同的功能？或者繡像還做了哪些？又繡像對本文的取材，是否也有各別的著重和愛好？其他形式的藝術對《紅樓夢》的取材也有類似的情形嗎？4.以藝術論，這批繡像在中國版畫史上的排行如何？它的承襲與開展又如何？5.繡像在社會功能上，即行銷、消費，與社會的接受情況方面，彼此產生何種影響？

　　本論文各章的研究大要及成果：

　　第一章：以新議題的開發、舊材料的運用、接受理論的考量三節，分述本論文的研究動機、材料與方法。

　　第二章：《紅樓夢》關於人物形象、場景意境的描寫藝術，其行文如繪，脂評又爲之點出，足爲畫題創作的線索。並論及芹脂二人的畫藝修養。

　　第三章：以詮釋本文的角度，繡像其實是另一種形式的評點，一以圖，一以文。而繡像的畫題，與其他形式的藝術一樣，在取材上，都有類似的偏好。並且繡像的描繪，或忠於原著，或以己意發揮。

　　第四章：藉由對中國版畫史的回顧，察看清代《紅樓夢》的繡像藝術，其木刻版畫的藝術性，正落於晚明黃金時期之後；但在清末，又發展出石印版畫的另一種美感。而在繡像的審美趣味裡，正具有與版畫藝術相同的通俗性質。

　　第五章：小說繡像之於社會大眾，使小說除了有教育、娛樂的功能外，又多了繪畫的欣賞，雅俗兼有，而讀者各取所好。

　　第六章：結論與建議，期望在古典文學與通俗藝術之間，再尋求新的開展。

　　附錄：清代《紅樓夢》的繡像版本，其實多自成系統，經重新爬梳後，製成一分類表。並以其中十一個版本，借爲本論文論述的材料。

目　次

附　圖

第九冊　《紅樓夢》研究學案

作者簡介

　　冉利華，女，湖北監利人。文學博士、北京外國語大學中文學院教師。主要從事文學理論、跨文化交際等方面的研究。在《文藝研究》、《中國文學研究》、《學海》、《文藝報》等刊物發表論文、譯作二十餘篇，並有譯著出版。曾于韓國以及美國等國高校任教、訪學。

提　要

　　《紅樓夢》是中國文學中當之無愧的經典。與所有經典一樣，其崇高地位

也經歷了一個建構的過程。本書主要對幫助確立與保持其經典地位的非文學性因素進行探討。

名人效應在《紅樓夢》經典化過程中表現得非常明顯。本書通過對蔡元培、胡適、毛澤東與劉心武等中國現當代名人的「涉紅」情進行定點考察,發現:從表面上看,是包括這幾位關鍵人物在內的諸多名人的「贊助」開啓並推動了《紅樓夢》經典化的過程,而實質上,這一經典化過程中一個個關鍵點背後的動因,卻原來是一場場沒有硝的文化資本戰爭。文化資本爭奪戰是紅樓夢經典化的第一大外因。

《紅樓夢》的研究在中國已成一門顯學──紅學,而其中「考證紅學」尤其發達。對此,面向大眾的、綜合性的報紙功不可沒。權威媒體推動下的紅學繁榮可謂《紅樓夢》經典化的第二大外因。

《紅樓夢》經典化的第三大外因則是《紅樓夢》在中國社會的高度普及。《紅樓夢》不僅文本高度易得,而且還以其他林林總總的方式滲透進了中國人生活中的每一個角落。這種高度普及性既是作爲文學作品的《紅樓夢》被經典化的結果,同時又進一步在全社會加深並鞏固了《紅樓夢》作爲經典的形象,反過來成爲了《紅樓夢》經典化的另一大外因。

目　次

第十冊　王昭君戲曲研究──以雜劇、傳奇爲範圍

作者簡介

　　陳盈妃，台灣省高雄市人，1969 年生，輔仁大學中文研究所碩士、彰化師範大學國文研究所博士，現任中州科技大學通識教育中心副教授，專長爲古典戲曲、歷代詩話。著作有《中國文學析賞》，發表的期刊論文有〈唐人虎類小說研究〉、〈明初詞壇所反映之社會現象探究〉、〈眞誠的愛與創造──江自得及其詩作內容析探〉、〈袁枚在女性墓誌銘中所反映的思想〉、〈二拍中僧道人物的負面形象及其成因析探〉。

提　要

　　王昭君出塞和番的故事，最早記載於東漢班固的《漢書》，發生在西漢元帝竟寧元年，迄今已逾二千年，在這漫長的時間洪流裏，它不僅未被遺忘，反而透過上層文人的借喻寄託，及民間傳說的發酵蘊釀，蛻變得更加哀怨動人。

自東漢至今，關於昭君故事的記述，舉凡正史、方志、小說、變文、詩歌、戲劇、俗曲等所在多有。就現存關於昭君故事的作品來看，傳沿性大於開創性，而其中又以《漢書》、《後漢書》、《琴操》、《西京雜記》、〈王昭君變文〉、《漢宮秋》等作最重要，對後世的影響也最深。

本文以中國古典戲劇中的體製劇種為研究對象，扣除掉一些僅餘劇名但內容亡佚之作和地方戲劇，共計得王昭君雜劇作品五部及傳奇作品二部。在這七部昭君戲劇中，可分為三類：一是《漢宮秋》，其屬落拓士人之作，特色在於內容深刻、足以反映時代思想；二是《昭君出塞》、《弔琵琶》、《昭君夢》、《琵琶語》，其屬文人劇，特色在於附庸風雅、抒發個人情感；三是《和戎記》、《青塚記》，其屬民間創作，特色在於通俗鄙俚、詼諧逗趣。

至於各劇的比較：《漢宮秋》主題思想嚴肅，曲文賓白高妙鮮活；唯對昭君的形象塑造得極為失敗，關目布置亦有未妥當處。《昭君出塞》中昭君哀怨的形象頗鮮明，曲文賓白尚稱清麗；但主題思想不夠嚴肅，僅為附庸風雅，關目布置亦太簡單，缺少變化。《弔琵琶》的關目布置和人物塑造都針對漢劇作了修正，故較為適切，其曲文賓白由於有作者才氣縱橫的經營，顯的雋雅有深度；唯主題思想一方面雖為改良漢劇，另一方面卻也侷限於表達個人的抑鬱愁牢，涵蓋面不夠寬廣。《昭君夢》主題思想僅為翻案補恨，關目布置太單純，除了漢元帝外，其他的人物塑造尚可，曲文則清綺悠揚，尚有可觀。《琵琶語》關目布置富變化，人物塑造鮮明有趣；唯主題思想仍於翻案補恨，曲文賓白亦屬普通。《和戎記》在主題思想上強調教化，千篇一律，毫無新意，在關目布置上冗長、拖沓、甚至還有顛倒誤謬處，人物塑造強調忠臣烈女、才子佳人，但對單于的性格刻畫則乏合理性，顯得盲目，曲文賓白則淺白鄙俚，帶有濃厚的民間色彩。《青塚記》的〈送昭〉、〈出塞〉中，主題思想在表達昭君的哀怨愁苦，關目布置簡單適切，人物塑造主要針對昭君，刻畫深入，曲文賓白則雅緻鄙俚均有。由此可見七劇各有優劣，就戲劇藝術而言，五部雜劇均未擅長，但其於戲劇文學上顯較突出，尤其是《漢宮秋》、《弔琵琶》兩劇，成就更在諸劇之上，屬案頭佳作。另二部傳奇在戲劇藝術及文學上仍有待改進，未為良品。

目　次

明傳奇夢運用之研究

作者簡介

　　陳貞吟，民國四十四年生，高雄市人。政治大學中文學士、輔仁大學中文碩士、高雄師範大學國文博士，曾任教於婦嬰護理專科學校、空軍軍官學校文史系，目前任教於高雄師範大學國文系，教授詞曲、古典戲曲、現代散文等課

程；主要研究領域爲中國古典戲曲。研究論文有《湯顯祖愛情戲曲取材再創作之研究》及明雜劇作家賈仲明、朱有燉、康海、葉憲祖等作家之劇本研究。

提　要

本論文探討明傳奇中夢的運用手法及其搬演方式，並從心裡分析的觀點討論夢所呈現的象徵意義。論文取材以明代毛晉的汲古閣《六十種曲》爲研究範疇。

從劇本的歸納分析，得到明傳奇中夢的運用有五大類型：一、與情節有關的夢：1. 神道顯驗，2. 顯示預兆。二、架構劇情主題的夢，主要爲湯顯祖的牡丹亭、邯鄲記及南柯記。三、表現思念之情的夢：1. 單純表現思念之情的夢，2. 表現思情並間接影響劇情的夢。四、刻劃心理的夢。五、插科打諢的夢。

夢的搬演方式，主要討論夢的出現方式、入夢與出夢的劇作手法及實場演出的戲劇效果。本論文一則以戲劇理論的原理及觀點，分析夢的運用類型及其舞台演出的效果，一則以心理學的解析方式，用以了解夢所呈現的象徵意義。

目　次

第十一冊　明代陳繼儒戲曲評點本研究：以《六合同春》爲討論中心

作者簡介

徐嫚鴻，1983 年出生於台北市，中央大學中國文學研究所碩士，研究領域爲古代中國戲曲文學與文化。目前任職於中央研究院歷史語言研究所傅斯年圖書館。

提　要

明代文學家陳繼儒（1558～1631）曾評點過《西廂記》、《琵琶記》、《幽閨記》、《繡襦記》、《紅拂記》、《玉簪記》等劇作。在這些署名爲「陳眉公」的戲曲評點本中，上述六部劇作原爲明代書林師儉堂書坊所刻，清代時被修文堂購買，重新印行，彙集這六部劇作，此次合刊稱爲《六合同春》。

本文從陳眉公文集和明清文人筆記中，整理有關論述，理析陳眉公思想與劇中評點內涵互相參照。研究範圍以陳眉公評點的《六合同春》爲主，依序分析各劇評點內涵及其理論價值。

藉由評點本的評價、比對，和探析評點內容，爬梳其中呈現陳眉公的戲劇學觀點，包括人物形象的塑造、曲白科諢的營造、關目情節的安排、場上觀念的有無等，並與眉公思想相互比對，藉以研判評語是否有因襲或是僞造的可能。

比對此六劇評點內涵後，可知其評點與眉公思想主張是相符的，他肯定「至情」、「眞情」，以及「奇巧」的文學思想。藉評點本發抒己見，挖掘劇作家的創作手法、敘事技巧；從中整理出的眉公戲曲評本的戲劇學觀點，亦可爲眉公

文學理論做一補充，也可視爲明代評點文學發展的部份面貌：陳眉公的戲曲評點不僅著重於曲意鑑賞，也能針對關目情節的設計經營有所發揮、批評，這也是其評點的理論價值。

目　次

符號說明

第十二冊　明清戲曲評點研究

作者簡介

李克（1974.12～。），安徽靈璧人，2010 年畢業於北京師範大學文學院，獲文學博士學位，現供職於北京師範大學出版社。有學術論文數篇刊於《中華戲曲》、《北方論叢》、《四川戲劇》、《戲曲藝術》、《貴州文史叢刊》等全國中文核心期刊。著有詩集《靈魂裏的鐵》，編選《名家品水滸》，參編《元曲鑒賞辭典》等。

提　要

本書是第一部關於明清戲曲評點的綜合性、開拓性研究專著。全書按照明清戲曲評點的分期及特點、明清戲曲評點家、明清戲曲評點的流變、明清戲曲評點的理論建構和價值四個專題設置章節。第一章以宏觀的視角綜合審視明清戲曲評點，從史的角度把明清戲曲評點分爲萌芽期、繁興期、鼎盛期、延續期和餘勢期五個階段，並對每個階段戲曲評點批評的總體特徵和理論特色予以概括評析。第二章探討明清戲曲評點家的地域分佈特點，並以金聖歎爲個案，探討了戲曲評點家的評點心態和動機。第三章從流變的角度，以《西廂記》、《琵琶記》、《牡丹亭》三大名劇的評點爲中心，揭示了《西廂記》評點「鑒賞型」、「學術解證型」和「演劇性」三大範型的理論演進；從文情、文事、文法三個維度，探究了毛聲山批點《琵琶記》的理論建構及對前人的超越；從「情」內涵的潛變、敘事藝術等方面來把握《牡丹亭》評點的發展、演變。第四章探討明清戲曲評點對古典戲曲學的理論建構和價值，凸顯戲曲評點對戲曲功能（娛樂、教育、宣洩、審美）的認知及對戲曲創作學、戲曲鑒賞學（演劇性、文學性）的理論貢獻等。文末附錄的戲曲評點資料亦彌足珍貴，沾溉學林！

目 次

第十三冊　《六十種曲》表記情節研究

作者簡介

　　洪逸柔，1985 年生，台中人。世新大學中文系、中央大學中文研究所碩士班畢業，現爲臺灣師範大學國文學系博士生。另著有《廖玉蕙老師的經典文學：戲曲故事》一書。

提　要

　　本文以《六十種曲》爲研究範圍，試圖從同時代作品的分析與歷代表記文學的比較中，結合明代獨特的文化背景，闡明明傳奇表記情節的時代特色，並確立其在表記文學發展中承先啓後的重要地位。

　　表記情節在明代大量產生，一方面是對前代社會與文學中贈物傳統的延續，一方面也受到當代經濟發展、思潮刺激、文體限制，以及創作群體——文人審美價值的影響。不僅將歷代盛行的表記類型都賦予了特定的象徵意涵，並發展出更細緻的表記描寫手法。而由贈物開展的一連串表記情節，在文人大量蹈襲下可看出逐漸規範化的過程，形成幾種常見的情節單元。《六十種曲》中運用表記的大部分作品，能連綴個別的情節單元，形成貫串全劇的敘事線索，且變化出較前代文學更巧妙靈活的結構模式；抒情手法上，則已有部分作品能以多隻曲牌圍繞著表記意象抒詠心事，深入闡發表記的精神意義。無論是敘事或抒情技巧，皆爲清代《長生殿》、《桃花扇》表記運用的高超成就奠下了基礎。

　　分析《六十種曲》表記情節的文化意蘊，亦可看出文人藉此實現人生理想的寄託。同時亦反映了明代士子對傳統儒家價值的重新思考，與佛道信仰對文人生命的浸潤。在這些表記情節中所塑造的女性形象，更是文人生命理想的投射，與傳統社會中對女性的價值要求有所落差。由此皆可窺見《六十種曲》表記情節透顯的文人色彩，成爲明傳奇在歷代表記文學中獨具的時代特色。

目 次

第十四冊　清初蘇州劇作家研究

作者簡介

李佳蓮，女，一九七五年生，台灣台北縣人，已婚，育有可愛二子女。台灣大學中文所博士，現職明道大學中文系助理教授，擔任國科會研究計畫主持人，考試院高等考試命題委員。曾三度榮獲教育部「優質通識教育課程」獎助，以及國科會人文學中心「暑期進修訪問學人」、「年輕學者學術輔導與諮詢」獎助，2010 年榮獲第五屆中國海寧王國維戲曲論文一等獎，以及明道大學教學優良教師、優良導師。曾任教於國立台灣戲曲學院戲曲音樂學系兼任講師，研究領域爲古典戲曲、現當代戲曲、民間文學，著有博士論文《清初蘇州崑腔曲律研究——以《寒》《廣》二譜與傳奇作品爲論述範疇》及學術論文多篇，發表於國內外各大學術期刊。

提　要

在中國戲曲發展史上，清初蘇州地區居於轉變時期的發展重鎮，其重要性實不容忽視，本論文即是藉由對該時地劇作家的研究，探討當時戲曲活動所反映出來的時代訊息。在整理歷年來對於這個論題的研究成果之後，不難發現前輩學者們多以戲曲流派的角度來觀察，但是對於「流派」的名稱與成員，卻是數十年來一直纏訟未果、眾說紛紜；更值得注意的是，對於「流派」的風格、成就，卻能夠先於成員、名稱的塵埃落定，而取得普遍的共識。這個情形意味著對於清初時期、活躍於蘇州地區的劇作家，還值得重新再談，因此，本論文的研究方向，便是跳脫出向來群體流派的思考模式，而以地域文學的角度，重新審視清初時期活躍於蘇州地區的劇作家。

　　本論文的研究步驟，是先從客觀資料觀察劇作家之生平背景，架構該時地劇作家之活動網絡與生命樣貌；再從劇作的深入分析，探討清初蘇州劇作家的作品風格，是以章節內容的架構，循此層層推進：第壹章首先強調蘇州的地域文化，並初步探討蘇州濃郁的文化性格、豐富的文藝資產等對劇作家潛移默化的影響；有此認識之後，第貳章便從客觀資料所見，統整劇作家的生平背景以及戲曲活動，並且思考其中對於劇本創作、戲曲發展所揭示的意義；由此筆者個人認為劇作家生平際遇的差異，對其作品風格基調的不同，有某程度上的影響，因此第參、肆章便分別對基本上兩大類型的劇作家作品進行分析：第參章以整體觀照的角度，提出清初蘇州劇作家之中、非正統文人出身者之劇作具有普遍性、獨特性、優越性的四點特色來談，第肆章則就清初蘇州劇作家正統文人出身者之劇作，從思想主題、佈局排場、人物形象等議題，分項進行探討。最後總結討論清初蘇州劇作家的整體風格，並且接櫫其在戲曲史上的地位與貢獻。

　　本論文的初步寫作成果，可以分為三點來談：（1）初步廓清清初蘇州劇作家的活動情形，整理劇作家們彼此親疏遠近的關係，並進一步認為，劇作家的活動情形不僅多多少少、間接地影響其戲曲創作，也推動了該時地戲曲的蓬勃發展。（2）對於所謂的「蘇州派」提供個人的初步看法：對於學界一般所謂「蘇州派」，透過全文對於全體清初蘇州劇作家，在生平際遇、戲曲活動、劇作風格等方面的整體觀照，而釐清了劇作家的親疏遠近、異同關係之後，筆者提出個人的定義，為：李玉、朱素臣等七個清初時期活躍於蘇州地區、有互動交流的一群劇作家，對於其他幾個向來纏訟未果、游離不定的劇作家，筆者個人提出了明確的解釋，認為他們是排除在外的。（3）揭示清初蘇州劇作家所透露的戲曲發展之時代訊息：本論文對於全體清初蘇州劇作家予以分類，認為劇作家之生平際遇有正統出身與非正統出身之兩大類別，適可揭示了一項意義，即是：當時戲曲的主要演出形式，由文人家樂轉變為民間職業戲班的興衰消長之勢，此即清初蘇州劇作家不同風格之戲曲活動與成就，所反映該時地戲曲發展之時代訊息。

　　因此，本論文認為，清初蘇州劇作家姿態各異的風格，在不同層面上展現了戲曲創作的實力，對於當時地戲曲活動的推進，確實有一定的地位與貢獻。

目　次

第十五冊　劉克莊序跋文研究

作者簡介

　　游坤峰，出生於彰化縣員林鎮，後遷居溪湖鎮。學歷經湖東國小、溪湖國中、彰化高中、中山大學、台北市立教育大學。役畢，曾任特戰部隊下士預財士。後知後覺教學志向，曾於海山高中教授國文，現已謀得正式教職於彰化縣二林工商，所謂「錢沒有很多，事少，離家算近」！主修中國文學，追求高深

及專精的學識，多位教授循循善誘，於中國古今以往文學立下堅實基礎，其間更推廣通識教育，在博雅的課程中，更吸收了許多本科系以外的知識。其後進入台北市立教育大學中國語文學研究所，探索更高深的文學知識領域，由於對古典散文的熱愛，選擇與古文相關的研究範疇，並拜在師大教授王基倫老師的門下，費時三年完成《劉克莊序跋文研究》。

提　要

　　過劉克莊序跋文中的評議與闡發，得以發現當時的文學與書畫藝術的時代趨勢，並藉此喚起學界對於南宋散文的重視。

　　序跋文擁有「知人論世」的特質，因此，本論文由劉克莊的家世背景與師友關係切入探討，試圖理解劉克莊的整體思維與學術理念，他雖然具備理學家的背景，然而在個人的哲學思想與文學觀點當中，卻擁有相當的兼容性，我們除了可以從中扣合序跋文內容的相應性之外，更可以知道他對於當時文學風氣的接受與改造。另外，透過釐清劉克莊入朝之後的仕宦生活，藉此得以推論出劉克莊大量創作序跋文原因與仕宦的顯榮有極大的關聯性。

　　劉克莊的文學與書畫藝術觀點在序跋文中有大量的論述，本文分析序跋文中對於駢文、古文以及詩歌的觀點，可以看出他在當時扮演了一個承先啓後的重要角色，他傳承了北宋以來的文學觀點，並在接受與批評的過程中，逐漸形構出較爲多元的、包容的文學觀點，然而，這並非全然接受各種文學思維，他還是站在理學家的立場，認爲文人當以「性情之正」，並且在文辭與內容之間取得平衡，這在南宋理學氛圍較重的環境之中，有過人的體會。而書畫藝術觀點代表著是劉克莊的美學文化，透過整理書畫相關的序跋文，可以得知宋代重視「意境」的欣賞觀點，更進一步可以看出劉克莊對於當時書畫家及作品的評論，實有助於書畫藝術史的佐證。另外，序跋文當中，對於書畫字帖眞僞優劣的考辨，他經由大量作品的鑑定與鑑賞，發展出具有理論性質的論述，更有其在金石學上的意義價值。

　　透過序跋文在宋代的歷史發展概況，可以看出劉克莊序跋文在寫法上的傳承與創新。序跋文關涉人的寫法多樣化，對原著者的事蹟、德性或功勳的描摹；對親友的抒情感發或人生的感慨，無所不包。而關於文學、書畫作品等等，亦能夠以專業的角度，作出評價與論斷，大量的修辭法以及細膩客觀的考辨，賦予作品實質的價值，更透過序跋文而產生與原作者間的相互交流，共同提昇了當時的藝術水準。

　　由分析劉克莊的序跋文，可以得知他的文學和書畫藝術觀點對於南宋的影響，更能夠從中看出他的序跋文在文體流變當中的意義價值，並且希冀透過本文的研究，開啓學界對於南宋散文的重視。

目　次

第十六冊　張岱的夜晚書寫探析

作者簡介

　　陳儀玲，台灣省彰化縣人。民國七十四年（西元一九八五年）生。國立台灣師範大學國文研究所畢業，目前任彰化縣立北斗國民中學國文教師，業餘致力於文學研究，興趣尤在張岱個人研究，以及晚明社會風俗之呈顯。

提 要

張岱的小品以雋永見長，筆墨精練，風神綽約，洋溢著詩的意趣，寥寥幾筆，意在言外，往往令人有一唱三嘆之致。著作《陶庵夢憶》是他對早年生活及世俗人情的回憶，其中專寫夜間活動，或其他涉及夜晚書寫的內容，將近佔了四分之一的篇幅；《西湖夢尋》記述西湖風景及掌故，對於夜景也有所描摹；《瑯嬛文集》中所收遊記，也可見張岱特立獨遊於人們休憩的夜晚；其他詩詞中，更不乏對月夜的吟詠與感懷。這些夜間活動的描寫，描繪出明朝後期繁華靡麗的夜生活，同時也是了解張岱個人性格的重要材料。

本文以「張岱的夜晚書寫探析」為題，研究成果大致如下：

其一、說明本文的研究目的，回溯前人研究的成果，以及定義研究範疇與取材依據。

其二、從張岱所處的外緣時代背景，以及其個人的家世生平，探討了張岱夜間活動頻繁的內外在因素。

其三、以資料呈現張岱豐富的夜晚生涯活動，並劃分為旁觀的冷靜之遊、社交的歡聚樂遊、個別的任性漫遊、沉思的懷想心遊四類。

其四、論析張岱夜晚書寫的文學特色以及傳世價值。

張岱夜晚書寫的篇章，反映了晚明市民文化的風貌，窺見當時江南百姓夜晚活動的一斑，這些材料，更照見了張岱生命情志的嚮往，是最貼切其個人性格的研究資料，同時，更具有開拓文人生活廣度的文學素材價值，筆者以「夜」為主題切入研究，探索出張岱其人其文的豐富面向，當可呈現前人所未見的研究領域。

目 次

張岱生平及其文學

作者簡介

　　黃桂蘭，1946 年生，台灣師範大學國文系學士，政治大學中國文學研究所碩士。早年曾留意於文字學與晚明小品之研究，其後則專注於明清之際遺民詩及清初涉臺詩文之研究。所著專書有《集韻引說文考》、《張岱生平及其文學》、《白沙學說及其詩之研究》、《吳嘉紀陋軒詩之研究》；單篇論文有〈白沙詩論及詩之風格〉、〈白沙詠物詩之探討〉、〈晚明文士風尚〉、〈論張岱小品文的雅趣與諧趣〉、〈試論明清之際詩人的詩史意識〉、〈明末清初社會詩初探〉、〈從

諷諭詩看明季痾政〉、〈方其義與時術堂遺詩〉、〈從泊水齋詩文看晚明現象〉、〈試窺千山詩集的明遺民心境〉、〈從赤崁集看清初的台灣風貌〉、〈存故國衣冠於海島—盧若騰詩文探析〉等十餘篇。

提　要

　　漢，詩必盛唐。流弊所及，剿竊雷同，徒取形似。晚明諸賢起而矯摹擬之病，發抒性靈，不拘格套。一經倡導，群起景從，蔚成新興之文學運動——小品文運動。此一運動係由徐渭文長開其先河，公安三袁、竟陵鍾譚步其後塵，而張岱宗子則又集其大成而造其極致。

　　張岱家世顯貴，前半生聲色犬馬，耽溺遊戲，盡享靡麗富貴；後半生國破家亡，遁跡山林，貧窘潦倒。縱然衣食不繼，仍不憂生，不畏死，潛心著　述。其詩文初學徐文長，又學公安、竟陵，擷取二家所長，揚棄其短，獨創特有之風格。其文學理論，亦主張反擬古、抒性靈，且將小品文寫作之範疇，由描畫山水擴展至記事、抒情、說理等方面，文筆生動，野趣可愛。各類體裁，如序跋、像贊、碑銘，至其手中亦滑稽諧趣，不似他人刻板規矩。其於小品文之成就，高出晚明各家之上。

　　歷來有關徐渭、三袁、鍾譚之論著頗夥，獨張岱隱沒不彰，甚少見諸篇什。即有，亦寥寥片語，無以概其全貌。偶而披閱明人傳記，或明文彙編，每闕而不錄。不免興「遺珠」之憾！今就張岱其人，論述生平及文學，期為晚明文學後勁，略申成就耳。

　　茲編論述，先考其家世、生平，以了解其生活背景；次考其交遊人物，蓋張岱一生進退周旋於詭奇人物之間，影響其才情、文學頗鉅；次考其情性、喜好，張岱傳世作品中，每多生活寫照，故須洞悉其生活態度；其次考其著述，張岱著作等身數倍，惜多已不獲見；末文學分析一章，探索其文學淵源及理論，並析論其文章風格。筆者學殖荒疏，固陋自知不免，謹俟博雅，有以教之。

目　次

中國文學的對偶研究

陳柏全　著

作者簡介

陳柏全，1971 年生，廣東茂名人。東海大學中國文學系文學博士，現任東海大學兼任助理教授。主要研究詩詞格律和詩學理論、批評，曾發表〈〈「律詩」試釋〉再論——從三種唐人詩集看唐人律詩定義〉、〈何日金雞放赦回？——李白流貶夜郎時期詩歌所反映之生命情調〉等論文，出版學術專著《清代詩話中格律論研究》。

提　　要

在中國文學的各種體例裡，普遍都會運用對偶，甚至在賦、連珠、駢文、近體詩、八股文等文體中，對偶更是其文體的寫作要求與形式特徵之一，而對聯則完全以對偶作為其外在唯一的形式。從修辭手法到格律要求，乃至於獨立成篇，對偶在中國文學裡，扮演著的相當特殊的角色，它是中國文學獨有的特色。本論文即是在此基礎上，針對中國文學中的對偶所作的一系列研究。

本論文的撰述，分為四章。第二章，談對偶的形成起源與定義。本文將對偶的基本條件界定為：「意義相對、句法相似，並排在一起的兩個句子（句組）」，從聲律的角度提出對偶有「古對」與「律對」兩種分別，並對此兩種對偶做出清楚的定義與解釋。據此定義，進一步在第三章，縱向論述對偶的發展過程，將對偶的發展過程，區分為「古對時期」、「古對到律對的過渡時期」、「律對時期」、「古／律對並重時期」等四個階段，著力於突顯對偶在發展過程中，性質上的變化並藉此證明對偶實有「古對」、「律對」之分。第四章，探討歷來論著對於對偶的分類，從形式與內容的角度分析前人所提出的對偶分類中所顯現的一些問題。第五章，橫向觀察對偶在各體文學中的運用，以「特定文體」、「其他體裁」以及「對聯」三個部分作為觀察重點，考察對偶在中國文學中普遍氾濫的現象。

經由以上四章的研究，本論文得出了較具新意的研究成果如下：

第一、在對偶的界定上，將對偶從聲律上區分為「古對」與「律對」，並透過對對偶的發展歷史，確定了其彼此間的衍變過程。

第二、歷來對於字數不等，而意義相對、句法相似、詞性相對的並列兩個句子，並不其視之為「對偶」，本文從「古對」的觀察以及明清四書文中「股對」的分析，得到對偶也有字數不等的形式，只是這種形式在對偶的發展過程中，逐漸少為人所運用。

第三、對偶的篇幅，不僅有兩句相對、隔句相對、多句相對，甚至可以長達數十句相對的「股對」，本文從明清四書文中「股對」的觀察分析中，發現「股對」的對偶結構，有「對中有對」的雙層對偶結構，突顯出四書文的作者，在寫作「股對」時的刻意創新之處。

第四、對於對聯的聲律，一般論者皆主張以近體詩平仄規律為原則，本文從對偶有「古對」、「律對」之分，提出對聯亦有「古對」對聯與「律對」對聯之分，並從現存對聯資料中找到不少不符合所謂對聯寫作規則的對聯，證明對聯的寫作，其實至今尚未有固定的譜式。

本文對於對偶的研究，不僅從事了全面的觀察分析，也得到具體的成果，相信對於對偶將有較為深刻的了解與體會，亦將對於對偶的研究有所助益與激發。

目

次

第一章 緒 論

一、研究動機及目的

　　中國文學裡，對偶的發達是極為平常而又特殊的現象，研究詩歌者，必然知道詩歌有其講究對偶之處，尤其在近體詩格律中，頷聯、頸聯的對仗要求，更是必備的常識；研究文章者，將其區分成「駢文」及「散文」二類，駢文講求文句的駢儷偶對，自然不在話下，散文中也可多見對偶的使用；在日常生活中，對聯更是具體應用於生活中的對偶形式。對偶在中國文學中，既是一種修辭技巧，又是某些文體的格律要求，甚至可以自成一格獨立表現，其特殊性是其他文學修辭技巧所無法具備的。日人松浦友久即曾言：「對偶（或對句表現）的異常發達是中國文學的基本特色之一。」〔註1〕學者王希杰亦云：「對偶不僅是一種修辭格，也深入滲透到漢語修辭的各個方面各個層次，也可以說漢語文化乃是一種對偶文化。」〔註2〕針對此一中國文學的獨有特色，進行深入的討論，實有其必要。

　　本文所論之對偶，乃是指中國文學中對偶的形式。形式是我們接觸到文學作品的第一印象，以中國文學為例，一般人普遍都能以其外在形式，在第一時間予以區分為各種文類、文體，如詩、文之間的分別，在於詩歌是押韻的，而散文是不押韻的；詩詞曲之間，也大致能以詩是齊言、詞曲是雜言的概念來區分。在文學中，對偶是最講究形式的修辭手法，其形式上要求工整

〔註1〕 松浦友久著，孫昌武、鄭天剛譯：《中國詩歌原理》（洪業文化，1993 年 5 月），頁 197。
〔註2〕 王希杰：《修辭學通論》（南京大學出版社，1996 年），頁 434。

對應，我們往往可以從形式上，一眼就分辨出作品中的對偶，顯見形式是對偶最重要的特徵。然而，歷來研究中國文學者，對於對偶普遍且大量存在於中國各體文學中之現象，或從修辭學的觀點，以文學技巧來討論；或以格律規範的角度，探討其在文體中的要求及分類，均未將對偶獨立出來，作一完整的討論。因此，本文即以對偶在文學中所展現的形式為對象，討論其起源、定義、發展、分類及其在各體文學中的運用，希望透過此一較為全面的探論，對於對偶與中國文學之間的關係，有較詳細的認識與瞭解。

二、近人論述檢討

近人對於對偶的相關論述，可以分為四類：

第一類是修辭學角度的論述。舉凡修辭學的著述，一般都會提到對偶，不過，對偶只是其論述中的一小部分，以黃慶萱先生的《修辭學》〔註3〕為代表，即將對偶歸為「優美形式的設計」之一項，並從「概說」、「舉例」、「原則」等方面來說明對偶的特徵、分類與對偶寫作的原則，主要的目的在於介紹對偶修辭及其寫作方法。雖然，之後有朱承平先生《對偶辭格》〔註4〕一書問世，從書名來看，似乎是專論對偶，但其關注焦點僅止於對偶的分類，將對偶分為「基礎」、「音法」、「字法」、「詞法」、「句法」、「兼格」、「章法」及「意境」等八方面，羅列九十九種對偶名目，並未跳脫語文修辭的範疇。

第二類是從詩律學的角度來分析對偶。以王力先生的《漢語詩律學》〔註5〕為代表。此類研究從詩歌格律的角度出發，把近體詩中的對偶與聲律、用韻放在相同的高度（即「格律」）來看待，認為近體詩中對偶（對仗），除意義上的相對之外，亦須講究避同字及聲音上平仄的相對：

> 近體詩的對仗之所以不同於普通的駢語，因為它有兩個特點：第一，它一定要避同字，不能再像「去者日以疏，來者日以親」；第二，它一定要講究平仄相對（平對仄，仄對平），不能再像「著論準過秦，作賦擬子虛」。〔註6〕

並將對偶以詞性性質與門類區分為「寬對」、「工對」與「鄰對」三類〔註7〕。

〔註3〕 黃慶萱：《修辭學》（台北：三民書局，2002年），頁591～628。
〔註4〕 朱承平：《對偶辭格》（長沙：嶽麓書社，2003年）。
〔註5〕 王力：《漢語詩律學》（台北：宏業書局，1985年）。
〔註6〕 同註5，頁10。
〔註7〕 同註5，第十四節「對仗的種類」，頁153～166。

　　王力對於對偶的論述，事實上，主要集中在對偶的分類上，之於對偶如何講究平仄的部分，由於他已在此書前節詳述過近體詩的平仄，而平仄與對偶均屬於近體詩的格律，所以，也就不再論及對偶的平仄。由此可見雖然王氏對於對偶的論述，將其視爲近體詩格律的三要素，頗爲重視，但對偶與平仄、用韻一樣，都是爲近體詩而服務，並未見其獨立的性格。

　　這種強調對偶，卻又無法彰顯對偶獨立性格的論述方式，在其他有關討論到非近體詩之文體中對偶重要性的論著中，也常常出現，如龍沐勛先生在《倚聲學》（又名《詞學十講》）一書中，第六講「論對偶」〔註8〕專論詞中的對偶，即以劉勰「四對」爲依據，說道：「至燕樂曲詞興起之後，雖然句式的錯綜變化不可勝窮，但依據『奇偶相生，輕重相權』的八字法則，講求對偶的精巧，還得提到首要的地位」，最後總結說：「學塡詞必得先學作對偶，關鍵是要取得詞義和字調的穩稱、和諧與拗怒的統一」。龍氏固然對於對偶與詞的關係至爲重視，但也是就詞來說對偶。其他如許世瑛〈對偶句法與駢文〉、詹杭倫〈清代律賦對偶論〉等論述，皆以文體爲主，因爲所論文體講究對偶，進而討論其中的對偶。顯示出對偶在此類論述中，只是其中討論的一部份，並非主要的重心。

　　第三類是從美學的角度來討論對偶在中國古典文學中的特點及其作用。這方面的代表性作品是旅美華人高友工、梅祖麟先生的《唐詩的魅力》及高友工《中國美典與文學研究論集》一書中所收錄的〈律詩的美學〉一文。主要是透過西方語言學「對等原則」的理論來看待中國古典詩歌的美學表現，在《唐詩的魅力》中，他們提到：

　　　　雖然雅各布森只是從韻律角度來說明他的理論，但對等原則同樣也
　　　　表現在其他許多方面：聲母和韻母的相同是語音對等，對句及對偶
　　　　部分地屬於語法對等。因此，按照對等原則考慮詩中的語音特徵和
　　　　語法特徵是一種自然而簡單的方法。〔註9〕

突顯出「對等原則」可以表現在唐詩中的語音和語法上面，高友工在〈律詩的美學〉即更具體地集中在律詩中的對偶，說：

　　　　在不連續的一聯詩中，兩個詩行間的關係往往是一種對等並立的關

〔註8〕　龍沐勛：《倚聲學》（台北：里仁書局，1996年），頁81～102。
〔註9〕　高友工、梅祖麟著，李世耀譯：《唐詩的魅力》（上海：上海古籍出版社，1990年），頁122。

係，它是對偶的基礎。〔註10〕

在討論詩歌格律的形成時，他提到近體詩的平仄規律，也是以「對稱原則」為基礎：

> 在原有的音節格律上再加上一整套的聲調格式，結果就形成了可以視為一種對應系統的格律，它以潛在的對稱原則為基礎。從這個原則出發，平衡與爆發、均等與對立、靜止與運動等因素被精心地配置起來以期達到最佳效果。〔註11〕

於是，結合聲律，律詩中的對偶成為「格律化對偶」，也是以「對稱原則」為根據：

> 就像音韻規則的情況一樣，修辭規則的發展也是持續漸進的，其間沒有明顯的中斷。但是我們仍然可以看到一種後來被稱作「律聯」的結構的法則化，它在律詩格式形成中起著關鍵作用。「格律化對偶」的概念也是以對稱原則為根據的，它和早期以重複原則為根據的「重疊式對偶」形成了鮮明對照。從根本上說，對偶是作為抒情詩基礎的均衡原則的擴展與變異。〔註12〕

因此，以「對等原則」（「對稱原則」）為基礎的對偶形式，將有效地體現出律詩潛在的美學。高友工即如此說：

> 即使所有這些形式要素最終都各得其所，形式依舊只是一個空殼。只有在各別的詩對形式所作的各種演繹中，我們才能發現賦予它生命的潛在的美學。〔註13〕

此論述，重點在於探討律詩所表現的美學，以「對等原則」為基礎，均衡對稱的對偶只是其中為達到此一美學目的之一而已，亦非高氏等人論述的重心。

第四類是針對個別作家、作品中對偶所作的研究論著，此類著作甚夥，如林文月〈康樂詩的藝術均衡美——以對偶句為例〉、周碧香〈《東籬樂府》對偶句的語言風格〉、陳萬成〈對偶新探——以永嘉四靈詩為例〉等等，雖均從對偶出發，但由於論者個人論述角度與所面對的對象性質不同，因此，往往人各有言，就其研究對象所呈現的對偶，而有其各自看待的對偶的方向與態度，表現

〔註10〕高友工：〈唐詩的美學〉（高友工：《中國美典與文學研究論集》，台北：國立台灣大學出版中心，2004年），頁214。

〔註11〕同註10，頁227。

〔註12〕同註10，頁230。

〔註13〕同註10，頁235。

出研究者個人化的研究成果。如林文月〈康樂詩的藝術均衡美——以對偶句爲例〉〔註14〕一文，即將謝靈運詩作中對偶區分爲：「朝夕對」、「方向對」、「山水對」、「數字對」、「色彩對」、「視聽對」、「典故對」等七類，加以探析，，不過，其區分對偶的種類與一般分類頗爲不同；周碧香〈《東籬樂府》對偶句的語言風格〉〔註15〕一文，則是從「音律風格」、「詞彙風格」、「句法風格」等三方面研究馬致遠散曲中對偶句的語言風格，所強調的是以語言風格學來研究對偶；陳萬成在〈對偶新探——以永嘉四靈詩爲例〉〔註16〕一文中，以宋代四靈詩作中之對偶句中常用的相對應字詞，如「春」、「秋」、「客」、「酒」、「色」、「青」、「風」等七字與相對應的字「夜」、「夕」、「僧」、「詩」、「聲」、「白」、「月」等字出現的頻率，發現四靈與晚唐詩人姚合、賈島作品中對偶的相對應字詞，有「頗爲一致的傾向」，進一步得到「對偶的傾向性，可以作爲研究作家關係的一種指標」，並藉此提出詞語對偶研究的三個方面：一、從對偶傾向觀察風格承傳的關係；二、對偶歷時性研究的啓示；三、對偶傾向反映作家風格及思想型態。陳氏此文以對偶句中字詞相對應的使用關係爲依據，探索其與中晚唐詩人之間的承繼關係，確爲一種新的思考方向。不過，並非從對偶本身出發，而是以字詞之間的相對傾向爲原始點，藉由對偶的既有形式，加強字詞彼此相對的關係，進而得到前後期作家之間風格的繼承關係。

　　以上四類有關對偶的論述，大部分主要的論述重心並非對偶，只是在主要議題之下，附帶提及對偶，而第四類論述雖以對偶爲主，但其焦點則是集中在某些特定文體，或作家身上。他們對於對偶的概念雖然沒有太大差別，不過，對於對偶的論述往往是比較片面的，傾向於修辭、格律，或是美學等單方面。即使有日人古田敬一《中國文學的對句藝術》〔註17〕這部專門討論對偶的著作，但是，其論對偶，僅從「詩的對句」、「散文的對句」和「駢文的對句」三方面著手，偏重於對偶在此三種文體中的藝術表現，至於其他文體中的對偶，如賦、連珠、四書文、對聯等，並未著墨；在理論上，雖提及

〔註14〕林文月：〈康樂詩的藝術均衡美——以對偶句爲例〉（《台大中文學報》第 4 期，1991 年 6 月），頁 53～80。

〔註15〕周碧香：〈《東籬樂府》對偶句的語言風格〉（《國立編譯館館訊》第 27 卷第 1 期，1998 年 6 月），頁 185～201。

〔註16〕陳萬成：〈對偶新探——以永嘉四靈詩爲例〉（《漢學研究》第 13 卷第 1 期，1995 年 6 月），頁 223～237。

〔註17〕古田敬一著，李淼譯：《中國文學的對句藝術》（台北：祺齡出版社，1994 年）。

對偶的原理與分類，不過，對於對偶的發展卻是隻字未提，可見此書對於對偶的論述，仍有未盡完備之處。

　　總的來說，對於對偶的研究，近人都是從文學附庸的角度切入來論述，絕少有直接針對對偶作全面的研究。本論文即以前賢學者已有的研究成果為基礎，對對偶展開討論。

第二章　對偶的起源與定義

第一節　對偶的形成

　　對偶很早就已存在於我國的文字記錄之中，無論是在殷商的甲骨卜辭〔註1〕，或是在先秦的文章、詩歌，對偶形態的文字表現並不令人感到意外。劉勰在《文心雕龍》中的麗辭篇，開宗明義就提出：

> 造化賦形，支體必雙，神理爲用，事不孤立。夫心生文辭，運裁百
> 慮，高下相須，自然成對。〔註2〕

認爲上天在賦予萬物生命形體時，肢體必然是成雙成對的，一切自然的運行都是以「雙」、「對」作爲基礎，所以人在作文運思時，也就自然地使各種想法兩兩配合，最後自然形成對偶。在這裡，劉勰將對偶的形成與起源，都一併歸結爲對自然界現象的一種再現，也就是對偶起源於對自然界中對稱平衡現象的模仿，以及文學中的對偶是自然而然形成的。但是，從自然形象到人爲文學，這種對稱均衡的美感經驗如何轉化成文學中的對偶，劉勰並未深論。

〔註1〕　學者黃慶萱在其《修辭學》（台北：三民書店，2002年10月）一書中談到對偶時，即從「對貞」說起：「在殷虛卜辭中，可以發現初民們已有使用聯語的習慣，那就是甲骨文學家所謂的『對貞』了。」（頁595）大陸學者李躈也有相同的論點：「從文章語言的角度講，中國最早的散文甲骨文中，也已經出現了對偶的句子：……，這種正反兩面的推測，即對舉或對應的句子乃是偶儷句的雛形。」（《駢文的發生學研究——以人的覺醒爲中心之考察》，北定：河北大學出版社，2005，頁46）。

〔註2〕　〔梁〕劉勰撰，周振甫著：《文心雕龍今譯》（北京：中華書局，2005年），頁317。

畢竟，文學主要以文字作爲媒介，與造形藝術使用線條、色彩直接呈現對稱平衡的美感相較之下，多了一層限制。這種說法非常籠統、寬泛，並未能解決中國文學中對偶何以形成的原因。

討論對偶的起因與形成，現代學者一般均主張多元因素的共同影響。如范文瀾在《文心雕龍註》中認爲對偶源於四點：一是人心之聯想、二是便於記憶、三是利於舉證、四是好趨均平。〔註3〕

黃慶萱在《修辭學》一書中則是以客觀因素，源於自然界的對稱；主觀因素，是由於美學、心理學的原理以及漢語的特性等綜合觀點來說對偶的起源〔註4〕。

張仁青在《駢文學》中論述駢文產生因素時提出六端：一是「受自然界事物奇偶相對之啓發」、二是「觀念聯合之作用」、三是「社會及時代之需要」、四是「文章本身之需要」、五是「人類愛美之心理」、六是「中國語文之恩賜」〔註5〕。而修辭學者蔡宗陽亦引此說爲其「對偶產生之主因〔註6〕」。

孫光萱在《詩歌修辭學》一書中，則認爲對偶實質上是中國「語言、思維方式和藝術三位一體的結晶」。〔註7〕

茲就上列四位學者所提出的各種對偶形成因素爲基礎，以各個成因被提到的次數多寡爲依據，歸納爲以下幾點：

（一）源於聯想

認爲「聯想」是對偶形成原因之一的，有范文瀾、黃慶萱、張仁青三人。范氏「起於人心之聯想」的說法，非常簡略，僅以：

> ……原麗辭之起，出於人心之能聯想。既思「雲從龍」，類及「風從虎」，此正對也。既想「西伯幽而演易」，類及「周旦顯而制禮」，此反對也。正反雖殊，其由於聯想一也。

並未說明爲何有了「聯想」就會產生對偶。

黃氏的源於聯想之說，則是引用張仁青之說。張氏稱此爲「觀念聯合之作用」：

〔註3〕 范文瀾：《文心雕龍註》（北京：人民文學出版社，1998年），頁590。

〔註4〕 黃慶萱：《修辭學》（台北：三民書店，2002年10月），頁591。

〔註5〕 張仁青：《駢文學》（台北：文史哲出版社，1984年3月），頁57～84。

〔註6〕 蔡宗陽：《修辭學探微》（台北：文史哲出版社，2001年4月），頁239。

〔註7〕 孫光萱、古遠清合著：《詩歌修辭學》（台北：五南圖書出版公司，1997年6月），第三節「對偶：奇妙的姻親」，頁288～306。

一觀念之起，每以某種關係引起其他觀念者，在心理學上謂之觀念聯合（一作聯想）。其大別為類似聯想、接近聯想與對比聯想三類。類似聯想起於種類之近似。如言「狗」則思及「貓」，以其同為家畜故也。又如言「菊花」則思及「向日葵」，以其同為黃色之花，在性質上有類似點故也。接近聯想則因經驗之某某諸觀念，於時間上或空間上，本互相接近，如言「櫻花」則思及「日本」，言「梅花」則思及「林逋」；以至言「關盼盼」則思及「燕子樓」，言「李香君」則思及「桃花扇」，甚至言「鍾儀幽而楚奏」，則思及「莊舃顯而越吟」，言「項羽之魂斷烏江」，則思及「謝安之凱奏淝水」等。兩種對象雖不同，而在經驗上則相接近，此皆接近聯想也。對比聯想係以兩種殊異之事物對立，如「黃」與「白」，「粗」與「細」，乃至「春花」與「秋月」，至「香草」與「美人」等，而使其特徵更加明顯者也。夫麗辭之起，亦猶是也，亦出於人心之能聯想也。既思「青山」，類及「綠水」，既思「才子」，類及「佳人」，此正對也。既思「光明」，類及「黑暗」，既思「驕矜」，類及「謙遜」，此反對也。正反雖殊，其由於聯想一也。推而廣之，至於「天香國色」，「春華秋實」等，或意義相聯，或輕重悉稱，皆因人心有能聯想之自然趨勢而構成者也。〔註8〕

張氏透過心理學的角度，從「類似聯想」、「接近聯想」和「對比聯想」三方面將聯想的過程作了深刻的分析，可以說是對范文瀾「起於人心之聯想」的補充說明。

（二）源於中國文字的特性

認為中國文字的特性是造成對偶的原因之一者，有黃慶萱、張仁青以及孫光萱等三人。黃氏在綜合完對偶形成的客觀因素與主觀因素的對稱美感之後說：

而漢語的孤立與平仄之特性，又恰好能滿足這種客觀現象與主觀作用之表達。〔註9〕

之後又提到：

漢語由於其「單音」、「平仄」的特性，所以對仗起來可以一字對一

〔註8〕　張仁青：《駢文學》（台北：文史哲出版社，1984年），頁57～84。
〔註9〕　黃慶萱：《修辭學》（台北：三民書店，2002年10月），頁591。

字，一音對一音，要比別的語言更整齊。〔註10〕

而張仁青提到中國語文的特性時，他說：

中國語文之特質，在孤立與單音，極便於講對偶，務聲律。〔註11〕

也認爲中國文字的「孤立」與「單音」是形成對偶的條件。

孫光萱則是引繆鉞：「吾國文字，一字一音，宜於對偶，殆出自然」〔註12〕
爲依據，與前列二位所言相同。

（三）源於自然界的對稱與美學的「對稱」原理

主張對偶源於自然界的對稱現象與美學上的「對稱」原理者，有黃慶萱、
張仁青。而這也是黃慶萱認爲對偶形成的基本原因，說道：

對偶，客觀上，源於自然界的對稱；在主觀上，源於心理學上的「聯
想作用」和美學上「對稱」的原理。〔註13〕

他認爲自然界各種事物的對稱現象，是修辭上「對偶」法的淵源。並以自然
界各種對稱現象加以說明：

自然界中，蝴蝶、蜻蜓、對生的樹葉，楓樹的翅果成二裂片：他們
都是在一直線上成左右對稱。太陽、雪片、花朵，以及某些水中生
物都是在圓心四周成放射勻稱。人體的奇偶相稱；人性的善惡相負：
在在都成爲修辭「對偶」法無窮無盡的資料。〔註14〕

說到美學時，黃氏則引用美學概念的「對稱」爲據，說「對稱」將「帶給人
舒適快樂」「帶給人滿足平靜」，並總結：

既然人事和物情有許多是自然成對的，而人心理方面的聯想作用能
把這些成對的現象聯結起來；生理方面的肌肉活動也因辨認這些成
對的現象而獲快樂。〔註15〕

張仁青的觀點與黃慶萱一致，提出對偶是「受自然界事物奇偶相對之啓
發」所產生，並且在引用朱光潛《文藝心理學》中論「形體美」的一段話之
後說道：

「平衡」或「勻稱」本係一種物理現象，人在生理上既然有此項要

〔註10〕同前註，頁594。
〔註11〕張仁青：《駢文學》，頁64。
〔註12〕繆鉞：《詩詞散論》（台北：開明書局，1953年），頁22。
〔註13〕黃慶萱：《修辭學》，頁591。
〔註14〕同註13，頁592。
〔註15〕同註13，頁593。

求，心理上自然對此種狀態感覺舒適，寖假產生愛好，不覺流露於字裡行間，對偶文字，因而產生。〔註16〕

亦與黃慶萱認為基於美感的需求，進而產生對偶的說法一致。

（四）其　他

其他被提出的對偶成因，均為個別主張，如「便於記憶」、「利於舉證」和「好趨均平」等三個成因由范文瀾所提出，他說：

> 古人傳學，多憑口耳，事理同異，取類相從，記憶匪艱，諷誦易熟，此經典之文，所以多用麗語也。凡欲明意，必舉事證，一證未足，再舉而成；且少既嫌孤，繁亦苦贅，二句相扶，數折其中。昔孔子傳易，特制文繫，語皆駢偶，意殆在斯。又人之發言，好趨均平，短長懸殊，不便脣舌；故求字句之齊整，非必待於稱對，而稱對之成，常足以齊整字句。〔註17〕

從心理的角度分析對偶之所以為人們所使用的原因。

「社會及時代之需要」、「文章本身之需要」以及「人類愛美之天性」等三點因素，是由張仁青所提出〔註18〕。其「社會及時代之需要」之說，援引清人阮元〈文言說〉與上列范文瀾說法，得到「駢偶之產生，肇因於社會及時代之需要」的結論；「文章本身之需要」之說，是從對偶的功效而言，說道：「舉凡文章緊湊之時，常令讀者厭倦，如在其中，附以麗辭，則麗辭之華美，與格式之一定，既可引人入勝，又可令人暫時得以修養疲勞，此則麗辭之重要功效也。」；而對偶起源於「人類愛美之天性」，其認為「人類皆有愛美之天性，欲使他人接受作者之情意，感發其情緒，必須具有動人之美感」。

對偶源於民族特有的「思維習慣和方式」，此一觀點是孫光萱在其所謂對偶是「語言、思維、藝術三位一體的結晶」中提到的：

> 自古以來，我國人民觀察事物，考慮問題，常常具有一種樸素的辯證法，喜歡從事物的對應關係中展開思考。……在這種思維方式的浸潤和影響下，人們即使不是在談論國家大事、人生哲理，只是在處理日常生活中的一些實際問題，也會在用詞上顯出一種寬泛的二元的特點，……須知前面所說漢語天然具有對偶化的傾向，在這裡

〔註16〕張仁青：《駢文學》，頁58。
〔註17〕范文瀾：《文心雕龍註》（北京：人民文學出版社，1998年），頁590。
〔註18〕張仁青：《駢文學》，頁61～64。

又得到一番有力的證明了。〔註19〕

從寬泛的二元對應的思維出發，提出對偶產生的內在心理因素。

除了以上各家提出對偶成因的說法之外，還有如王燕〈淺議對偶形成的基礎〉一文結合「漢語言的特點」、「漢民族的審美意識」和「思維方式」說明對偶形成的基礎〔註20〕。日人古田敬一在《中國文學的對偶藝術》中則提出「對句的根源在於有『對』的思想。」〔註21〕以及松浦友久所提到的「對偶性思維〔註22〕」等等，雖各有論述，但均與前列各點成因相近，因此不再贅述。

歸納以上四家所提出的對偶成因之後，我們可以發現對於對偶的形成，沒有一項是他們共同持有的觀點，而其中最多人提到的，源於「聯想」與「中國文字的特性」這兩個原因，雖都有三人提出，但兩者之間，並非相同的三人，如提到「聯想」的是范文瀾、黃慶萱和張仁青，而提到「文字特性」的則是黃慶萱、張仁青和孫光萱，只有黃慶萱與張仁青同時提到此兩個成因，顯示出論者對此議題所主張的差異。而其他各項原因則多為個別提出，且其中「便於記憶」、「利於舉證」、「好趨均平」、「社會及時代之需要」、「文章本身之需要」以及「人類愛美之天性」等所謂的「成因」，基本上，都是從對偶的作用、功效出發，似非對偶形成的直接因素。如此可見，對於「對偶形成」此一議題，仍存在著相當程度的討論空間。

本文以上列各家所提出的對偶成因作為基礎，將「聯想」、「中國文字的特性」、「自然界的對稱現象與美學上的『對稱』原理」（即「美感」）以及「中國人的思維習慣與方式」等四點作為對象，討論其對於中國文學中對偶形成的主次關係，希望對於此議題得到一個更具體的瞭解。

基本上，對偶是一種文學的形式。講究形式，自然離不開其媒介——文字。而我國文字單音節、孤立語的特性，則提供了對偶在形式上構成的有利

〔註19〕孫光萱、古遠清合著：《詩歌修辭學》，頁290～291。

〔註20〕王燕：〈淺議對偶形成的基礎〉（雲南師範大學學報，1999年1月）第31卷第3期，頁7～10。

〔註21〕古田敬一著，李淼譯：《中國文學中的對偶藝術》（台北：祺齡出版社，1994年），頁17。

〔註22〕轉引自申小龍：《漢語與中國文化》（上海：復旦大學出版社，2005年3月），頁249，引松浦友久語，《詩語的諸相——唐詩札記》（研文社，1981年）。筆者查閱松浦友久相關中譯著作，如《中國詩歌原理》（台北：洪業文化，1993年5月）一書，並未見及此名稱，或許是不同譯者翻譯上的差異，在此僅以申氏所譯為據。

條件。中國文字主要是一種象形的表意文字，獨體是其形式上的特性。一字一音一形的文字特性，在實際運用上，很容易造成上下兩個句子字數相等的句式，成為駢句，而駢句是對偶的基本形式。

此外，由於中國字是一種音節文字，一個字代表語言的一個音節。在上古漢語中，以單音節為主，一個字就是一個詞；而在現代漢語中，漢語則以複音詞或多音詞佔多數。在這些複音詞或多音詞中，字往往只是一個詞的詞素。這種一字一音的特性，在字數相等的對偶基本型態下，極易形成意義與聲音上的雙重對偶結構。

因此，郭紹虞即說：「中國文辭之對偶與勻整，為中國文字所特有的技巧〔註23〕」、周法高也說過：「對偶也是中國文學的特色之一，這也是由於中國語文的單音節性而形成的〔註24〕」、林尹同樣說到：「在聲音上，中國文字一字一音，又有平仄的不同，所以排比對仗起來，一個字對一個字，一平一仄，可以對得非常整齊〔註25〕」、日本漢學家鹽谷溫則云：「中國語文單音而孤立是特性，其影響於文學上，使文章簡潔，便於作駢語，使音韻協暢〔註26〕。」這些都說明了中國文字的特性是對偶形成的最主要因素。

其次，關於對偶源於「聯想」的說法，大多數論者均有此主張，「聯想」與對偶的關係的確相當密切，不過，有「聯想」的能力不一定就會出現對偶的形式。因為，所有的文學作品都必須具備豐富的想像，「聯想」是一種文學的想像，是所有文學產生的共同因素。源於「聯想」所表現出來的，可以是散文、詩歌、小說、戲劇，甚至於藝術，各式各樣的形式，對偶只是其中可能的形式之一而已。「聯想」是心理層面的思維，思維必須以語言文字作為媒介，才能表達出來。就算表達出來了，也不一定就要使用對偶的形式。

就對偶本身在內容上意義相對應而言，學者張仁青透過心理學的角度，從「類似聯想」、「接近聯想」和「對比聯想」三方面，將對偶與聯想之間的思維過程作了詳細的說明，見解已非常精闢。但是，「聯想」這種心理層面的思維過程，凡是人類都有這樣的經驗，與對偶形式的形成，仍不盡然有絕對的關連性。我們可以說，對偶的產生與聯想有關，但有聯想不必就是對偶。

〔註23〕郭紹虞：《照隅室語言文字論集》（上海：上海古籍出版社），頁103。
〔註24〕周法高：〈中國語文與文學〉（《中國語言研究》，中華文化出版事業委員會，1955年），頁166。
〔註25〕林尹：《文字學概說》（台北：正中書局，1971年），頁27。
〔註26〕鹽谷溫著，孫俍工譯：《中國文學概論》（台北：開明書局，1976年）

所以，用「聯想」來說明對偶的起源，雖然並不爲過，但顯得比較寬泛。

相較於「聯想」，孫光萱所提到的我國人民特有的思維習慣方式，即是從「事物的對應關係中展開思考」，並顯出「寬泛的二元的特點」則更爲明確〔註27〕。固然，在「聯想」中也有「對比聯想」，以「兩種殊異之事物對立，……而使其特徵更加明顯者也〔註28〕」與此思維方式相似，但是，「聯想」是由一個點擴及到另一點，而二元的對應則是本來就存在的兩個相對觀念，在心理層面上更容易造成對偶。

中國人很早就認識到客觀世界萬事萬物具有對立關係，並從這種對立的思維方式來敘述事物。《易經》中的對立觀念，諸如奇與偶、陰與陽、損與益、剛與柔、泰與否等，在一定程度上已反映出這種思維。日本學者古田敬一即言：

> 對句的根源在於有「對」的思想。這就是以陰陽二元爲思想基礎的
> 中國哲學思想。〔註29〕

不過，這種「對」的觀念事實上並非截然而分，反倒是從中求得和諧平衡。所謂的「一陰一陽之謂道」，天地萬物的運動變化被歸結爲陰陽兩種對立勢力的相互運動變化；《老子》書中所謂「禍兮福所倚，福兮禍所伏」，從禍、福對立的兩端，指出其間轉化的關係，都是從一個事物的兩面來進行思考，進而得到融合和諧的整體。這種一分爲二，既對立又和諧的思維方式，反映到文學中，表現爲對對偶的重視。松浦友久即提出中國詩歌中有所謂的「對偶性思維」：

> 中國詩歌從構思到韻律，重視對偶性思維。一般來說，對句的表現
> 手法，無論在哪國的詩歌裡面也不罕見。但是中國詩裡，它根植於
> 應該說是中國式思維的本質的對偶感覺，而且由於合「中國語的基
> 礎單位二音節結構」、「古典韻律的基礎單位平仄二分對立」、「漢字
> 一字一音節的表記」等特點，使它超出了單純的表現手法的範圍，
> 成爲生理的、體質的東西。〔註30〕

「對偶性思維」對於中國人之所以是一種「本質的對偶感覺」，是因爲它早已

〔註27〕 孫光萱、古遠清合著：《詩歌修辭學》，頁290。

〔註28〕 張仁青：《駢文學》（台北：文史哲出版社，1984年3月），頁60。

〔註29〕 古田敬一著，李淼譯：《中國文學中的對偶藝術》（台北：祺齡出版社，1994年），頁17。

〔註30〕 轉引自申小龍：《漢語與中國文化》（上海：復旦大學出版社，2005年3月），頁249，引松浦友久語，《詩語的諸相——唐詩札記》（研文社，1981年）

成為中國人看待世界的方式，並且結合了中國文字的特性，使得對偶成為中國文學中「生理」、「體質」的一部份。所以松浦友久又說：

> 陰陽思想毋寧說是作為對偶思考的結果而形成的，進而它也作為原因之一在發揮作用，是使中國的對偶思考演變得更為根深蒂固的東西。〔註31〕

「對偶思考」成為對偶形成的心理基礎，這種思維，再加上中國文字的特性，是極為容易形成對偶。

至於源起自然界的對稱平衡現象，引起人們心理上的美感要求，進而產生對偶的說法，也是對偶形成的原因之一。然而，也跟「聯想」與對偶的關係一樣，有了追求對稱平衡的審美心理，當然可能出現對偶，但也可能出現非對偶的形式；反過來說，對偶的出現也不一定只是為了呈現這種審美心理。比如孔子說過：「辭達而已矣」（《論語、衛靈公篇》），但是《論語》中就有不少對偶句，如：「學而不思，則罔；思而不學，則殆」（為政篇）、「君子喻於義，小人喻於利」（八佾篇）、「貧而無怨，難；富而無驕，易」（子路篇）等等，其目的在於透過「學」與「思」、「君子」與「小人」、「貧」與「富」之間的對比，來教育學生而已。這些對偶的出現並非為了達到美感，亦非由美感出發。其中有些對偶句，或許會給予讀者美感，但這並非其出現的原來目的。

再者，這種源於自然界的對稱現象與美學上的「對稱」原理，而追求對稱平衡的美感心理，是內在的，若無文字作為載體，文學上的對偶亦無法呈現。

中國文字的「獨體」特色，使其本身具有審美的可能性，中國書法藝術就是最具體的代表。曾經學過書法的人，對於「九宮格」的習字帖必定不陌生。在格線中，文字的點捺橫豎所造成的視覺平衡，是初學者就可以直接意識到的。有些中國字基本上就已對稱，如平、大、中、王等字，都可由中間畫出軸線，左右對稱的現象，縱使不是如此完整對稱的字，在書法摹寫上，也盡量讓它成為框線中的平衡。這種對稱平衡的審美意識可以上溯到秦代，文字的發展由大篆變為小篆，小篆改變了鐘鼎文的曲筆為直筆，體式工正，筆畫均勻，結構已多為對稱均衡〔註32〕。這種結構方正、形體完整的文字特性，實際運用在文學上，很容易形成上下兩個句子字數相同的整齊句式，這

〔註31〕松浦友久：《中國詩歌原理》，頁 226。
〔註32〕見蔣文光，《中國書法史》（台北：文津出版社，19937 年），頁 26；譚興萍、《中國書法用筆與篆隸研究》（台北：文史哲出版社，1991 年 8 月），頁 122。

種整齊的句式已然是一種對稱的形象，進而配合其他如意義、句法、詞性等的條件，自然可以形成對偶。可見由於中國文字本身所具備的特性，使得追求平衡對稱的審美心理得以透過此文字特性，外顯出來形成對偶。

綜合以上的討論，本文主張：

中國文學中的對偶之所以形成，其關鍵在於中國文字單音節、孤立語的特性。這種特性直接有利於對偶的形成。不論是從「聯想」、「思維」，或「美感」的角度來說，若無文字上具備利於對偶的條件，在文學中都不盡然會出現對偶。

其次，中國人二元對應又和諧的思維模式，是對偶形成的主要心理基礎。雖然「聯想」與「美感」也都是對偶形成的心理因素，不過，相較於對應和諧的民族思維習慣與方式，「聯想」與「美感」普遍存在於人類心理，屬於對偶形成的普遍性原因，對於中國人而言，對應和諧的思維方式，則是對偶形成的特殊性原因。

中國文字的特性與二元對應和諧的思維是中國文學中對偶形成的兩大主要因素，文字是載體，而思維則是內涵，兩相配合之下，對偶自然易於產生。而「聯想」與「美感」等因素，則可視為廣泛的成因。

第二節　對偶之定義

一、前人之對偶定義

對偶的定義，對於一般人來說，是再清楚不過的常識。尤其是在有關修辭學的書籍中，對偶勢必會被提及，我們對於對偶的基本認識也大都是以此為依據，如：

　　△說話中凡是用字數相等、句法相似的兩句成雙成對排列成功的，
　　　都叫做對偶辭。〔註33〕
　　△把字數相等，結構相同，意義相關的兩個句子或詞組對稱地排列
　　　在一起，這種方式叫「對偶」。〔註34〕
　　△把相似、相反、或相對的意思，用字數相等、語法相似的形式，

〔註33〕陳望道：《修辭學發凡》（台北：台灣開明書店，1957年），頁305。
〔註34〕《語法與修辭》（廣西教育出版社，1997年8月），頁357。

　　　　來構成華美的對句，叫做『儷辭』。〔註35〕

　△把字數相等，語法相似，意義相關的兩個句組、單句或語詞，一
　　前一後，成雙成對地排列在一起就叫「對偶」。嚴格的「對偶」，
　　講究上下兩語言成分平仄相對，而且避用同字。〔註36〕

　△在語文中，字數相等、語法相似、詞性相同、平仄相對的文句成
　　雙作對地排列的一種修辭方法。〔註37〕

以上對於對偶的定義，主要都集中在「意義相對」、「句法相似」、「兩句」（或「兩個句組、單句或語詞」）以及「字數相等」四個條件。提到「平仄相對」的只有黃慶萱、蔡宗陽，而且兩人看待「平仄相對」的態度不同，黃慶萱認為講究「平仄相對」的對偶是「嚴格的對偶」，有別於其他的對偶；而蔡宗陽則是認定對偶須講「平仄相對」。

　　基本上，「意義相對」、「句法相似」、「兩句」（「兩個句組、單句或語詞」）這三個條件，只要是對偶，都符合這幾個條件，沒有爭議。

　　至於「字數相等」這個條件，則有待商榷。對偶難道一定都是「字數相等」的整齊形式嗎？「字數不相等」，但是符合「意義相對」、「句法相似」的「兩句」，就不算是對偶？就早期修辭學的觀點而言，意義相對、句法相似而字數不等的兩句，不是對偶而是視之為排比。學者們在討論到對偶與排比之間的區別時，往往就以字數相不相等作為一個判斷的標準，如：陳望道在談到對偶與排比的分別時，其第一點即是：

　　　對偶必須字數相等，排比不拘。〔註38〕

王力在討論語言形式美時，說：

　　　對偶是平行的、長短相等的兩句話；排比則是平行的，但是長短不
　　　相等的兩句話，或者是兩句以上的、平行的、長短相等的或不相等
　　　的話。〔註39〕

王力是從客觀的句數與字數來區別對偶與排比：多於兩句的，不論其是否字數相等都不是對偶，而縱使是兩句話意義相對，但上下句字數不同，也不能

〔註35〕黃永武：《字句鍛鍊法》，頁63。
〔註36〕黃慶萱：《修辭學》（台北：三民書局，增訂三版一刷，2002年10月），頁591。
〔註37〕蔡宗陽：《修辭學探微》（台北：文史哲出版社），頁126。
〔註38〕陳望道：《修辭學發凡》，頁307。
〔註39〕王力：〈略論語言形式美〉（《王力文集》卷19，山東教育出版社，1990年），頁305～329。

算是對偶,而是排比。

　　駢文論者在討論駢文中的對偶時也有相同的主張,鐘濤即認為:

>　　兩句字數同、意思相偶之句,才能稱之為偶句;雖意思相偶,而字
>　　數不同,或是兩句以上者,則只能算是排比。〔註40〕

顯然,「字數相等」的對偶定義是他們區別對偶與排比的重要依據之一。

　　也有比較簡略的說法,如黎運漢、張維耿在談現代文學中的修辭時,對
於排比與對偶的區別,其第三點說到:

>　　對偶的兩個對句意思互相對應,字數大體相等;而排比只需句子結
>　　構相同或相似就可以了,字數不必相對。〔註41〕

這裡的「字數大體相等」,是不是說容許字數不相等的對偶,我們並不清楚,
然而他們在本段文字之前,對於對偶的定義是:「把一對字數相等,結構相同
或相似的語句連接起來,表達相對或相關的意思的修辭方式」〔註42〕,顯然
主張對偶應該是「字數相等」。

　　在中國文學中,意義相對,卻字數不等的兩個句子,到底算不算是對偶?
中國最早的文字紀錄──「甲骨卜辭」,有所謂的「對貞卜辭」,來自於殷商
人占卜紀錄的方式,學者朱岐祥在其《殷墟卜辭句法論稿》一書中說道:

>　　對貞是殷人占卜的方式。舉凡在決定事情可否之前,殷史官會在龜
>　　甲或獸骨上一再卜問事情的吉凶。卜問的方式主要是正反或重複的
>　　訊問某事,以祈求神明決定,鬼神判定吉凶取捨。事後把這些正反
>　　或重複的占卜文辭刻寫在甲骨卜兆旁邊,成組相對並立。這種對應
>　　的卜辭,就是對貞卜辭。〔註43〕

這種把正反相對的文辭刻寫在卜兆邊,而成組相對並立的記錄方式,從形象
上看來,是一種形式的相對。而貞卜的主要目的在於得到神明的指示,所以
詢問的語詞是簡單而直接的要或不要、好或不好、吉或凶、雨或不雨、風或
不風,都是從正反兩面出發。在記錄方式與貞卜目的同樣都是以「對」為出

〔註40〕鐘濤:《六朝駢文形式及其文化意蘊》(北京:東方出版社,1997 年),頁
　　　56。

〔註41〕黎運漢、張維耿:《現代漢語修辭學》(香港:商務印書館香港分館,1986 年
　　　8 月),頁 150。

〔註42〕同上註,頁 145。

〔註43〕朱岐祥:《殷墟卜辭句法論稿──對貞卜辭句型變異研究》(台北:台灣學生
　　　書局,1990 年 3 月),頁 2～3。

發點時，也就是爲了得到神祇指示，運用正反相對應的詞語，而在卜兆左右或上下相對應的位置書寫紀錄的方式，自然很容易會以對應的形式呈現。

這些「對貞卜辭」所表現出來的句式，有字數相同的，如〔註44〕：

其囚？

不囚？（《集》734）

己亥卜，不雨？庚子夕雨。

己亥卜，其雨？庚子允雨。（《集》32171）

不雨？

其雨？（《集》12077、32396、38116）

也有字數不等的句式，如：

其來？

不其來？（《集》6728）

王立黍，受年？

王勿立黍，弗其受年？（《集》9525）

屮疾目，龍？

屮疾目，不其龍？（《集》13625）

與後世的對偶頗有類似之處，但在甲骨文學者而言，是不把這「對貞」與對偶劃上等號〔註45〕，卜辭中對貞的出現，其目的是希望得到神祇的指示，除了正反兩面的選項之外，沒有第三種選擇，有與沒有、風與不風、來與不來，其結果只有兩者的其中之一，對貞相對應的形式，純粹是從正反兩面而來，並非占卜者有意爲之的文學修辭形式，是出自於意欲獲得占卜結果的意圖，非出自於文學形式的修辭目的；而對偶則不然，它是作者刻意爲之的文學修辭形式，且在相對的語詞中，不盡然是正反的關係，如雲對雨、雪對風、楚對齊等等對應語詞都不是彼此唯一相對應的一部份，其關係及出發點與對貞是不同的。所以，現今學界仍有諸多學者反對將對貞視爲對偶〔註46〕。不過，也有少數學者提出對貞是對偶的論點，姑且將其論述列出，聊備一說，如修辭學者黃慶萱在談到對偶時，即言：

〔註44〕以下有關卜辭例證，均引自《甲骨文合集》，於後註明編號，不另作註。

〔註45〕依本論文初試委員建議，筆者徵詢朱岐祥先生，得到此說。

〔註46〕本論文正式考試時，評審委員們對此議題提供了許多參考意見，亦均主張對貞並非對偶。

在殷墟卜辭中，可以發現初民們已有使用駢語的習慣，那就是甲骨文學家所謂的「對貞」了。……不過卜辭和春秋之前古籍上的對偶，都出於自然，不勞經營。〔註47〕

大陸學者李躞也說道：

從文章語言的角度講，中國最早的散文甲骨文中，也已經出現了對偶的句子：……「令雨」、「弗令雨」，「風」、「不風」，這種正反兩面的推測，即對舉或對應的句子乃是偶儷句的雛形。〔註48〕

黃氏將「對貞」視爲對偶，而李氏則稱爲對偶的「雛形」，皆從「對貞」所表現出來的形式立論。從此一觀點來看，「對貞卜辭」有可能是對偶的雛形。如果這種說法成立的話，那麼字數不等的「對貞」，也可能是對偶的雛形之一。那麼對偶存在著字數不等的形式，則值得我們注意。

除此之外，明清以來，科舉考試要考「四書文」（即「八股文」），其特色就是「股對」，清儒顧炎武論及八股文即說「股者，對偶之名也〔註49〕」，既然是對偶，那麼「股對」應該都是字數相同的對偶形式，不然，在科舉考試的嚴格要求下，寫出不符合規定的「股對」的考生早該名落孫山了。其實不然，在清人方苞所輯《欽定四書文》中所收錄的四書文裡，字數不相等的「股對」並不少見，如：

有以好仁之篤言者，

有以惡不仁之至言者。（錢福〈好仁者無以尚之〉）〔註50〕

彼晉嘗伯天下矣，其爲史也，興於田賦乘馬之事，故名之曰乘焉；

楚嘗伯天下矣，其爲史也，興於記惡垂戒之義，故名之曰檮杌焉。

（王鏊〈晉之乘〉）〔註51〕

撫禹甸而知墳壤山澤之利皆爲人用，其不惜獻力以遂生民之欲者，天之心也，天下之物，任天下自爲之，固有國者之所以爲體；考周

〔註47〕黃慶萱：《修辭學》（台北：三民書局，2002 年），頁 595～596。

〔註48〕李躞：《駢文的發生學研究——以人的覺醒爲中心之考察》，北定：河北大學出版社，2005，頁 46。

〔註49〕〔清〕顧炎武撰，〔清〕黃汝成集釋：《日知錄集釋》（長沙：嶽麓書社，1994年）卷十六，「試文格式」條，頁 594。

〔註50〕〔清〕方苞輯：《化治四書文》（《欽定四書文》，文淵閣四庫全書本，第 1451冊）卷二，「論語上」，頁 1451-19。

〔註51〕《化治四書文》卷六，「下孟」，頁 1451-59。

禮而見土木水草之事各有深謀，其不惜委曲以安食貨之性者，聖人
之法也，天下之物，任天下自爲之而自耗之，非有國者之所以爲心。

（熊伯龍〈不違農時〉）〔註52〕

甚至於一篇之中，四組「股對」，有三組都是字數不等的，如韓菼的〈子謂顏
淵曰〉〔註53〕一篇：

起二比（提比）：

人有積生平之得力，終不自明，而必俟其人發之者，情相待也。故
意氣至廣，得一人焉，可以不孤矣。

人有積一心之靜觀，初無所試，而不知他人已識之者，神相告也，
故學問誠深，有一候焉，不容終秘矣。

小二比（虛比）：

汲於行者蹶，需於行者滯，有如不必於行，而用之則行者乎？此其
人非復功名中人也。

一於藏者緩，果於藏者殆，有如不必於藏，而舍之則藏者乎？此其
人非復泉石中人也。

中二比（中比）：

則嘗試擬而求之，意必詩書之內有其人焉。爰是流連以志之，然吾
學之謂何。而此諸竟遙遙終古，則長自負矣。竊念自窮理觀化以來，
屢以身涉用舍之交，而充然有餘以自處者，此際亦差堪慰耳。

則又嘗身爲試之，今者轍環之際有微擅焉，乃日周旋而忽之，然
與人同學之謂何，而此意竟寂寂人間，亦用自嘆矣。而獨是晤對
忘言之頃，曾不與我質行藏之疑，而淵然此中之相發者，此際亦
足共慰耳。

後二比（後比）：

惟我與爾攬事物之歸，而確有以自主，故一任乎人事之遷，而只自
行其性分之素。此時我得其爲我，爾亦得其爲爾也，用舍何與焉，
我兩人長抱此至足者共千古已矣。

惟我與爾參神明之變，而順應無方，故雖積乎道德之厚，而總不爭

〔註52〕《本朝四書文》卷十，「孟子上之上」，頁 1451-840。

〔註53〕《本朝四書文》卷三，「論語上之中」，頁 1451-667。

> 乎氣數之先，此時我不執其爲我，爾亦不執其爲爾也。行藏又何事
> 焉？我兩人長留此不可知者予造物已矣。

既然連嚴格的科舉考試試文都接受字數不等的對偶，那麼以「字數相等」作爲對偶的條件，事實上，並不能涵蓋所有的對偶形式。

至於對偶講究「平仄相對」的條件，前列的定義中，有的提到對偶有時需要講究聲音上平仄相對，只不過是從「嚴格的對偶」來說，言下之意，似乎這並非對偶的重心；亦有直接認爲對偶就需要「平仄相對」；更多的是完全不提到對偶的聲音部分，差異頗大。而且縱使提到對偶聲音上的平仄相對，也未多作說明，僅以：

> 可是到了律詩，……首、尾二聯不用對仗；頷、頸二聯則對仗工
> 整。全詩四聯，嚴格地講究本句的平仄相間和上下句的平仄相對
> 了。〔註54〕

一語帶過。這並非談對偶的平仄，而是談近體詩的聲律了。或許這是受到王力在《漢語詩律學》中所講的影響：

> 近體詩的對仗之所以不同於普通的駢語，因爲它有兩個特點：第一，
> 它一定要避同字……第二、它一定要講究平仄相對（平對仄、仄對
> 平）……〔註55〕

事實上，在中國文學裡，有講究平仄相對的對偶，也有不要求平仄的對偶，散文、古體詩中的對偶就不盡然要求平仄，而講究平仄相對的對偶，也不只存在於近體詩，駢文、律賦的對偶也都講究聲音上的平仄安排。講對偶，卻不提及平仄相對，或者認爲對偶就一定要平仄相對，都不是正確的。

從以上討論中，反映出立基於修辭學觀點的對偶定義，並不十分周延。因此，本文有必要爲「對偶」下一個明確的定義。

二、本文之對偶定義

（一）對偶的基本條件

本文對偶的定義，從最基本的對偶條件而來。這個條件就是：「意義相對、句法相似並排在一起的兩個句子」，上句稱之爲「出句」，下句稱之爲「對句」。只要符合這個基本條件的，均可視之爲對偶。

〔註54〕黃慶萱：《修辭學》，頁597。
〔註55〕王力：《漢語詩律學》（台北：宏業書局，1985年），頁10。

不過，仍有幾個問題需釐清：

首先，「對偶」與「排比」在修辭學上的界定，有著先後期的不同，在此有必要兩者作一明確的區隔。

早期修辭學界對於「排比」的定義，主要從其所表現的事象、內容來解釋，如：

　　○同範圍同性質的事象用了結構相似的句法逐一表出的，名叫排

　　　比。（陳望道《修辭學發凡》）〔註56〕

　　○用一連串結構相同或相似的語句去表達相關的內容的修辭方式，

　　　叫做排比。（黎運漢、張維耿《現代漢語修辭學》）〔註57〕

都是以「同範圍同性質的事象」，或「相關的內容」強調「排比」的性質，至於其在形式上的要求，並未有明顯界定。董季棠在《修辭析論》一書中對於「排比」並未定義，不過，他提到：「對偶的擴大，就是排比。從形式看，排比類似對偶〔註58〕。」，以「對偶的擴大」說明「對偶」與「排比」的關係，但是從形式上，以「類似對偶」帶過，未見具體的說明。

對於「對偶」與「排比」之間的區別，陳望道提出三點分別：

　　（一）對偶必須字數相等，排比不拘；

　　（二）對偶必須兩兩相對，排比也不拘；

　　（三）對偶力避字同意同，排比卻以字同意同為經常狀況。〔註59〕

黎運漢、張維耿則提出「排比可看作是對偶的擴展」，與對偶的區別在於〔註60〕：

　1. 對偶是事物對立關係的反映，排比是同一範圍事物的列舉。

　2. 對偶限於兩個對句，排比的句數則不受限制。

　3. 對偶的兩個對句意思互相對應，字數大體相等，而排比只須句子

　　　結構相同或相似就可以了，字數不必相等。

　4. 對偶的兩個對句避免用相同的字，組成排比的各句則常出現相同

　　　的字。

〔註56〕陳望道：《修辭學發凡》（台灣開明書店，1957年），頁307。

〔註57〕黎運漢、張維耿編著：《現代漢語修辭學》（台北：書林出版有限公司，1997
　　　年），頁147。

〔註58〕董季棠：《修辭析論》（台北：文史哲出版社，1992年），頁341。

〔註59〕陳望道：《修辭學發凡》（台灣開明書店，1957年），頁307。

〔註60〕黎運漢、張維耿編著：《現代漢語修辭學》（台北：書林出版有限公司，1997
　　　年），頁150。

由此區分來看，對偶與排比，在形式上頗有重合之處，如在句數上，對偶是兩句的，排比也可以有兩句的形式；對偶字數相等，排比字數也可以是相等的；而在避同字上，陳望道認為對偶須「力避」同字，黎運漢等稱對偶「避免」用同字，不避同字者，則視為排比。所以，陳望道在「排比」中，即提到：「排比格中也有只用兩句互相排比的，這與對偶最相類似，可與對偶參看」，並舉白居易〈夜雨〉詩和杜甫〈前出塞〉九首之六為例：

> 我有所念人，隔在遠遠鄉；
>
> 我有所感事，結在深深腸。（白居易〈夜雨〉）
>
> 挽弓當挽強，用箭當用長；
>
> 射人先射馬，擒賊先擒王。（杜甫〈前出塞〉九首之六）

這兩例雖然都是兩兩相對、字數相同，但重複出現「我有所」、「當」、「先」等字，所以陳望道視之為排比。因此，可以說，以陳氏等人而言，對偶與排比最大的形式差異，在於同字的出現與否，即所謂的「避同字」。

　　不過，陳氏所謂的「力避」，黎氏等人的「避免」，只是盡量避免的意思，沒有客觀的標準，也沒有強制性。而王力《漢語詩律學》一書中，在談到「對仗」時，即援引如下諸例：

> 誰為爾無羊，三百維群；
>
> 誰謂爾無牛，九十其犉。（《詩經‧小雅‧祈父之什》）
>
> 食不厭精，膾不厭細。（《論語‧鄉黨》）
>
> 去者日以疏，來者日以親。（《古詩十九首》）

稱此為「不避同字的駢語」〔註61〕。其中「誰謂爾無」、「不厭」、「者日以」等字都重複出現在上下句，與陳望道所舉「兩句排比」之例，同字的情形一樣，但是，王力卻認為是對偶，可見「避同字」的區分方式，不盡然就能清楚判別對偶與排比。

　　近年，修辭學界對於排比的定義，則作了一定程度的修正，如：

> ○用三個或三個以上結構相同或相似、語氣一致的詞組或句子，以
> 　表達相關的內容。構成排比的各項，可以有共同的提挈語，也可
> 　以沒有。（唐松波、黃建霖《漢語修辭格大辭典》）〔註62〕

〔註61〕王力：《漢語詩律學》（台北：宏業書局，1985 年），頁 8～9。

〔註62〕唐松波、黃建霖主編：《漢語修辭格大辭典》（台北：建宏出版社，1996 年），頁 356。

○排比是以最少三組相似句法（如短語、子句、簡句、繁句、複句）
接連開展，淋漓盡致地表達物象多樣化的性質；並藉此規律形式
反覆陳述，造成強勁的氣勢。（張春榮《修辭行旅》）〔註63〕

○將同性質、同範疇的事象、情思，用三個或三個以上結構相同或
相似的詞組或句子，逐一排列起來，這種修辭手法，叫做排比。（黃
麗貞《實用修辭學》）〔註64〕

○用三個或三個以上結構相似、語氣一致、字數大致相等的語句，
表達出同範圍同性質的意象，叫做「排比」。（黃慶萱《修辭學》）
〔註65〕

○說話或作文，將三個或三個以上，結構相同或相近的語句、段落，
排列一起以表達相關內容的修辭法，便是「排比」修辭。（陳正治
《修辭學》）〔註66〕

從句數上，強調「排比」是「三個或三個以上」的句子。因此，對於對偶與
排比的區隔，有了句數上的客觀區分標準，如《漢語修辭格大辭典》的區別：

排比須由三項或三項以上構成，而對偶僅限上下兩句；排比不限字
數，對偶要求字數相等或相近；排比的各項多有共同的詞語為提挈
語，而對偶的上下句忌用相同的詞語；排比只表達相近或相關的意
思，而對偶卻表達相近、相反或相連的意思。〔註67〕

黃慶萱《修辭學》給對偶與排比的界線：

字數相同，結構相同或相近，上下相連的兩個語句，無論上下句有
無同字，也無論義同亦反，都算對偶。

三個或三個以上的語句，結構相同或相近，都算排比。〔註68〕

兩者的看法，基本上，都將對偶與排比，從句數上作了根本的區分，對偶就
是兩句，而排比則為三句，或三句以上。於是，在此區分基礎下，消除了同
字所造成的混淆，也就是排比可以出現同字，對偶也可以有同字，其差別是

〔註63〕張春榮：《修辭行旅》（台北：東大圖書，1996 年），頁 223。

〔註64〕黃麗貞：《實用修辭學》（台北：國家出版社，2000 年）頁 428。

〔註65〕黃慶萱：《修辭學》（台北：三民書局，2002 年），頁 651。

〔註66〕陳正治：《修辭學》（台北：五南圖書，2003 年），頁 242。

〔註67〕唐松波、黃建霖主編：《漢語修辭格大辭典》（台北：建宏出版社，1996 年）
頁 360。

〔註68〕黃慶萱：《修辭學》（台北：三民書局，2002 年），頁 654。

在句數上兩句、三句的不同。所以，陳望道所舉的「兩句排比」之例，與王力的「不避同字的駢語」，都是以兩句爲基礎，意義相對、句法相似、字數相等的句式，自然也都是對偶。

本文即以近來修辭學對於排比最新的定義，以及其與對偶之間的區別爲依據，將對偶與排比的主要差別，集中在兩句者爲對偶，三句（三句以上）者爲排比。事實上，對偶與排比是現代文學在修辭上的區隔，在傳統古典文學中，對偶與排比，兩者並沒有清楚的劃分，而且往往是「排偶」不分的，因此，本文所討論的對偶，既然是從傳統古典文學的角度出發，在一定程度上，對偶與排比兩者之間的界線並不需要那麼明確地區分開來。

至於對偶是否必須字數相等此一問題，在現代修辭學將對偶與排比的主要區隔確定之後，亦可得到清楚的界定。在《漢語修辭格大辭典》中，將對偶從結構上，分爲「嚴式對偶」與「寬式對偶」，「嚴式對偶」要求：「上下句字數相等，結構相同，詞性一致，平仄相對，不能重複用字」，而「寬式對偶」，則「要求不那麼嚴格，僅一部份等同於嚴式對偶」，其中包含了重複用字與字數不等的情形〔註69〕。學者黃麗貞則認爲「寬式對偶」：「就是在對偶的上、下句（或段）之中，『字數不必絕對相等；也不求兩兩相對；也不避字同意同』〔註70〕」可見對偶是可以有字數不等的形式存在的。

不過，學者黃慶萱對此有不同的看法，他說：

上下相連的兩個句子，結構相同或相近，但字數不同，既非對偶，

亦非排比，當歸於「錯綜」之「伸縮文身」。〔註71〕

其所謂的「伸縮文身」，是指「把原本形態相同、字數相等的句子，故意伸縮變化字數，使長短不齊〔註72〕」者。

基本上，由於中國文字單音節、孤立語的特性，對偶絕大多數都是整齊的形式，但是，有時也會出現字數上不整齊的對偶，如：

以能問於不能，

以多問於寡。（《論語・泰伯》）

善學者，師逸而功倍，又從而庸之；

〔註69〕唐松波、黃建霖主編：《漢語修辭格大辭典》（台北：建宏出版社，1996年）頁296～297。

〔註70〕黃麗貞：《實用修辭學》（台北：國家出版社，2000年）頁435。

〔註71〕黃慶萱：《修辭學》（台北：三民書局，2002年），頁654。

〔註72〕黃慶萱：《修辭學》（台北：三民書局，2002年），頁763。

不善學者，師勤而功半，又從而怨之。（《禮記・學記》）

爲之，人也；

舍之，禽獸也。（《荀子・勸學篇》）

慕容超之強，身送東市；

姚宏之盛，面縛西都。（丘遲〈與陳伯之書〉）

這都是因爲加上否定詞、領字、句尾語氣詞，或者名詞字數上的一、二字增減差異，而造成字數上的不整齊，但仍具備對偶的基本條件，並不影響其爲對偶。這種字數不等的對偶，主要集中在先秦時期，隨著對偶的發展，逐漸減少，尤其六朝聲律說出現之後，整齊對偶已是對偶的主要形式，不整齊的對偶成爲少數的特例。

所以，前文所討論到的字數不整齊，而符合本文對偶基本條件「意義相對、句法相似並排在一起的兩個句子」者，皆可視爲對偶。

再者，有些學者提到《詩經》中有「章與章的相對」情形，並視之爲一種對偶。李蹊在其書《駢文的發生學研究》中談到《詩經》中的對偶時，在羅列正對、反對之後，提到：

> 另外是人們經常提到的章與章的相對情形：「乃生男子，載寢之床，載衣之裳，載弄之璋，……乃生女子，載寢之地，載衣之裼，載弄之瓦……」（《大雅・斯干》第八、九兩章），又如《大雅・卷阿》之一、二章：「藹藹王多吉士，維君子使，媚于天子。……藹藹王多吉人，維君子命，媚于庶人。」〔註73〕

此處所謂「章與章的相對」，不知其據何說。不過，《詩經》兩篇各章原文如下：

〈小雅・斯干〉第八、九章

乃生男子，載寢之床，載衣之裳，載弄之璋。其泣喤喤，朱芾斯皇，室家君王。

乃生女子，載寢之地，載衣之裼，載弄之瓦。無非無儀，唯酒食是議，無父母詒罹。

〈大雅・卷阿〉第七、八章

鳳皇于飛，翽翽其羽，亦集爰止。藹藹王多吉士，維君子使，媚于

〔註73〕 李蹊：《駢文的發生學研究——以人的覺醒爲中心之考察》（保定：河北大學出版社，2005年12月），頁60。

天子。

鳳皇于飛，翽翽其羽，亦傅于天。藹藹王多吉人，維君子命，媚于
庶人。

李蹊所舉這兩例，若以引文中所見的表現方式（引文已是李蹊原文，無刪改、
省略之處），則只有在兩例原文中〈斯干〉的前四句，與〈卷阿〉的後三句，
很難令人信服這是對偶。若就《詩經》原文來看，〈斯干〉兩章句數相同，
但字數不同；而〈卷阿〉兩章則是句數相同，句數亦同。兩者在字面意義上，
似乎符合了對偶的基本條件。

張仁青在《中國駢文發展史》中對《詩經》中的對偶作了詳細的分類，
羅列出十五種對偶，最後一項是「長偶對」，其引例為〈鄘風·桑中〉之句：

爰采麥矣，沫之北矣。云誰之思，美孟弋矣。爰采葑矣，沫之東矣。
云誰之思，美孟庸矣。〔註74〕

並加註案語：

蘇軾〈乞常州居住表〉：「臣聞聖人之行法也，如雷霆之震草木，威
怒雖盛，而歸於欲其生；人主之罪人也，如父母之譴子孫，鞭撻雖
嚴，而不忍致之死。」殆即胎息於此。〔註75〕

顯然，張仁青認為《詩經》中的這種「長偶對」與後世「長偶對」有著密切
的關係。但〈鄘風·桑中〉原文三章，每章七句。張氏僅引其中二、三兩章
的前四句而已：

爰采麥矣，沫之北矣。云誰之思，美孟弋矣。期我乎桑中，要我乎
上宮，送我乎淇之上矣。

爰采葑矣，沫之東矣。云誰之思，美孟庸矣。期我乎桑中，要我乎
上宮，送我乎淇之上矣。

如果以張氏原文所引之句來看，只是擷取兩章中文句相等，而意義可以相對
的句子，以為「對偶」，當然不是完整的對偶形式，更遑論與後世「長偶對」
的關係。不過，若以〈桑中〉原文來看，兩章字數、句數均相等，似乎也符
合了對偶的基本概念。

兩人的說法，引句都非完整原文，很難令人信服，而就詩經原文章與章
之間的字句表現來看，似乎頗符合本文所謂的基本條件。但是，以本文的立

〔註74〕張仁青：《中國駢文發展史》（台北：台灣中華書局，1970 年 5 月），頁 90。
〔註75〕同上註。

場，並不認為這是對偶。

因為，基本上，《詩經》是配樂的詩歌，其中的分章代表著音樂旋律的一節，當文字、句數相等的章節出現時，也代表著彼此章節的音樂旋律迴環反覆。這種由於音樂旋律迴環反覆所造成的複沓句，與對偶是不同的。首先，其產生的因素並非文字本身的特性或二元對應和諧的思維，而是音樂旋律；其次，這種複沓句式，其中的文字，為了避免完全重複，所以往往只改變一、兩字，如〈邶風・式微〉：

> 式微式微，胡不歸？微君之故，胡為乎中露？
>
> 式微式微，胡不歸？微君之躬，胡為乎泥中？

〈鄘風・柏舟〉：

> 汎彼柏舟，在彼中河。髧彼兩髦，實維我儀，之死矢靡它。母也天
> 只，不諒人只。
>
> 汎彼柏舟，在彼河側。髧彼兩髦，實維我特，之死矢靡慝。母也天
> 只，不諒人只。

章與章之間的文字，大多重複，只變動了少數一、兩個字，如「故」與「躬」、「中露」與「泥中」、「中河」與「河側」、「儀」與「特」以及「它」與「慝」等，而對偶中的同字，往往只有一、兩個，與因為音樂旋律複沓而產生的句式，在文字表現上，是相反的。所以，《詩經》中的複沓句式，雖然符合了對偶的基本條件，但是其出發點與對偶不同，因此，本文不認為其為對偶。

（二）「古對」與「律對」

縱觀對偶發展的歷史，從先秦至兩漢，主要以意義相對為主。到了六朝，由於聲律說的出現以及純文學觀念的形成，對偶除了形式上趨向於整齊之外，並在質上產生變化，有了講究人為音律的要求。延至唐宋，一來是近體詩格律的完成，二來由於科舉考試要求寫試律詩、律賦，對偶在這些文體中，不只講求意義上兩兩相對，更講究聲音上的平仄相對，此時對偶發展有了新的局面。明清科舉也考試律詩、律賦，又再加上四書文（即八股文）。試律詩、律賦當然講究聲音的平仄相對，而四書文中的「股對」，並不講究聲律，僅以意義相對為主。此時，講究聲音相對的對偶與僅講求意義相對的對偶，在科舉文體中各佔相當份量。（詳見第三章「對偶的發展」）由此可知，聲律說的提出實為對偶發展過程中最重要的影響因素。

因此，本文即以對偶的基本條件為基礎，從聲調合律與否將對偶區分為

兩種：「古對」與「律對」〔註76〕。

「古對」，針對只講求意義相對的對偶而言，不拘平仄相對。以字數相等的整齊形式爲主，允許字數不整齊的形式，但只是少數例外。基本上，散文、古體詩中的對偶都是「古對」，四書文中的「股對」也是「古對」。

相對於「古對」，「律對」則既要求字句意義上的對偶，又需要聲音上的對仗，在形式上，也必定是整齊的形式。「律對」須符合以下條件：

1. 出、對句字數相同；

2. 出、對句中每個字的平仄，受到一定的規範；

3. 出、對句的句法相似，且相同位置的字詞，詞性必須相同；

4. 出句末字爲仄聲，對句末字爲平聲。

原則上，完全符合這些條件的對偶，只存在於近體詩中。近體詩，又稱之爲「律詩」，與古體詩「古詩」相對，是對唐以後格律詩的一個總稱，其中以句數來分，有「律詩」、「排律」與「律絕」。之所以稱之爲「律」，主要以其平仄、押韻、對偶三方面規條嚴密，「如用兵之紀律，用刑之法律，嚴不可犯」〔註77〕。近體詩的平仄聲律有平仄譜規範，而其用韻則百分之百爲平韻〔註78〕，所以近體詩中的對偶，在出、對句末字必定爲仄平相對。近體詩中的對偶在字數、平仄、押韻上已然固定的情形下，完全符合上列四個條件，當然是「律對」。

但是，這並不代表只有近體詩中才有「律對」。科舉考試中的試律賦，同樣講究聲律的安排〔註79〕，律賦中的對偶，也是「律對」；詞曲依照一定的詞譜、曲律寫作，其對偶也是「律對」；駢文也講究平仄相對〔註80〕，其對偶也可視爲「律對」。不過，真正的「律對」是在近體詩聲律完成之後才出現，所以，在近體詩中「律對」的要求是相當嚴格的，必須完全符合上列四項條件，

〔註76〕「古對」、「律對」二詞，筆者於業師李立信教授「詩律學專題研究」課程中，首度聽聞，業師亦屢屢言及此二詞之條件與區別。本文「古對」、「律對」定義亦由李師所開之課程筆記整理而來。

〔註77〕錢木庵：《唐音審體》（見丁福保編，《清詩話》，台北：木鐸出版社），頁721～722。

〔註78〕見李立信八十八年度國科會研究計畫：「歷代唐詩分體選本誤入近體諸作之檢討」成果報告。

〔註79〕律賦的聲律安排，可參見鄺健行：《唐代律賦與律》（南京：江蘇古籍出版社，2002年4月），頁115～133。

〔註80〕駢文的聲律，參見廖志強：《六朝駢文聲律探微》（台北：天工書局，1990年12月）。

而其他文體中的「律對」，其平仄要求並沒有像近體詩那麼嚴格，原則上，只要符合前三項條件，而第四項出、對句末字的聲調，平仄、仄平相對皆可。

　　一般討論對偶者，往往只偏重於修辭的角度，而忽略了對偶因為中國文字單音的特性，而有其可以講究平仄相對的一面。而「古對」與「律對」實為中國文學中對偶的一大特徵。這個講求聲調上平仄相對的意識，使得對偶在發展過程中，產生質上的變化，也讓我們在看待對偶時，有一個更完整的瞭解。

小　結

　　本章對於對偶的形成與定義，得到以下結論：

　　首先，對偶源自於中國文字孤立語、單音節的特性以及中國人對應和諧的思維習慣和方式，在這兩個主要因素相互影響之下，配合「聯想」、「審美」等等因素，對偶得以在中國文學中形成並得到高度發展。

　　此外，本文對於對偶的定義，是從對偶的基本條件：「意義相對、句法相似並排在一起的兩個句子」出發，將對偶發展過程中最重要的影響因素（「聲律」）作為區分標準，把對偶區分為「古對」與「律對」兩種，對於觀察對偶而言，應有比較具體且全面的瞭解。

第三章 對偶的發展

第一節 古對時期

先秦至兩漢,是對偶發展的第一個階段。在這個階段,對偶以意義相對的「古對」爲主。但是使用對偶的心態,已由自然用對到刻意作對。其中最關鍵的是,楚辭的影響。楚辭中大量使用對偶的情形是刻意作對的結果。漢賦源於楚辭,其中使用對偶的比例不僅青出於藍,且對偶也同時泛濫到其他文體,如散文、詩中。

一、先秦散文中的對偶

先秦典籍中,已經存在著相當數量的對偶。而這些對偶,大部分都是在自然心態下被使用的,劉勰在《文心雕龍、麗辭篇》中即已強調此時的對偶是「率然對爾」。其中,最主要的原因,還是在於中國文字單音節、孤立語的特性,本來就很容易造成整齊的句式,再加上其他條件的配合,對偶的產生是非常自然的。

在這種自然用對的心態下,再加上散文本來就不那麼講究句式,有話則長,無話則短,所以在一篇之中,對偶的比例相對來得低,這是自然用對的結果。

如《尙書》:

在知人,在安民。(〈皋陶謨〉)

用命,賞于祖;弗用命,戮于社。(〈甘誓〉)

齊乃位，度乃口。（〈盤庚上〉）

會其有極，歸其有極。（〈洪範〉）

無於水監，當於民監。（〈酒誥〉）

無胥戕，無胥虐。（〈梓材〉）

光于上下，勤施于四方。（〈洛誥〉）

不知稼穡之艱難，不聞小人之勞。（〈無逸〉）

克知三有宅心，灼見三有俊心。（〈立政〉）

這些對偶與劉勰在〈麗辭篇〉中所舉的「罪疑惟輕，功疑惟重」例句一樣，多有不避同字的情形。

《易經》中的〈文言〉、〈繫辭〉，劉勰讚之為「聖人之妙思」，〈文言〉更為清人阮元譽為「千古翰藻奇偶之祖〔註1〕」。茲列〈文言〉中對偶如下：

〈乾文言〉

不易乎世，不成乎名。

樂則行之，憂則違之。

庸言之信，庸行之謹。

知至至之，可與幾也；知終終之，可與存義也。

居上位而不驕，在下位而不憂。

上下無常，非為邪也；進退無恆，非離群也。

同聲相應，同氣相求。

水流濕，火就燥。

雲從龍，風從虎。

本乎天者親上，本乎地者親下。

隱而未見，行而未成。

上不在天，下不在田。

〈坤文言〉

積善之家，必有餘慶；積不善之家，必有餘殃。

臣弒其君，子弒其父。

直其正也，方其義也。

〔註1〕〔清〕阮元著：〈文言說〉（《文筆考》，楊家駱主編，台北：世界書局，1979年7月）頁一。

　　敬以直內，義以方外。

　　天地變化，草木蕃；天地閉，賢人隱。

　　無咎，無譽。

這些對偶與《尚書》中的對偶情形相同，其中只有「水流濕，火就燥」可算是最爲工整的，不然其他的對偶雖然字數整齊，但既不避同字，其節奏也較單調。有兩組不整齊對偶「積善之家，必有餘慶；積不善之家，必有餘殃」、「天地變化，草木蕃；天地閉，賢人隱」，若後人寫起來，很可能寫作「積善之家，必有餘慶；積惡之家，必有餘殃」、「天地化，草木蕃；天地閉，賢人隱」的整齊對偶。此外，〈乾文言〉中還有一例「君子進德修業忠信，所以進德也；修辭立其誠，所以居業也。」其中僅有「所以進德也」、「所以居業也」相對，文字數量與句法結構都不相稱，但主要的意思仍是平行相對的，可視爲寬泛的意對。

　　《尚書》、《易經》中的對偶，基本上，是對偶發展最早期的初始型態。因爲是作者意之所到，非刻意爲之，所表現出來的文句自然是古樸質拙，與後世人爲刻意雕飾的對偶不能同日而語。不過，自然歸自然，此時期對偶使用的心態已漸趨向於刻意，無論是歷史散文，或是諸子散文，對偶的出現並不令人意外，尤其在諸子散文中，對偶的使用更已相當熟練。此時，對偶的形式，大致有以下幾種：

　　第一種是出、對句有同字相對者，這是此時最爲多見的形式，以虛字的同用爲主，如：

　　　雖畏勿畏，雖休勿休。（《尚書・呂刑》）

　　　敬以直內，義以方外。（《易・坤文言》）

　　　爾愛其羊，我愛其禮。（《論語・八佾》）

　　　爲之於未有，治之於未亂。（《老子・64章》）

　　　聲無小而不聞，行無隱而不形。（荀子、勸學篇）

　　第二種是出、對句無同字相對者，與後世避同字的對偶一樣，不過，其言數集中在三言、四言，且出現的頻率極低，如：

　　　乘肥馬，衣輕裘。（《論語・雍也》）

　　　省刑罰，薄稅斂。（《孟子・梁惠王上》）

　　　樂出虛，蒸成菌。（《莊子・齊物論》）

　　　肉腐出蟲，魚枯生蠹。（《荀子・勸學篇》）

　　第三種是出、對句字數相等者，這是對偶最基本的形式，如：

　　　無求生以害仁，有殺身以成仁。(《論語·衛靈公》)

　　　乘雲氣，騎日月。(《莊子·齊物論》)

　　　木受繩則直，金就礪則利。(《荀子·勸學篇》)

　　第四種是出、對句字數不等的對偶，如：

　　　奢則<u>不</u>孫，儉則固。(《論語·雍也》)

　　　上德不德，是以有德；下德不<u>失</u>德，是以無德。(《老子·37 章》)

　　　勇於敢則殺，勇於<u>不</u>敢則活。(《老子·73 章》)

　　　絕跡易，<u>無</u>行地難。(《莊子·人間世》)

　　　青，<u>取之於藍</u>，而青於藍；冰，水爲之，而寒於水。(《荀子·勸
　　學篇》)

這種不整齊的對偶，除了有加上否定詞，其餘的亦均不影響其爲對偶。基本
上，主要出自於意義上的相對，也表現出不刻意雕飾的初始型態。

　　第五種是隔句對，其中又有字數相等的隔句對與字數不相等的隔句對之
分，如字數相等的：

　　　鳥之將死，其鳴也哀；人之將死，其言也善。(《論語·泰伯》)

　　　夢飲酒者，旦而哭泣；夢哭泣者，旦而田獵。(《莊子·齊物論》)

　　　鍥而舍之，朽木不折；鍥而不舍，金石可鏤。(《荀子·勸學篇》)

字數不等的隔句對：

　　　舉直錯諸枉，則民服；舉枉錯諸直，則民<u>不</u>服。(《論語·爲政》)

　　　求也退，故進之；由也<u>兼人</u>，故退之。(《論語·先進》)

　　　善，人之寶；<u>不</u>善，人之所<u>不</u>保。(《老子·62 章》)

　　　鷦鷯<u>巢於深林</u>，不過一枝；偃鼠飲河，不過滿腹。(《莊子·逍遙遊》)

從以上先秦散文的對偶形式看來，顯示此時，對偶的表現具備多種的樣貌。

　　整體而言，先秦散文中的對偶，是意義相對的「古對」，其創作心態雖已
由自然邁入刻意。但在綴句成章的過程中，仍是一派自然，沒有刻意求工的
痕跡，因此，大部分不避同字，節奏單一，甚至有字數，句法結構不等同的
現象，且整篇之中，仍以單行散句居多，即使是在對偶集中的段落，也夾雜
著散句或排比句。對偶，在此，仍是屬於修辭技巧。

二、先秦楚歌中的對偶

　　《楚辭》是戰國時期，以屈原爲代表的楚國詩歌。其最大的形式特徵在於「兮」字的使用，然而，「兮」字的運用並不始於屈原，早在先秦時代，許多詩歌謠諺即已出現「兮」的句式，如《詩經》以及散見於典籍的許多民歌，像〈塗山歌〉、〈採薇歌〉、〈越人歌〉、〈徐人歌〉等帶「兮」的歌謠，對於楚辭的形成，無疑地起著極大的作用。屈原取法於民間楚歌，大量吸收民間口語與方言，特別是規範化的使用「兮」字，以及靈活地將「兮」字融入四言、五言、六言、七言等各種句式中，使得《楚辭》的句式因而相對固定。所以游國恩在《離騷纂義、總序》云：

> 騷體之文，由來舊矣。《呂氏春秋、音初篇》：「塗山氏之女命其妾候
> 禹於塗山之陽。女乃作歌曰：『候人兮倚。』此其權輿也。迄於周，
> 三百五篇，其「風」詩北自大河，南及江漢，騷體之辭，數見不鮮。
> 春秋戰國之際，南音漸盛：越有『今夕』之歌，徐有『帶劍』之詠，
> 吳有庚癸之謠，楚有滄浪之曲。莫不長言短詠，託體兮倚。斯皆篳
> 路藍縷，導楚辭之先河，南土之音，有同然者。屈子遭讒放逐，鬱
> 起奇文，本眷懷君國之誠，寫詩人風諭之賦，體格既定，聲貌益廣。
> 故言騷者放自楚，其濫觴則不自靈均始也。〔註2〕

說明《楚辭》中用「兮」的特徵不是屈原一人所創，它是在先秦詩歌的基礎上，變化創新所形成的新詩體。

（一）屈原之前的楚歌對偶表現

　　先秦時代流傳於各地的民歌，對於《楚辭》的創作，無論在內容、形式或風格上，都有實質上絕對的影響。然而，《詩經》十五國風中沒有「楚風」，楚歌因此未能獲得完整的保存記錄，固然遺憾，但是北方中原典籍，如《論語》、《呂氏春秋》、《說苑》等書中，還可以見到一些楚歌佚詩，使得我們可以一窺楚辭產生以前的楚歌風貌以及其對偶表現。

　　根據逯欽立《先秦漢魏晉南北朝詩》所收作品資料〔註3〕，先秦詩歌卷當中，卷一、卷二「歌」類以及卷三「謠」類的作品中，爲楚人所作楚歌有〈楚

〔註2〕　游國恩：《離騷纂義》（北京：中華書局，1980 年 11 月），頁 1。
〔註3〕　逯欽立：《先秦漢魏晉南北朝詩》（台北：木鐸出版社，1982 年）上冊，「先秦詩」卷一、二、三，頁 1～45。

人誦子文歌〉〔註4〕、〈楚人爲諸禦己歌〉〔註5〕、〈優孟歌〉〔註6〕、〈接輿歌〉〔註7〕、〈孺子歌〉〔註8〕、〈越人歌〉〔註9〕、〈申包胥歌〉〔註10〕、〈窮劫曲〉〔註11〕、〈楚童謠〉〔註12〕、〈楚人謠〉〔註13〕等十首,其中有「兮」字者僅三首:〈接輿歌〉、〈孺子歌〉、〈越人歌〉;出現對偶者〈楚人爲諸禦己歌〉、〈接輿歌〉、〈孺子歌〉、〈越人歌〉、〈窮劫曲〉、〈楚童謠〉等六首,茲羅列其中出現對偶形式者,予以討論如下:

〈窮劫曲〉通篇以七言爲主,〈楚童謠〉爲雜言,均無使用「兮」字,其中都有一組對偶,但與楚辭中對偶句式無甚相關,故不詳論。

〈楚人爲諸禦己歌〉:

　薪乎菜乎,無諸御己訖無子乎?

　菜乎薪乎,無諸御己訖無人乎?

此歌中,雖無「兮」字,卻是以「乎」字作嘆詞,從語言形式來看,其中,文字只有一字之差,即第二句的「子」字與第四句的「人」字,第一、三句的「薪」、「菜」也只是順序的顛倒對調而已。顯示出是因爲歌曲音樂旋律的迴環反覆而產生的複沓句式,並非對偶。

〈楚狂接輿歌〉:

　鳳兮鳳兮何德之衰。往者不可諫,來者猶可追。已而已而,今之從
　政者殆而。

這是典型的帶「兮」字的楚歌,其中「往者不可諫,來者猶可追」爲對偶,但是,與楚辭絕大部分是帶「兮」字的對偶不同。可見屈原在學習民間楚歌時,亦有創新之處。

〈孺子歌〉:

　滄浪之水清兮,可以濯我纓;

〔註4〕　「先秦詩卷二」,頁19。
〔註5〕　「先秦詩卷二」,頁19。
〔註6〕　「先秦詩卷二」,頁19。
〔註7〕　「先秦詩卷二」,頁21。
〔註8〕　「先秦詩卷二」,頁21。
〔註9〕　「先秦詩卷二」,頁24。
〔註10〕　「先秦詩卷二」,頁28。
〔註11〕　「先秦詩卷二」,頁29。
〔註12〕　「先秦詩卷三」,頁39。
〔註13〕　「先秦詩卷三」,頁39。

　　　　滄浪之水濁兮，可以濯我足。

這首在《楚辭‧漁父》中引作〈漁父歌〉，歌詞相同。就性質而言，與前引〈楚人爲諸禦己歌〉一樣，雖然語言形式爲隔句對，但應是複沓句式。不過，雖然如此，〈孺子歌〉中，句末「兮」字的使用，以及字面上的對偶工整，與〈離騷〉中的對偶已相當接近，顯示屈原在創作過程中學習此類型楚歌，並創作屬於《楚辭》的對偶風格，可視爲屈原〈離騷〉中對偶句式的先聲。

　　〈越人歌〉：

　　　　今夕何夕兮搴舟中流。今日何日兮得與王子同舟。

　　　　蒙羞被好兮不訾詬恥。心幾煩而不絕兮得知王子。

　　　　山有木兮木有枝，心悅君兮君不知。

這是一首以楚語翻譯的越地歌謠。其中「今夕何夕兮搴舟中流。今日何日兮得與王子同舟」，雖然字數上不相等，然而從意義上來看，頗有相對的意涵，可視之爲廣泛的意對。而在句中用「兮」的形式又類似屈原作品中〈九歌〉的句式，「山有木兮木有枝，心悅君兮君不知」與〈九歌‧湘夫人〉：「沅有芷兮澧有蘭，思公子兮未敢言」的句法一樣，顯示在句中使用「兮」字，並非屈原獨創，他也是從民歌中學習而來。九歌中帶「兮」字的對偶句式，與〈越人歌〉的句式應有相當程度的關連。

　　《楚辭》出現之前的楚民歌中，雖然已經具備帶「兮」字的對偶句式，但其比重並不高，而且由於配合音樂的節奏，對偶的出現則類似旋律的複沓，並非有意使用對偶。不過，亦可得知，屈原確是從這些民間歌謠吸取養分，進而形成楚辭獨特的句式。

（二）楚辭中的對偶表現

　　在先秦文學作品中，《楚辭》是使用對偶比例最高的，根據統計，屈原作品中，篇篇都有大量的對偶，其整體比例高達百分之二十〔註14〕，遠超過在

〔註14〕李立信：〈駢文考源及其相關問題〉一文：「從屈原的作品來看，〈漁父〉中的對仗佔了百分之四十八，比例最高；其次是〈遠遊〉的百分之二十九；順序是〈卜居〉百分之三十二；〈九歌〉百分之二十九；〈離騷〉百分之二十六及〈九章〉百分之十七，〈天問〉及〈大招〉各佔百分之十三，〈招魂〉則只有百分之一點四。以上各篇的平均數爲百分之十八點七。〈招魂〉一篇，歷來懷疑非屈原作品，如〈招魂〉不計，則屈原作品中之對仗比例爲百分之二十點四。」詳見「魏晉南北朝文學國際研討會」論文抽印本，南京大學主辦，1995年11月。

他之前的任何先秦作品，這是刻意使用對偶的結果。

　　《楚辭》來自於先秦詩歌，特別是楚歌的影響，屈原吸收楚歌與先秦詩歌用「兮」的形式變化，並發展成《楚辭》形式的特色。這種用「兮」的句式，進而成爲《楚辭》中對偶的特徵。

　　在刻意使用對偶的心理以及「兮」字位置的靈活應用之下，使得屈原作品中的對偶，不僅比例高，而且具有不同的變化。如〈離騷〉（包括〈九章〉大部分和〈遠遊〉）中的對偶，是以出句句末字用「兮」爲主，如：

　　　　屈心而抑志兮，忍尤而攘詬。（〈離騷〉）

　　　　高余冠之岌岌兮，長余佩之陸離。（〈離騷〉）

　　　　矰弋機而在上兮，罻羅張而在下。（〈九章・惜誦〉）

　　　　變白以爲黑兮，倒上以爲下。（〈九章・懷沙〉）

　　　　餐六氣而飲沆瀣兮，漱正陽而含朝霞。（〈遠遊〉）

〈九歌〉中的對偶，是以句中用「兮」爲主，如：

　　　　駕龍輈兮乘雷，載雲旗兮委蛇。（〈東君〉）

　　　　浴蘭湯兮沐芳，華采衣兮若英。（〈雲中君〉）

　　　　令沅湘兮無波，使江水兮安流。（〈湘君〉）

　　　　雲衣兮被被，玉佩兮陸離。（〈大司命〉）

　　　　乘水車兮荷蓋，駕兩龍兮驂螭。（〈河伯〉）

〈天問〉（包括〈卜居〉、〈漁父〉）中的對偶，則不用「兮」字，如：

　　　　出自湯谷，次于蒙汜。（〈天問〉）

　　　　九州安錯？川谷何洿？（〈天問〉）

　　　　簡狄在臺，嚳何宜？玄鳥致貽，女何喜？（〈天問〉）

　　　　寧與黃鵠比翼乎？將與雞鶩爭食乎？（〈卜居〉）

　　　　新沐者必彈冠，新浴者必振衣。（〈漁父〉）

上列對偶，有的在句中或句末使用「兮」等語助詞，造成字數上的不整齊。但是，若將這些語助詞省去，則是標準的對偶。如：

　　　　屈心而抑志，忍尤而攘詬。（〈離騷〉）

　　　　高余冠之岌岌，長余佩之陸離。（〈離騷〉）

　　　　駕龍輈乘雷，載雲旗委蛇。（〈九歌・東君〉）

　　令沅湘無波，使江水安流。(〈九歌・湘君〉)

　　簡狄在臺，嚳何宜？玄鳥致貽，女何喜？(〈天問〉)

　　鳥飛反故鄉，狐死必首丘。(〈九章・哀郢〉)

　　下崢嶸而無地，上寥廓而無天。(〈遠遊〉)

　　寧與黃鵠比翼乎？將與雞鶩爭食乎？(〈卜居〉)

　　新沐者必彈冠，新浴者必振衣。(〈漁父〉)

除此之外，在《楚辭》中，同時存在連續三組以上的對偶以及隔句對的情形。
如〈離騷〉有：

　　朝搴阰之木蘭兮，夕攬洲之宿莽。

　　日月忽其不淹兮，春與秋其代序。

　　惟草木之零落兮，恐美人之遲暮。【連續三組對偶】

　　紛總總其離合兮，忽緯繣其難遷；

　　夕歸次于窮石兮，朝濯髮乎洧盤；

　　保厥美以驕傲兮，日康娛以淫游。【連續三組對偶】

其中，第一群對偶裡的「日月忽其不淹兮，春與秋其代序」，使用蹉對的形式，
若將對句改為「春秋與其代序」，與出句在句法與意義上即為標準的對偶。同
時，在〈離騷〉中也運用到隔句對，如：

　　彼堯舜之耿介兮，既遵道而得路

　　何桀紂之猖披兮，夫唯捷徑以窘步。

　　時曖曖其將罷兮，結幽蘭而延佇；

　　世溷濁而不分兮，好蔽美而嫉妒。

　　呂望之鼓刀兮，遭周文而得舉；

　　寧戚之謳歌兮，齊桓聞以該輔；

在一首詩中既有連續三組對偶，又使用隔句對，顯見屈原除了大量且連續使
用對偶之外，也企圖在對偶的形式作出變化，使其句法不至於太過單調重複，
是非常刻意地使用對偶。

　　〈九歌〉前身是民間祭祀歌謠，雖經屈原修飾，應該保有一定的初始樣
貌，不過在〈湘君〉中有連續八組對偶：

　　桂櫂兮蘭枻，斲冰兮積雪。

　　采薜荔兮水中，搴芙蓉兮木末。

心不同兮媒勞，恩不甚兮輕絕。

石瀨兮淺淺，飛龍兮翩翩。

交不忠兮怨長，期不信兮告余以不閒。

朝騁鶩兮江皋，夕弭節兮北渚。

鳥次兮屋上，水周兮堂下。

捐余玦兮江中，遺余佩兮醴浦。

〈湘夫人〉中亦有連續三組對偶：

桂棟兮蘭橑，辛夷楣兮藥房。

罔薜荔兮爲帷，擗蕙櫋兮既張。

白玉兮爲鎮，疏石蘭兮爲芳。

〈遠遊〉中也有連續四組對偶以及連續三組對偶：

往者余弗及兮，來者吾不聞。

步徙倚而遙思兮，怊惝怳而乖懷。

意荒忽而流蕩兮，心愁悽而增悲。

神儵忽而不反兮，形枯槁而獨留。【連續四組對偶】

質銷鑠以汋約兮，神要眇以淫放。

嘉南州之炎德兮，麗桂樹之冬榮。

山蕭條而無獸兮，野寂漠其無人。【連續三組對偶】

在〈離騷〉之外的其他作品中，除了連續使用對偶之外，隔句對也多被使用，如：

洪泉極深，何以寘之？

地方九則，何以墳之？（〈天問〉）

何少康逐犬，而顛隕厥首？

　女歧縫裳，而館同爰止？（〈天問〉）

吾誼先君而後身兮，羌眾人之所仇；

　專惟君而無他兮，又眾兆之所讎。（〈惜誦〉）

文質疏內兮，眾不知余之異采；

材朴委積兮，莫知余之所有。（〈懷沙〉）

乘騏驥而馳騁兮，無轡銜而自載；

乘氾泭以下流兮，無舟楫而自備。（〈惜往日〉）

連續使用多組對偶與隔句對，且在單篇作品中，同時出現這兩種對偶的形式，這是刻意使用對偶的結果，可見屈原已有意識地刻意運用對偶在其作品之中。因為，連續三組的對偶群與隔句對，是判斷一篇作品是否為刻意作對的指標〔註15〕。

第一、「連續對偶」：在一篇文學作品裡，偶爾出現一組對偶，或許是基於「自然」的心態。如果出現兩組對偶，就比較值得注意：若這兩組對偶是分散開來的，那麼其使用對偶的心態，或許刻意，或許無意，無從判斷；但如果這兩組對偶是連續出現的，則其刻意用對的成分相對地提高，當然，也有可能是無心造成的。不過，近體詩「中間兩聯需對仗」的格律要求，這絕對是刻意作對，因為它不只是連續兩組對偶，而且是人為的格律限制。如果出現連續三組以上（包含三組）的對偶群，那麼可以肯定是刻意使用對偶。

第二、使用「隔句對」：隔句對是兩句對偶的延伸，原本上下各一句的對偶，擴大成為第一句對第三句，第二句對第四句的相對形式。在詩中出現隔句對是極為少見的，因為，詩以兩句押韻為主，一聯往往就代表一個完整的意思。隔句對以四句為一個單位。就詩而言，跨越了兩個押韻的單位，是相當特殊的，若非詩人刻意為之，是不容易在詩中出現隔句對。而文則沒有押韻的限制，文句隨意長短，足以表達作者本意即可，用對或不用對，本來就沒有硬性規範，「隔句對」出現在文中也就比較容易是出自於無意識的使用，不過，沒有人會否認駢文中的「隔句對」是刻意作對的。

《詩經》中的對偶，往往偶爾零星出現，絕少在同一首中出現連續幾組對偶，也有隔句對，如「昔我往矣，楊柳依依；今我來思，雨雪霏霏」。但是在一首詩中同時出現連續對偶以及隔句對，是沒有的。

先秦散文中，屈原之前的作品裡，已有連續對偶與隔句對的使用，不過，其對偶的比例並不高。《楚辭》的對偶比例遠超過這些作品，更可看出屈原是有意運用對偶。

屈原之所以能大量且具變化性地靈活使用對偶於《楚辭》之中，最主要的原因在於，《楚辭》是以兩句一韻為主的詩，屈原在作品中即自稱所作為「詩」：

> 翾飛兮翠曾，展詩兮會舞。（〈九歌・東君〉）

> 介眇志之所惑兮，竊賦詩之所明。（〈九章・悲回風〉）

〔註15〕此為李立信所提出的觀點，本文沿用此觀點。

惜往日之曾信兮，受命詔以昭詩。（〈九章・惜往日〉）

其他的《楚辭》作者，也自稱其所作爲「詩」：

志憤恨而不逞兮，抒中情而屬詩。（〈莊忌・哀時命〉）

悲九州兮靡君，撫軾嘆兮作詩。（〈王褒・九懷〉）

兩句爲一個單位的句式，基本上，與對偶概念中「兩句」的形式要件相符。

此外，楚辭的句式雖然多樣，但大致上是固定的。其主要句式有上句末字用「兮」字的「離騷」句式和句中用「兮」字的「九歌」句式兩種〔註16〕。

「離騷」句式，以「□□□□□兮，□□□□□□」爲主，其中雖有「□□□□兮，□□□□□」、「□□□□兮，□□□□」等字數上的變化，但不影響其爲上句末字用「兮」字的原則。如：

帝高陽之苗裔兮，朕皇考曰伯庸。（〈離騷〉）

名余曰正則兮，字余曰靈均。（〈離騷〉）

滔滔孟夏兮，草木莽莽。（〈懷沙〉）

「九歌」句式，以「□□□兮□□□，□□□兮□□□」爲主，其中亦有「□□□兮□□，□□□兮□□」、「□□兮□□，□□兮□□」等變化，也不影響其句中用「兮」的原則。如：

怨公子兮悵忘歸，君思我兮不得閒。（〈山鬼〉）

登崑崙兮四望，心飛揚兮浩蕩。（〈河伯〉）

秋蘭兮麋蕪，羅生兮堂下。（〈少司命〉）

「九歌」句式本身就是駢句，而「離騷」句式，若去掉「兮」字，也形成駢句，已經具備對偶基本的外在形式。其他先秦散文沒有固定形式，而楚辭是詩，又有固定句式，再加上屈原刻意使用對偶，自然容易造成對偶極高的比例。

三、漢賦中的對偶

對偶發展到了漢代，直接表現在漢賦上。漢賦至少包含「騷體賦」、「問答

〔註16〕參見張正體、張婷婷：《賦學》「第四章騷賦的體制」（台北：台灣學生書局，1982年8月），頁39～51；蘇慧霜：《騷體的發展與演變——從漢到唐的觀察》「第三章屈宋騷體形式之發展與演變」（台北：文津出版社，2007年4月），頁49～108。

體散文賦」及「齊言賦」等三種。這三種賦體中的對偶比例,根據統計,均高達百分之三十五以上﹝註17﹞,比起屈原作品高出將近一倍,可謂青出於藍。

「齊言賦」是由大量齊言句式所構成的,大部分以四言、六言為基本句式,如:枚乘〈柳賦〉、揚雄〈逐貧賦〉、張衡〈歸田賦〉、李尤〈辟雍賦〉、蔡邕〈筆賦〉等等,其對偶比例是三種漢賦中最高的。鄒陽的〈酒賦〉、劉勝的〈文木賦〉、蔡邕的〈蟬賦〉、彌衡的〈鸚鵡賦〉、王粲的〈遊海賦〉、〈大暑賦〉等,對偶都超過百分之五十,至於朱穆〈鬱金賦〉、王粲〈酒賦〉等,甚至高達百分之七十以上。

朱穆的〈鬱金賦〉有七組對偶,以及一組隔句對。其中最為特別的是,在連續四組對偶中穿插隔句對:

> 布綠葉而挺心,吐芳榮而發曜。
> 眾華爛以俱發,鬱金遒其無雙。
> 比光榮於秋菊,齊英茂乎春松。
> 遠而望之,燦若羅星出雲垂;近而觀之,曄若丹桂曜湘涯。
> 赫乎扈扈,萋兮猗猗。

王粲的〈酒賦〉中有八組對偶,以及一組隔句對。連續六組對偶,令人目不暇給:

> 章文德于廟堂,協武義于三軍。
> 致子弟之孝養,糾骨肉之睦親。
> 成朋友之懽好,贊交往之主賓。
> 既無禮而不入,又何事而不因。
> 賊功業而敗事,毀名行以取誣。
> 遺大恥於載籍,滿簡帛而見書。

這顯示出賦家使用對偶的手法已非常純熟,並且刻意追求推陳出新。

「問答體散文賦」是以主客問答形式構成之散文賦,如:司馬相如〈子虛賦〉、〈上林賦〉,揚雄〈羽獵賦〉、〈長楊賦〉,班固〈西都賦〉、〈東都賦〉,張衡〈兩京賦〉等等,是三種賦體中對偶比例居次者。其中班固的〈東都賦〉、

﹝註17﹞ 李立信〈論六朝詩的賦化〉一文:「兩漢的騷體賦,有百分之三十四點九的對仗句,比例不可謂不高;兩漢的齊言賦中,對仗句有百分之四十三點四,幾近半數。……但問答體散文賦(俗稱漢大賦)既名之為散文,自然不應有太多的對仗,可是,經由仔細統計,它的對仗句竟高達百分之四十一。」(收於《第三屆詩學討論會論文集》彰化師範大學編),頁1~26。

〈答賓戲〉、崔駰的〈達旨〉、揚雄的〈解嘲〉、張衡的〈髑髏賦〉、〈七辯〉等，對偶都在百分之五十以上。

　　張衡的〈髑髏賦〉有二十二組對偶，主要集中在自稱爲莊子的髑髏回答一段，除了首尾各兩組對偶之外，中間七組連續對偶：

　　　……

　　　死爲休息，生爲役勞。

　　　……

　　　巢許所耻，伯成所逃。

　　　……

　　　離朱不能見，子野不能聽。

　　　堯舜不能賞，桀紂不能刑。

　　　虎豹不能害，劍戟不能傷。

　　　與陰陽同其流，與元氣合其朴。

　　　以造化爲父母，以天地爲床蓐。

　　　以雷電爲皷扇，以日月爲燈燭。

　　　以雲漢爲川池，以星宿爲珠玉。

　　　……

　　　澄之不清，渾之不濁。

　　　不行而至，不疾而速。

四言、五言、六言同時運用，顯示出張衡靈活應用對偶的技巧。

　　「騷體賦」是帶有濃厚楚聲「兮」字句者，如：賈誼〈弔屈原賦〉、司馬相如〈長門賦〉、王褒〈洞簫賦〉、揚雄〈甘泉賦〉、班固〈通幽賦〉等等，其中如王褒〈洞簫賦〉、揚雄〈太玄賦〉、王粲〈登樓賦〉等，對仗句都超過百分之六十以上。

　　揚雄的〈太玄賦〉中有十四組對偶以及一組隔句對，平均分佈於篇章之中，其中出現三次的連續三組對偶：

　　　豐盈禍所棲兮，名譽怨所集。

　　　薰以芳而致燒兮，膏含肥而見□。

　　　翠羽媺而殃身兮，蚌含珠而擘裂。

　　　納□祿於江淮兮，揖松喬於華岳。

　　　升崑崙以散髮兮，踞弱水而濯足。

　　　　朝發軔於流沙兮，夕翱翔乎碣石。

　　　　役青要以承戈兮，舞馮夷以作樂。

　　　　聽素女之清聲兮，觀宓妃之妙曲。

　　　　茹芝英以禦餓兮，飲玉醴以解渴。

　　從漢賦中的對偶比例之高以及其中對偶運用的多變，顯示出對偶在漢賦與賦家心目中的地位都是極為重要的，也象徵對偶的日益成熟。

　　漢賦中的對偶，大致上以字數相等的駢句為主，有出、對句出現同字為對者，如：

　　　　天不可預慮兮，道不可預謀。（賈誼〈鵩鳥賦〉）

　　　　南望荊山，北望汝海。（枚乘〈七發〉）

　　　　陽蜩鳴其南枝，寒蟬噪其北陰。（繁欽〈桑賦〉）

　　　　舫翼華以鱗集，蒼鷹雜以星陳。（楊修〈出征賦〉）

出、對句中無同字者，即避免同字為對，如：

　　　　左鄰崇山，右接曠野。（揚雄〈逐貧賦〉）

　　　　桂露朝滿，涼衿夕輕。（班倢伃〈擣素賦〉）

　　　　高岫帶乎巖側，洞房隱於雲中。（杜篤〈首陽山賦〉）

　　　　歎息起氛霧，奮袂生風雨。（傅毅〈洛都賦〉）

亦有隔句對者，如：

　　　　華實之毛，則九州之上腴焉；

　　　　防禦之阻，則天地之奧區焉。（班固〈西都賦〉）

　　　　右拯盩厔，并卷酆鄠；

　　　　左暨河華，遂至虢土。（張衡〈西京賦〉）

　　　　其在近也，若神龍采鱗翼將舉；

　　　　其既遠也，若披雲緣漢見織女。（蔡邕〈協初賦〉）

同時，仍有出、對句字數不等的對偶存在，但為數已不多，如：

　　　　獨鵠晨號乎其上，昆雞哀鳴翔乎其下。（枚乘〈七發〉）

　　　　鬼神不能正人事之變戾兮，聖賢亦不能開愚夫之違惑。（董仲舒〈士不遇賦〉）

　　　　知音者，樂而悲之；不知音者，怪而偉之。（王褒〈洞簫賦〉）

　　基本上，漢賦中的對偶，仍是意義上的對偶，但賦家已開始自覺地講究其中語言文字的麗辭藻繪。據《西京雜記》記載，牂牁名士盛覽曾問司馬相如要如何創作賦，司馬相如回答：

　　　合纂組以成文，列錦繡而爲質。一經一緯，一宮一商。此賦之跡也。

　　　賦家之心，苞括宇宙，總覽人物。斯乃得之於內，不可得而傳。

〔註18〕

「合纂組」、「列錦繡」、「一經一緯，一宮一商」都是司馬相如認爲賦應該表現出來的審美形式。雖然我們無法確認其眞正原意，但是從漢賦所表現出來的錦繡文華、對偶紛披的語言美感，可以理解到他是針對賦中對偶的語言文字之美立說的。

　　揚雄云：「詩人之賦麗以則，詞人之賦麗以淫」〔註19〕，不論是詩人之賦，或是詞人之賦，總而言之，賦是必須要「麗」的。雖然揚雄對於詞人之賦是抱著否定的態度，不過，從《漢書・揚雄傳》中，我們也可以發現，揚雄少年時也曾喜好司馬相如「沈博絕麗之文」，並且「每作賦，常擬之以爲式」。可見「麗」是當時賦家共同追求及表現的審美形式，而司馬相如所說的，不也正是經緯相對、宮商相協、纂組以爲質、錦繡以爲文的「麗」的對偶表現。

　　這種自覺地追求對偶文字上「麗」的審美意識，雖然始由漢人提出，但是，早在屈賦中，我們就已看到了香草美人、絢麗華瞻的文學外貌，華美的辭藻。如：

　　　佩繽紛其繁飾兮，芳菲菲其彌章（〈離騷〉）

　　　秋蘭兮青青，綠葉兮紫莖（〈九歌・少司命〉）

　　　魚鱗屬兮龍堂，紫貝兮朱宮（〈九歌・河伯〉）

宋玉賦作中，也有大量的麗詞，如：

　　　羅紈綺繢盛文章，極服妙采照萬方。（〈神女賦〉）

　　　綠葉紫裹，丹莖白蒂。（〈高唐賦〉）

　　　寤春風兮發鮮榮，絜齋俟兮惠音聲（〈登徒子好色賦〉）

兩漢的賦篇，繼承了這種華詞麗藻，是毫無疑問的。司馬相如賦篇中，對偶

〔註18〕 〔漢〕劉歆撰，〔晉〕葛洪輯：《西京雜記》（《文淵閣四庫全書》本，第1035
　　　　 冊）卷二，頁1035-9。
〔註19〕 揚雄：《法言・吾子篇》，見郭紹虞等編：《中國歷代文論選》（台北：木鐸出
　　　　 版社，1987年），頁62。。

的華美實屬當然，如：

> 玫瑰碧琳，珊瑚叢生。（〈上林賦〉）

> 麗靡爛漫於前，靡曼美色於後。（〈上林賦〉）

> 觀眾樹之塕薆兮，覽竹林之榛榛。（〈哀秦二世賦〉）

司馬相如之後，賦中對偶的文辭越發精緻華美。如：

> 翠玉樹之青蔥兮，璧馬犀之瞵璘（揚雄〈甘泉賦〉）

> 追歸雁於軒輬，帶螭龍之疏鏤（傅毅〈洛神賦〉）

> 駙承華之蒲梢，飛流蘇之騷殺。（張衡〈東京賦〉）

> 角元興而靈華敷，大火中而朱實繁（王逸〈荔枝賦〉）

這種講究詞藻華美的意識充分表露出漢賦的對偶本質，進而影響到六朝。

　　賦是漢代文壇的主流，而對偶正是此時文士追求的審美形式，影響所及，自然非同小可。所以，除了賦之外，政府文書中，如：嚴尤〈諫伐匈奴〉、范升〈奏記王邑〉、爰延〈星變上封事〉、晁錯〈上書言兵事〉、李尋〈後奏記梁冀〉、何敞〈上封事言諸竇〉、史弼〈處渤王為亂上封事〉等都已相當講究對偶。

　　甚至連當時文士間往來的書信都已有極度駢偶的傾向，如：蘇竟、〈與劉龔書〉、馮衍〈與陰就書〉、王尊〈喻牛邯書〉、吳蒼〈遺矯仲彥書〉、孔融〈報曹公書〉、皇甫規〈追謝趙壹書〉等人的書信，已駢偶滿紙。

　　其他如班固〈弈旨〉、趙壹〈非草書〉、夏侯玄〈肉刑論〉、陳賓〈異聞記〉、蔡邕〈隸勢〉、田羽〈薦法真〉等文，也已無文不駢、無文不偶。

　　在兩漢時期，詩歌相對弱勢，不過，對偶也已蔓延到文士之作，如：傅毅〈迪志詩〉、張衡〈歌〉、酈炎〈詩二首其一〉、桓麟〈答客詩〉、秦嘉〈贈婦詩〉、孔融〈臨終詩〉、辛延年〈羽林郎詩〉、仲長統〈見志詩〉等，都極具對偶色彩。漢樂府如〈陌上桑〉、〈豔歌何嘗行〉、〈豔歌〉以及古詩〈上山採蘼蕪〉等，對偶也超過一半以上。可見東漢以後，對偶的風氣已由賦影響到對偶的風氣已經氾濫到各種文體。

第二節　由古對到律對的過渡期

　　六朝，是對偶發展的第二個階段。在此階段，文學的共同特徵之一就是對偶，幾乎所有文體，舉凡駢文、駢賦以及齊梁體詩歌，無一不是大量運用對偶。在此對偶興盛的同時，「聲律說」的提出以及純文學觀念的影響，使得對偶在質

上產生變化，人爲刻意安排平仄的嘗試，促使「律對」的出現。由於此時「律對」的平仄規律仍處於嘗試階段，尚未固定，介於先秦至漢代的「古對」與唐宋的「律對」之間，因此，稱此時期爲「由古對到律對的過渡期」。

一、聲律說的出現

對偶發展到六朝，最重大的影響就是聲律說的出現。

聲律說起於六朝人對聲調的認識，最早提出具體言論，始於南朝齊梁之間，沈約在《宋書・謝靈運傳》中言：

> 夫五色相宣，八音協暢，由乎玄黃律呂，各適物宜。欲使宮羽相變，低昂舛節。若前有浮聲，則後須切響。一簡之內，音韻盡殊，兩句之中，輕重悉異。妙達此旨，始可言文。〔註20〕

然而沈約並未對於「浮聲」、「切響」、「音韻盡殊」、「輕重悉異」等語究竟爲何意指，給人明確的說明。《南齊書・陸厥傳》亦記載：

> 永明末，盛爲文章。吳興沈約、陳郡謝朓、琅邪王融以氣類相推轂。汝南周顒善識聲韻。約等文皆用宮商，以平、上、去、入爲四聲，以此制韻，不可增減，世呼爲「永明體」。〔註21〕

《南史、陸厥傳》亦有相同記載：

> 時盛爲文章。吳興沈約、陳郡謝朓、瑯琊王融，以氣類相推轂。汝南周顒，善識聲韻。約等爲文，皆用宮商，將平、上、去、入四聲，以此制韻，有平頭、上尾、蜂腰、鶴膝。五字之中，音韻悉異：兩句之內，角徵不同。不可增減，世呼爲永明體。〔註22〕

可見沈約、謝朓、王融等人已能清楚分辨「平上去入」四個聲調，並有了「前有浮聲，後須切響」、「一簡之內，音韻盡殊，兩句之中，輕重悉異」、「平頭」、「上尾」、「蜂腰」、「鶴膝」等相當程度的聲律規範。但是，由「宮商相變」、「皆用宮商」等語看來，當時文士對於聲調，雖已有所認知，在敘述詩文的音韻節奏時，仍需借用音樂的概念來加以形容，尚未有明確的法則。

聲律說出現之後，使得原本就已十分講究駢偶的六朝文學，進入一個新的局面，同時，也促使對偶產生質的變化，最具體的表現在「齊梁體」、駢賦

〔註20〕 沈約：《宋書》（台北：鼎文書局）列傳27，卷67，頁1779。
〔註21〕 蕭子顯：《南齊書》（台北：鼎文書局）列傳33，卷52。
〔註22〕 李延壽：《南史》（台北：鼎文書局）列傳38，卷48，頁1195。

以及駢文上面。

　　「齊梁體」是齊梁時期，在「永明體」講求聲音相對的基礎上，加上綺麗纖豔的詞藻和對偶而成的五言詩，也是聲律說最直接表現的地方。在「齊梁體」中，有些對偶，已然符合後世「律對」的基本要求，也就是在一句之中，第二字與第四字平仄相對；出句與對句之間，二、四字的平仄兩兩相對，以及兩句末字平仄的相對。如：

風光承露照，霧色點蘭暉。
平平平仄仄，仄仄仄平平。（王儉〈春詩二首其二〉）〔註23〕

絲中傳意緒，花裏寄春情。
平平平仄仄，平仄仄平平。（王融〈詠琵琶詩〉）〔註24〕

巢空初鳥飛，荇亂新魚戲。
平平平仄平，仄仄平平仄。
（丘遲〈侍宴樂遊苑送徐州應詔詩〉）〔註25〕

夜月琉璃水，春風柳色天。
仄仄平平仄，平平仄仄平。（沈約〈登北固樓詩〉）〔註26〕

黃鸝飛上苑，綠芷出汀洲。
平平平仄仄，仄仄仄平平。
（吳均〈與柳惲相贈答詩六首其一〉）〔註27〕

這些對偶句，除了意義上的相對之外，在詞藻上也表現出纖細華美，最重要的是，在聲音上的兩兩相對。這是在聲律說的意識下，人為刻意造成的平仄安排，與古詩中，偶爾出現合於平仄的對偶是不同的。古詩詩人不會刻意去安排詩句的平仄，但是齊梁詩人則是在聲律說的基礎上，刻意的安排平仄，以達到聲韻叶諧的目的，所以當詩中出現對偶時，自然容易配合上聲律，出現有規律聲調安排的對偶。

　　六朝的駢賦、駢文本來就是以駢偶作為文體的主要形式，齊梁以來，加上聲音的要求，使得其中的對偶，也講究聲律上的安排。表現在駢賦中，如：

〔註23〕遠欽立：《先秦漢魏晉南北朝詩》（台北：木鐸出版社）中冊，「齊詩」卷一，頁1380。
〔註24〕「齊詩」卷二，頁1402。
〔註25〕「梁詩」卷五，頁1602。
〔註26〕「梁詩」卷六，頁1640。
〔註27〕「梁詩」卷十，頁1730。

棹將移而藻掛，船欲動而萍開。

仄　平　　仄　平仄　平　　（梁元帝〈採蓮賦〉）〔註28〕

一叢香草足礙人，數尺游絲即橫路。

　平仄　　平　　仄　平　仄　　（庾信〈春賦〉）〔註29〕

鏡朱塵之照爛，襲青氣之烟熅。

仄　平　　仄　平仄　平　　（江淹〈別賦〉）〔註30〕

表現在駢文中，如：

甘逾萍實，冷亞冰壺。

　平　仄，　仄　平　　（劉峻〈送橘啓〉）〔註31〕

覆鳥毛而不暖，燃獸炭而逾寒。

仄　平　　仄　平仄　平　　（庾信〈謝趙王賚絲布啓〉）〔註32〕

零雨送秋，輕寒迎節。

　仄　平　　平　仄　　（梁簡文帝〈與蕭臨川書〉）〔註33〕

基本上，這些駢賦與駢文中對偶的聲律，以句中節奏點以及句末字的平仄相對爲主。以梁元帝的〈採蓮賦〉一例來看，其出句節奏點在：「棹」（仄）、「移」（平）、「掛」（仄）三字，對句的節奏點在：「船」（平）、「動」（仄）、「開」（平），出句的「掛」與對句的「開」同時也是兩句的末字。如此規律的對偶聲律，與漢賦中的對偶不同。漢賦中的對偶只是意義相對的「古對」，而齊梁駢賦、駢文中的對偶，已能明顯表現出在聲音上人爲刻意的安排。

二、由「古對」到「律對」的原因

誠然，聲律說的提出，使得齊梁時期的詩、賦、文中，出現相當程度聲調規律的對偶，而這些對偶也與沈約所說的「前有浮聲，後須切響」、「一簡之內，音韻盡殊，兩句之中，輕重悉異」相吻合，尤其是前列「齊梁體」中的對偶，與後世「律對」幾乎沒有分別。但是，以本文的立場，尚不視之爲「律對」。

〔註28〕〔清〕許槤：《六朝文絜》（北京：華夏出版社，1999年7月），頁12。
〔註29〕《六朝文絜》，頁47。
〔註30〕《六朝文絜》，頁23。
〔註31〕《六朝文絜》，頁116。
〔註32〕《六朝文絜》，頁125。
〔註33〕《六朝文絜》，頁143。

　　因為，聲律說只是規範了一個大原則的方向，即「前有浮聲，後須切響」、
「一簡之內，音韻盡殊，兩句之中，輕重悉異」，實際上，尚未有固定的格式，
以供遵循，所以，在實際作品中，仍有許多對偶，其聲律是不盡然符合這個
原則，如「齊梁體」中：

> 翻階沒細草，集水間疏萍。
> 平平仄仄仄，仄仄平平平。（王融〈詠池上梨花詩〉）〔註34〕

> 情多舞態遲，意傾歌弄緩。
> 平平仄仄平，仄平平仄仄。（謝朓〈夜聽妓詩〉二首其一）〔註35〕

> 戎車出細柳，餞席遵上林。
> 平平仄仄仄，仄仄平仄平。
>
> （沈約〈侍宴樂遊苑餞呂僧珍應詔詩〉）〔註36〕

其中第一例不避「三平腳」、「三仄腳」，第二例出句與對句失對，第三例既不
避「三仄腳」，又失對。顯示出，此時詩人對於聲音的安排仍處於一個嘗試摸
索的過程，因此，同時存在既合於「律對」的對偶，也有不合者，這都是嘗
試階段所出現的各種可能。

　　此外，我們也可以從沈約在《宋書‧謝靈運傳》中所舉的例子得到旁證，
他說：

> 子建函京之作，仲宣霸岸之篇，子荊零雨之章，正長朔風之句，並
> 直舉胸情，非傍詩史，正以音律調韻，取高前式。

明白指出「子建函京之作，仲宣霸岸之篇，子荊零雨之章，正長朔風之句」
四例是「音律調韻」，應該與他所提出的聲律相合才是。「子建函京之作」出
自曹植〈贈丁儀王粲詩〉〔註37〕：

> 從軍度函谷，驅馬過西京。
> 平平仄平仄，平仄仄平平。

「仲宣霸岸之篇」出自王粲〈七哀詩〉三首其一〔註38〕：

〔註34〕逯欽立：《先秦漢魏晉南北朝詩》（台北：木鐸出版社）中冊，「齊詩」卷二，
　　　　頁1403。
〔註35〕「齊詩」卷四，頁1451。
〔註36〕「梁詩」卷六，頁1632。
〔註37〕逯欽立：《先秦漢魏晉南北朝詩》（台北：木鐸出版社），上冊，「魏詩」卷七，
　　　　頁452。
〔註38〕「魏詩」卷二，頁365。

南登霸陵岸，迴首望長安。
平平仄平仄，平仄仄平平。

「子荊零雨之章」出自孫楚〈征西官屬送於陟陽侯作詩〉〔註39〕：

晨風飄歧路，零雨被秋草。
平平平平仄，平仄平平仄。

「正長朔風之句」出自王讚〈雜詩〉〔註40〕：

朔風動秋草，邊馬有歸心。
仄平仄平仄，平仄仄平平

這四個例子中，以近體詩格律來看，曹植、王粲的兩聯合於律聯，而孫楚、王讚的兩聯則因上句為古句，皆不合於格律。由此看來，沈約所謂的「音律調韻」，還只是一個概念，並非可以作為典範的固定格式。

真正的「律對」，要到唐代近體詩格律完成之後，以此格律為基礎出現的。因此，「律對」最基本的，就需要一個固定的平仄譜式，但是，六朝詩的聲律，尚在嘗試摸索，沒有固定格式，自然不是真正的「律對」。

其次，因為近體詩的用韻以押平聲韻，一韻到底為準。所以「律對」的出、對句末字，必定是仄平相對。而六朝詩的用韻，可押平韻，亦可押仄韻，其對偶的出、對句末字，無法合乎仄平相對的要求，也就不是「律對」。

但是，聲律說之所以能適用在六朝文學，其原因在於六朝文學是最講究駢偶的，而駢偶的主要特徵就是齊言，齊言的形式使得聲音相對的聲律原則可以套用於其中，進而為日後「律對」的完成打下堅實的基礎。

而六朝重駢偶的文學風氣，則是受到漢賦極度駢偶的影響。但是，漢代的對偶只是意義上的相對，只是「古對」，六朝聲律說出現之後，六朝詩、賦、文中的對偶，在意義相對的基礎上，加上聲音的相對，已然走向「律對」的道路。

三、純文學觀念的影響

魏晉六朝是文學自覺的時代，在六朝人心目中，文學已不再是經學的附庸、政治的附屬品，而具有相對獨立的地位。曹丕〈典論論文〉中所謂「文章者，經國之大業，不朽之盛事。年歲有時而盡，榮樂止乎其身，二者必至

〔註39〕「晉詩」卷二，頁599。
〔註40〕「晉詩」卷八，頁761。

之常期，未若文章之無窮〔註41〕」正說出了當時作者重視文學、刻意爲文的心態，亦足以代表整個時代對文學的態度。文學的獨立，象徵著純文學時代的來臨。此時，純文學的觀念已然成形。

重視文學自然體現在對形式的追求，對偶本身形式工整對稱、文字華美，自然成爲六朝文士追求文學形式之美的首要條件。曹丕的「詩賦欲麗」彰顯文學是需要追求「麗」。這個「麗」表現在文學上，除了詞藻華麗之外，就是對偶。劉勰以「麗辭」直稱對偶，也是出自於這種立場，可以看出當時文士們對於文學形式美的追求的自覺。

聲律說的提出，使得原本追求詞藻華麗的六朝文學，加上音調的和諧，更將純文學的觀念推向高峰。對偶在純文學觀念的影響下，得到最大的發展空間。

以往都說，六朝是駢體最興盛的時期，六朝之所以會無文不駢，無句不偶，基本上，是受到漢賦大量使用對偶的影響。在漢代，對偶已由賦體氾濫到各種文體之中，到了六朝，對偶更被大量地運用到各種文體，六朝的賦被稱爲駢賦，六朝的文被稱爲駢文，六朝的詩從魏晉以來，對偶日漸增多，都足以反映出六朝人對於對偶極端偏愛的文學風尚，其來有自。這種大量使用對偶的風氣，加上聲律說與純文學觀念的推波助瀾，在這樣的文學環境裡，致使六朝成爲對偶最適合發展的時期。所以，六朝才會成爲對偶從「古對」到「律對」的過渡時期。

第三節　律對時期

唐宋時期，是對偶發展的第三個階段。經過六朝文士在平仄安排上的嘗試，近體詩的格律，到唐代已經完成，「律對」的平仄規律也因此而固定，後世寫作近體詩，其中的對仗，除首聯入韻的情形之外，全爲「律對」。而唐宋以來，科舉考試進士科試律詩、試律賦的規定，在「考試領導流行」的趨勢下，考生們必須具備寫作「律對」的基本能力。駢文，又稱作「四六文」，由於四六句式的固定，平仄的運用也趨向規律化，其中的對偶，也趨向於以「律對」爲主。此時，在詩、賦、文中，對偶均以「律對」爲主流，故稱此階段爲「律對時期」。

〔註41〕〔魏〕曹丕：〈典論論文〉（《魏文帝集》，《漢魏百三名家集》本，第二冊），頁 1004。

一、近體詩聲律的完成

六朝聲律說提出之後，文人將「前有浮聲，後須切響」、「一簡之內，音韻盡殊，兩句之中，輕重悉異」這種人為的聲調安排運用到詩歌裡頭，經過「永明體」、「齊梁體」詩人的嘗試摸索，最後完成於唐代。

唐人稱近體詩為「律詩」，此「律詩」的觀念與現今對於「律詩」的看法是有所不同的，而唐人的「律詩」觀念也使得對偶由「古對」更趨向於「律對」，對於「律對」的成立產生了最直接的影響。

現今對於「律詩」的看法，可以王力《漢語詩律學》中的論述為代表。書中指出，唐代以後，因為科舉的關係，詩的形式逐漸趨於劃一，對於平仄、對仗和詩篇的字數有了嚴格的規定，依此嚴格規定寫成的作品，就是後代所稱的近體詩〔註42〕。並將近體詩區分為三種：「律詩」、「排律」與「絕句」，主要是以句數作為區隔標準，五、七言四句者為絕句、八句者為律詩、十句以上者為排律。此外，並附帶提及五、七言的三韻小律與六言律詩，不過，他認為這兩種都是罕見的形式，所以未多作討論。關於律詩的論述，王力認為：

> 律詩的意義就是依照一定的格律來寫成的詩。律詩的格律最主要的有兩點：（一）儘量使句中的平仄相間，並使上句的平仄與下句的平仄相對（即相反）；（二）儘量多用對仗，除首兩句與末兩句外，總以對仗為原則。〔註43〕

對於律詩的分類，王力將律詩分為五言、七言兩種，五言律詩除了平仄和對仗的規律之外，還有兩個規律：

> a. 每句五個字，每首八句，全首共四十個字。
>
> b. 第一、三、五、七句不入韻，這個是正例；但首句亦有入韻者，這是變例。〔註44〕

七言律詩除了平仄和對仗之外，也還有兩個規律：

> a. 每句七個字，每首八句，全首共五十六個字。
>
> b. 第一、、二、四、六、八句入韻，第三、五、七句不入韻，這個是正例；但首句亦有不入韻者，這是變例。〔註45〕

〔註42〕王力：《漢語詩律學》（台北：宏業書局，1985年），頁18。

〔註43〕同上註。

〔註44〕同上註，頁19。

〔註45〕同上註，頁20。

王力律詩的論述，簡單地說，就是以「五、七言八句，依照一定的平仄規律寫作，中間兩聯對仗的詩」即爲律詩。洪爲法的《古詩論、律詩論》、簡明勇的《律詩研究》大致上均與王力的論述相似，而稍有擴大。〔註46〕

　　相較於今人對於律詩的觀念，唐人之於律詩的觀念則有廣義、狹義之不同。李師立信發表了一系列研究「律詩」的論文〔註47〕，在〈律詩試釋〉中，李師透過兩個步驟，使我們對「律詩」有了一個重新的認識。首先，李師將歷來對律詩的看法加以整理，試著找出比較正確的答案，並將其歸納爲兩種：一是，專主五、七言八句之詩爲律詩，但也有人將小律及排律納入律詩範圍之下（不包含四句二韻的絕句）〔註48〕。二是，將四句二韻的絕句歸爲律詩的一體，因爲，「依譜寫作的五、七言四句雖然叫做絕句，且詩中不一定要對仗，但它也是按照律詩的平仄規律來寫作的，所以也可以叫做律詩〔註49〕。」

　　其次，由於「律詩」一詞在唐代已出現，因此，李師從唐人自己或由親友幫忙編定的詩集去觀察，藉此，對律詩有一個比較正確的認識。在這個部分，李師以元稹及《新唐書》所說的「屬對精切，穩順聲勢」、「研練聲音，浮切不差」，提出以下觀點：

> 唐人所謂的「律詩」，只著重在「聲音」與「對仗」，原本並沒有字數及句數上的限制。〔註50〕

〔註46〕簡明勇《律詩研究》也認爲律詩與絕句同屬近體，卻有著句數上的差別：「……然絕句每首僅四句，律詩則必八句以上」，並將律詩分爲五言、七言律詩以及五言、七言排律四大類（頁2）。洪爲法的《古詩論、律詩論》中，認爲「最正當的律詩之類別」爲：五言律、七言律、五言排律、七言排律（頁13）。兩人對於律詩的看法都是以「八句」的句數爲基礎，擴大爲五、七言八句以上，合於格律的詩。

〔註47〕有〈律詩試釋〉（收於《六朝隋唐文學研討會論文集》，中正大學中文系編印，1994年，頁1～10）、〈論雜律〉（收於《第三屆唐代文化學術研討會論文集》，政治大學中文系編印，1996年，頁197～208）、〈唐人詩文集之集結體例〉（收於《傳統文學的現代詮釋》，東海大學中文系編，文史哲出版社出版，1998年，頁95～112）以及〈再論雜律〉（發表於「唐代文化學術研討會」，東吳大學中文系主辦，1999年，抽印本）。

〔註48〕文中，李師引用《四溟詩話》、《升庵詩話》、《詩體明辨》、《聲調四譜》、《漢語詩律學》、《詩文聲律類稿》以及《律詩研究》和《新譯唐詩三百首》作爲歸納對象，引文詳見〈律詩試釋〉一文。

〔註49〕見〈律詩試釋〉頁3。文中列舉《文體明辨》、《唐音審體》的主張，詳見〈律詩試釋〉內文。

〔註50〕見〈律詩試釋〉，頁5。

並且在〈再論「雜律」〉一文中，以錢木庵、胡應麟與王世貞的數則詩話作進一步的說明：

> 從六朝一路走來，無論任何人提到齊梁、永明體乃至於律詩，都只是去強調聲音與對偶，似乎只要注意到聲律，只要對偶工整，就具備律詩的條件了。……〔註51〕

之後，〈律詩試釋〉以《昌黎集》和《白氏長慶集》爲原始材料進行分析，得到了下列結論：

> 絕句、律詩、排律、小律、雜律固然可以稱爲律詩，即使是雜言或詞，只要合於一定的寫作規律，都可用律詩一詞名之，這就是唐人的「律詩」。〔註52〕

李師並對唐人「律詩」觀念表達了以下意見：

> 唐人所謂之「律詩」，實有廣、狹二義之不同，就狹義言，即專指五、七言八句，按一定之平仄寫作，中四句兩兩對仗之詩即爲律詩；就廣義而言，除古體外，凡依一定規律來寫作的詩，包括絕句、律詩、排律、小律、雜律、詞及在某種格律規範下的雜言都可稱爲「律詩」。
>
> 〔註53〕

此外，李師在之後發表的〈唐人詩文集之結集體例〉一文中，更將觀察對象擴大到《張說之文集》、《權載之文集》、《劉夢得文集》、《元氏長慶集》、《樊川文集》和《浣花集》〔註54〕，根據實際作品去探究唐人律詩觀念，爲〈律詩試釋〉的論點，提供了可信且有力的依據。在這篇論文中，李師針對《白居易集》中可確定實爲律詩卷的作品，進行形式上的分類與統計，並製成表格〔註55〕，根據此表格分類，可以發現《白居易集》中的律詩，種類繁多，不僅有五、七言律詩，還包含了五、七言絕句以及五、七言排律。此外，我們還見到五言六句、七言六句、六言詩與詞和少數的雜言詩。再次證明了〈律詩試釋〉的結論，並顯示唐人所謂的「律詩」與現今對律詩的認知有所不同。

　　比較王力與李師兩人對於律詩的定義，主要的差別，在於定義上的廣狹不

〔註51〕引《唐音審體》、《詩藪》與《藝苑卮言》之論，見〈再論「雜律」〉，頁3。
〔註52〕見〈律詩試釋〉，頁8。
〔註53〕同上註。
〔註54〕其版本討論，詳見〈唐人詩文集之結集體例〉（收於《傳統文學的現代詮釋》，東海大學中文系編，文史哲出版社出版，1998年，頁95～112）第三節。
〔註55〕詳見〈唐人詩文集之結集體例〉第三節表格。

同：王力以句數作爲區隔近體詩中「律詩」、「排律」和「絕句」的標準，因此，其「律詩」定義只針對五、七言八句的近體詩而言；李師則擴大了律詩的涵義，將唐人律詩的定義，分爲廣義與狹義，狹義者即爲王力所主張的「律詩」定義，廣義者則是「除古體外，凡依一定規律來寫作的詩，包括絕句、律詩、排律、小律、雜律、詞以及在某種格律規範下的雜言都可稱爲『律詩』。

　　李師的律詩定義，是從唐人的立場出發，以唐人對律詩的看法作爲基礎，對唐人詩文集中「律詩」卷收錄的實際作品作了詳盡的觀察與分析，所得到的結論，對於「律詩」的定義和認知有更明確的釐清。本文即依李師所界定的律詩定義爲論述的依據。

　　因此，對於唐人而言，只要合於「聲音」與「對仗」的要求，「依一定規律寫作的詩」，不論是齊言或雜言、或句數，都可視之爲「律詩」。在這個觀念下，「律詩」中的對偶，自然也是「依一定規律」寫作的「律對」。而「律對」的「一定規律」，則主要集中在平仄聲音的規則。

　　「律對」與「古對」的差別在於，「律對」有一定的平仄規則，而「古對」則否。「律對」的平仄規則來自於近體詩（即「律詩」）的聲律規範。

　　近體詩的聲律，以平仄譜爲準。而所有近體詩的平仄譜，都是由「仄仄平平仄」、「平平仄仄平」、「平平平仄仄」、「仄仄仄平平」這四個句子組成的〔註56〕，這四個句子的第二字與第四字平仄都相對（即相反），即使由這四個句子衍生出的一、三字拗救的句子（合計共有十六個句子），也都是二、四字平仄相對，這些句子都是近體詩中允許出現的，所以稱爲「律句」。「律句」爲什麼一定在第二字與第四字平仄相對？李師於〈王力《漢語詩律學》商榷〉一文中，作了以下的說解：

> 　　基本上，律句的平仄是在「偶」、「平衡」和「對稱」等觀念上組合起來的，近體詩以一聯爲單位，出句如爲「仄仄平平仄」，對句就必須用「平平仄仄平」，一來是爲了對稱，再來是爲了求平仄字數上的平衡；而且平仄的組合必須是兩平兩仄，或是兩仄兩平，基本上是偶平偶仄的組合，兩平兩仄之「偶」的組合，其結果第二字與第四字一定不同平仄，……〔註57〕

〔註56〕見王力：《漢語詩律學》，頁74～75。
〔註57〕見李立信：〈王力《漢語詩律學》商榷〉（《「山鳥下聽事，簷花落酒中。」——唐代文學論叢》，中正大學中文系編印，1998年，頁365～396），頁369。

在「偶」的觀念上，「偶平偶仄」的組合，使得「律句」中的第二、四字必定是平仄相對。李師並加以說明，近體詩的一聯，基於「對稱」與「平衡」的觀念，形成出、對句之間的平仄相對。

這種由第二、四字平仄相對的「律句」構成出、對句平仄相對的一聯，基本上，已可視之為「律聯」。但是，由於近體詩以偶數句押平韻的嚴格規定，因此，「律聯」其對句末字必定是平聲，而出句的末字相對的必定為仄聲。如果是首句入韻的首聯，那就不是「律聯」。所以，我們可依此得到五言的「律聯」兩種：

  （一）仄仄平平仄，平平仄仄平

  （二）平平平仄仄，仄仄仄平平

七言的「律聯」，其實是在五言「律聯」出、對句加上相對的「平平」、「仄仄」而成，也有兩種：

  （一）平平仄仄平平仄，仄仄平平仄仄平

  （二）仄仄平平平仄仄，平平仄仄仄平平

從平仄關係來看，「律聯」就是以聲調為主，平仄相對的對偶形式。

在「律聯」的聲律規範之下，近體詩中的對偶，除了字面上意義、詞性兩兩相對之外，在聲調上也達到在第二、四、六字以及末字的平仄相對，形成「律對」。如王維的〈酬張少府〉：

  自顧無長策，空知返舊林。
  仄仄平平仄，平平仄仄平

  松風吹解帶，山月照彈琴。
  平平平仄仄，平仄仄平平

杜甫〈秋興八首〉其一：

  江間波浪兼天湧，塞上風雲接地陰。
  平平平仄平平仄，仄仄平平仄仄平

  叢菊兩開他日淚，孤舟一繫故園心。
  平仄仄平平仄仄，平平仄仄仄平平

這兩首詩中的對偶，均為「律對」，顯示在近體詩的聲律規則完成之後，「律對」也因此得到確立。

在近體詩格律完成之後，從唐人到清人，只要寫作律詩，其中的對偶都是「律對」（首句入韻而首聯使用對偶者除外）。這是因為律詩要求聲律、韻

律以及對偶等格律條件所造成的。

律詩須用對偶，對偶的位置，一般要求在中間兩聯（即頸聯、頷聯）使用對偶，八句以上的排律除了首聯、尾聯不要求對偶，中間的各聯則一律使用對偶，其對偶數量比律詩來得更多。這些對偶，結合律詩的聲律基礎——「律聯」，在出、對句句中偶數字與句末字的平仄聲調受到嚴格的規範，不可隨意更動，如五言近體詩中的對偶，其出句第二字為平聲時，則第四字必為仄聲，對句第二字必為仄聲，第四字必為平聲；當出句第二字為仄聲時，則本句第四字為平聲，對句第二字為平聲，第四字為仄聲。而出、對句句末字的平仄，受到近體詩偶數句押韻的限制，所以，出句末字（即第五字）必為仄聲，對句末字必為平聲。這是一套固定的平仄規則，也是「律聯」的平仄規定。同時，也使得近體詩中的對偶，成為真正的「律對」。

因此，我們可以說，近體詩聲律的完成，是「律對」完成的關鍵。而隨著「律對」的完成，也象徵著「律對」時期的即將來臨。

二、科舉考試的影響

唐代科舉，因隋舊制，其科目眾多〔註58〕，尤其以進士科為貴，《唐摭言》中即稱：「進士科始於隋大業中，盛於貞觀、永徽之際；縉紳雖位極人臣，不由進士者，終不為美，以致歲貢常不減八九百人〔註59〕。」雖「位極人臣，不由進士者，終不為美」，可見唐人對於進士科出身的愛羨與重視程度，《新唐書、選舉志》亦言：「大抵眾科之目，進士尤為貴，其得人亦最為盛焉。〔註60〕」從參與考試的人數之多，錄取率之低，以及考中後的地位象徵來看，進士科不尊貴也很難。

〔註58〕 見《新唐書‧選舉志》：「唐制，取士各科，多因隋舊，……其科目，有秀才，有明經，有俊士，有進士，有明法，有明字，有明算，有一史，有三史，有開元禮，有道舉，有童子。而明經之別有五經，有三經，有二經，有學究一經，有三禮，有三傳，有史科。此歲舉之常選也。其天子自詔者曰制舉，所以待非常之才焉。」從「秀才」到「史科」，都只是「歲舉之常選」，也就是按時舉行的考試科目。「制舉」則是皇帝臨時設下的選士科目，其具體名目更加繁多，據宋人王應麟《困學記聞》卷十四「考史」中統計，有唐一代，制舉的名目約有八十六種之多。

〔註59〕 〔五代〕王定保撰：《唐摭言》（《文淵閣四庫全書》本，第1035冊）卷一，「散序進士」條，頁1035-698。。

〔註60〕 同註58。

　　唐代進士科考試以試詩、賦爲主,大致在盛、中唐之際成爲固定制度。據學者傅璇琮在《唐代科舉與文學》一書所考證,在天寶十載之後,進士科試題即固定爲詩賦各一首〔註61〕,而進士科三場考試的項目順序,從中唐起,改變爲第一場詩賦,第二場帖經,第三場策文,每場定去留,首場成爲錄取的關鍵〔註62〕。第一場試詩、賦成爲進士科考試的關鍵,在一定程度上反映了詩歌的繁榮發展對當時社會生活產生的廣泛影響,傅氏即認爲:

> 唐代進士考試之所以將詩賦列於首位,一方面固然受到社會上重視
> 詩歌的影響,另一方面也因爲進士試的詩賦都是律詩、律賦,有格
> 律聲韻可循,對於考試官員來說,容易掌握一定的標準〔註63〕。

這段文字中,不僅顯示詩歌對科舉的影響之外,也提到進士科試詩、賦,以「格律聲韻」作爲考官評量試「律詩」、試「律賦」錄取與否的客觀標準。這裡的「格律聲韻」基本上並非因應考試而出現,反倒是科舉考試沿用了已成定制的詩、賦「格律聲韻」,並加以句數、字數與限韻等其他方面專爲考試設下的限制而成。最早記載進士科試雜文的《唐會要・卷七十五・貢舉上・帖經條例》中曰:

> 永隆二年八月敕:如聞明經射策,不讀正經,抄撮文條,才有數卷;
> 進士不尋史籍,惟誦文策,詮綜藝能,遂無優劣。自今以後,明經
> 每帖經十得六已上者,進士試雜文兩首,識文律者,然後令試策。

此「文律」,若以傅氏的觀點,即爲「格律聲韻」,也就是兩首雜文,必須講究格律、聲韻。然而,清人徐松在《登科記考》卷二「永隆二年條」下注曰:「按雜文兩首,謂箴銘論表之類。」箴、銘與詩、賦、頌一樣可以講究音韻、格律,但是,論、表是實用文字,不必講求音律,視其爲講究「文律」的「雜文」,似乎並不妥當。不過,徐松在同注中接著提到「雜文之專用詩賦」的演變,把「雜文」重心放在詩、賦上,顯示徐氏所理解「識文律」者,主要是針對詩、賦而言。

　　唐人對於科舉試詩、賦的「律」爲何義,並未明說,不過我們仍可從一些唐人文字資料找到啓示,如權德輿在〈答柳福州書〉云:「兩漢設科,本於

〔註61〕傅璇琮:《唐代科舉與文學》(西安:陝西人民出版社,2003年),第七章「進
　　　　士考試與及第」頁170。
〔註62〕同上註,頁171～172。
〔註63〕同上註,頁174。

射策，故公孫弘、董仲舒之倫痛言理道。近者祖習綺靡，過於雕蟲，俗謂之甲賦律詩，儷偶對屬〔註64〕。」認爲科舉考試的「律詩」與「甲賦」，同樣講究「對偶」；皇甫湜〈答李生第二書〉中也提到：「既爲甲賦，不得稱不作聲病文也〔註65〕。」指出「甲賦」與「聲病」的關係；沈亞之〈與京兆試官書〉中說：「去年始來京師，與群士皆求進，而賦以八韻，雕琢綺言與聲病。亞之習未熟，而又以文不合於禮部，先黜去〔註66〕。」則以「雕琢綺言」與「聲病」作爲「求進（士）」考試中「賦以八韻」之賦的要求。綜合來看，唐人對於試詩、賦的「律」，主要集中在「聲律」與「對偶」兩方面，與前文所引李師立信對於唐人「律詩」觀提出的看法一致：「唐人所謂的『律詩』，著重『聲律』與『對偶』」。

既然科舉試詩、賦以「聲律」、「對偶」爲主，本文即從此角度切入，觀察進士科試詩、賦與「律對」之關係。

（一）試律詩

宋人李昉《文苑英華》卷180到189收錄有477首「省試詩」〔註67〕，均爲唐人應科舉考試的「試詩」，亦可稱之爲「試律詩」。這477首「試律詩」以六韻十二句居多，偶有四韻八句、八韻十六句者，至於言數，則全爲五言，顯示五言六韻十二句，是唐代「試律詩」的固定格式。依據《登科記考》〔註68〕的記載，我們選出三首當年進士科名列狀元的「試律詩」，分析其聲律與對偶，以試圖瞭解其與「律對」的關係。

《登科記考》卷十一記載，唐代宗大曆十四年，進士科狀元爲王儲〔註69〕。

〔註64〕〔清〕董誥等編：《全唐文》（《全唐文》光碟版，北京：北京圖學文化傳播公司，商務印書館出版，2006年），卷489。

〔註65〕〔清〕董誥等編：《全唐文》卷685。

〔註66〕〔清〕董誥等編：《全唐文》卷735。

〔註67〕此數據乃本文據《文苑英華》卷180至189各卷數量統計之結果。

〔註68〕本文以清徐松撰，孟二冬補正：《登科記考補正》（北京：北京燕山出版社，2003年7月）一書爲據。孟書以中華書局1984年8月第1版趙守儼點校《登科記考》爲底本，並將已發表對於徐松《登科記考》的補充、訂正之專文，如：岑仲勉、羅繼祖、施子愉、卞孝萱、張忱石、胡可先、楊希義、陳尚君、朱玉麒、吳在慶、黃震雲、王其偉、陳冠明、薛亞軍等人之作，經過覈查、甄辨之後，納入正文。對於原徐松所考部分，有缺者加以考證、補充；有誤者則重新調整或刪併，甚至刪除，均予以辯證，以便讀者了解原因，爲《登科記考》提供了更豐富且可靠的文本。這是本文之所以以此書爲依據的原因。

〔註69〕《登科記考補正》卷十一，上冊，頁466。

本年進士科試詩、賦各一，賦題爲〈寅賓出日賦〉，以「大明在天，恒以時授」爲韻；詩題爲〈花發上林苑〉詩，詩存者有王儲、周渭、竇常、王表、獨孤綬等五人〔註70〕。王儲詩作，如下

東陸和風至　先開上苑花
平仄平平仄　平平仄仄平

穠枝藏宿鳥　香蕊拂行車
平平平仄仄　平仄仄平平

散白憐晴日　舒紅愛晚霞
仄仄平平仄　平平仄仄平

桃間留御馬　梅處入胡笳
平平平仄仄　平仄仄平平

城郭連增媚　樓臺映轉華
平仄平平仄　平平仄仄平

豈同幽谷草　春至發猶賒
仄平平仄仄　平仄仄平平

本詩形式爲五言六韻十二句，以詩題中「花」字爲韻。其平仄完全符合「律詩」聲律規則，首聯、末聯非對偶，第二、三、四、五聯皆爲「律對」。「律對」出現機率爲百分之百。

　　唐德宗貞元十二年，進士科試詩、賦各一，賦題爲〈日五色賦〉，以「日麗九華，聖符土德」爲韻；詩題爲〈春臺晴望詩〉，本科狀元爲李程〔註71〕。詩存者有李程、湛賁、喬弁三人〔註72〕。李程的詩作，如下：

曲臺送春日　景物麗新晴
仄平仄平仄　仄仄仄平平

靄靄煙收翠　忻忻木向榮
仄仄平平仄　平平仄仄平

靜看遲日上　閑愛野雲平
仄平平仄仄　平仄仄平平

〔註70〕〔宋〕李昉等編：《文苑英華》（《文淵閣四庫全書》本，第 1334 冊）卷 188，頁 1334-660。

〔註71〕《登科記考補正》卷十四，中冊，頁 585。

〔註72〕《文苑英華》卷 184，頁 1334-639。。

　　　風慢遊絲轉　　天開遠水明
　　　平仄平平仄　　平平仄仄平

　　　登高塵慮息　　觀徼道心清
　　　平平平仄仄　　平仄仄平平

　　　更有遷喬意　　翩翩出谷鶯
　　　仄仄平平仄　　平平仄仄平

此詩以詩題「晴」字為韻，首句非「律句」，其餘皆符合平仄規律。中間四聯均為「律對」，「律對」率亦為百分之百。

　　貞元十五年，進士科試詩一首，詩題為〈行不由徑〉詩，本年錄取進士十七人，封孟紳為狀元〔註73〕。詩存者有封孟紳、張籍、王炎、俞簡等四人〔註74〕。封氏詩作：

　　　欲速竟何成　　康莊亦砥平
　　　仄仄仄平平　　平平仄仄平

　　　天衢皆利往　　吾道本方行
　　　平平平仄仄　　平仄仄平平

　　　不復由蓬徑　　無因訪蔣生
　　　仄仄平平仄　　平平仄仄平

　　　三條遵廣道　　九軌尚安貞
　　　仄平平仄仄　　仄仄仄平平

　　　紫陌悠悠去　　芳塵步步清
　　　仄仄平平仄　　平平仄仄平

　　　澹臺千載後　　公道有遺名
　　　平平平仄仄　　平仄仄平平

封氏此詩以詩題「行」字為韻，首句入韻，所以首聯非「律聯」，餘五聯均為「律聯」，中間四聯亦為「律對」。

　　以上三首「試律詩」中「律對」出現機率均為百分之百，且皆為當年進士狀元之作，必然有其指標性的意義，顯示科舉考試在「試律詩」方面，除了五言十二句六韻的形式與題中用韻的規定已固定之外，「律對」的平仄運用也已固定，並成為「試律詩」中對偶的主流。

〔註73〕《登科記考補正》卷十四，中冊，頁607。
〔註74〕《文苑英華》卷189，頁1334-667。其中「孟封」之作，應為「封孟紳」，據《登科記考補正》改。

（二）試律賦

在試律賦方面，由於《文苑英華》與《歷代賦彙》中所收錄的唐代律賦，已分類散收於各卷之中，無法正確得知何者為科舉考試所試之律賦，因此，本文亦以《登科記考》記載為主，以進士科狀元之賦為觀察對象，分析其中對偶的聲律，找出試律賦與「律對」的關係。

唐德宗貞元八年，進士科錄取者，有賈稜、陳羽、歐陽詹、李博、李觀、馮宿、王涯、張季友、齊孝若、劉遵古、徐季同、侯繼、穆贄、韓愈、李降、溫商、庾承宣、員結、胡諒、崔群、邢冊、裴光輔、萬瑪，共計二十三人，皆為當時「孤雋偉傑之士」，所以此榜又號稱為「龍虎榜」〔註75〕。本年試詩、賦各一首，詩題為〈玉溝新柳詩〉，賦題為〈明水賦〉，以「玄化無宰，至精感通」為韻。狀元為賈稜〔註76〕，賦存者有賈稜、陳羽、歐陽詹、韓愈等四人〔註77〕。茲將賈稜〈明水賦〉中對偶的平仄，標示如下：

祭祀上潔，精誠克宣。

伊明水之為用，諒至誠以為先。

積陰以成符，嘉應於冥數；
　　平　　平　　仄　　仄

以鑑而取感，無私於上玄。　　　　　　……（1）
　　仄　　仄　　平　　平

將假以表敬，式彰乎告虔。

皎皎泛月，
　　仄　　仄

瀼瀼降天。　　　　　　　　　　　　　……（2）
　　平　　平

既稟氣在陰，
　　仄　　平

<hr>

〔註75〕見洪興祖：《韓子年譜》（《唐宋八大家年譜》，王冠輯，北京：北京圖書館，2005年）引《科名記》。《新唐書·歐陽詹傳》亦有：「詹與韓愈、李觀、李降、崔群、王涯、馮宿、庾承宣聯第，皆天下選，時稱『龍虎榜』。」
〔註76〕《登科記考補正》卷十三，中冊，頁539。
〔註77〕《文苑英華》卷57，頁1333-463。其中「夏稜」之作，為「賈稜」之誤，今據補正改。

亦成形於夜。　　　　　　　　……（3）
　　平　　仄

有無雖繫於恍惚，
　平　仄　　平

融結寧隨於冬夏。　　　　　　……（4）
　仄　平　　仄

明者誠也，我則暗然而彰；
平仄平仄　仄仄　平　平

水惟信焉，吾非倏爾而化。　　……（5）
仄平仄平　平平　仄　仄

徒觀其清宵霧斂，
　　　　平　仄

　　　朗月輪孤。　　　　　　……（6）
　　　仄　平

鑒清熒而類鏡，
　平　　仄

水滴瀝而疑珠。　　　　　　　……（7）
　仄　　平

混金波而共潔，
　平　　仄

迷玉露而全無。　　　　　　　……（8）
　仄　　平

感而遂通，配陽燧之爲火；
仄　平　　　仄

融而不涸，異寒冰之在壺。　　……（9）
平　仄　　　　平

彼既無情，
　仄平

此何有待。　　　　　　　　　……（10）
　平　仄

始同方而合體，
　平　　仄

寧望遠而功倍。　　　　　　　……（11）
　　仄　　仄

故能佐因心於霜露，
　　　　平　　仄

　　均潤下於江海。　　　　　……（12）
　　　仄　　仄

有形有實，徒加以強名；
　平　仄　　　　平

無臭無聲，孰知其眞宰。　　　……（13）
　仄　平　　　　　仄

是以昭其儉，
　平　仄

　　潔其意。　　　　　　　　……（14）
　　仄　仄

含水月之淳粹，
　仄　　仄

修粢盛於豐備。　　　　　　　……（15）
　平　　仄

作玄酒而禮崇，
　仄　　平

登清廟之誠貴。　　　　　　　……（16）
　仄　　仄

嗤潢汙之野薦，
　平　　仄

陋甘醴之莫致。　　　　　　　……（17）
　平　　仄

祀事孔明，其儀既精，

無眹而有，
　仄　仄

不爲而成。　　　　　　　　　……（18）
　平　平

二氣相臨，本自蟾蜍之魄；
　仄平　　仄平　仄

三危莫比，殊非沆瀣之英。　　　　　　　……（19）
　平仄　　平仄平

至道自玄而兆，
　仄平仄

醴泉因地而生。　　　　　　　　　　　　……（20）
　平仄平

原夫月麗於天，
　　　仄平

　　水習乎坎。　　　　　　　　　　　　……（21）
　　平仄

物有時而出，故方諸而夜呈；
　平仄　　　　平

事有眹而因，故陰靈而下感。　　　　　　……（22）
　仄平　　　　仄

大滿若冲，其來不窮。

風塵莫染其眞質，
　平　　仄

天地不隔其幽通。　　　　　　　　　　　……（23）
　仄　　平

況國家崇儀礿祀，
　　　平仄

　　薦敬旻穹，　　　　　　　　　　　　……（24）
　　仄平

方欲行古道，
　平仄

　　稽淳風。　　　　　　　　　　　　　……（25）
　平平

客有賦明水之事，敢聞之於閟宮。

在對這首「試律賦」中對偶聲律分析之前，有兩點必須先作說明：

第一、由於「律賦」限韻的關係，而其限韻範圍，往往平仄韻交錯使用，因此，在「律賦」中其偶數句末字，不似「律詩」一律使用平韻，相對的，其中對偶對句末字也就不一定必為平聲，也可能是仄聲。由於「律賦」與「律詩」之間用韻上的不同，若嚴守「律詩」中「律對」出、對句末字必定為仄平相對的要求，那麼「律賦」先天上就已有不符合「律對」的條件，再分析其中「律對」現象，已無太大意義。所以，本文認為只要依照韻題寫作，出、對句末字平仄、仄平相對者，並不違背「律對」出、對句末字平仄原則。

第二、「律詩」絕大多數為通篇齊言的形式，而「律賦」雖以駢句構成，但可以為四言、六言，也可為三言、五言，因此其句中平仄的位置，將隨節奏點而有所不同，不似「律詩」可以固定在偶數字上。因此，本文即以節奏點作為標示平仄之處。

本篇有二十五聯對偶，第 3、4、6、7、8、9、10、13、19、20、21、22、23、24 聯，共計十四聯，其出、對句中節奏點與末字均合於平仄相對要求，為「律對」。

其他十一聯中均有平仄不相對之處，非屬「律對」。從出、對句末字須平仄相對的要求來看，第 11、12、14、15、17 等五聯出、對句末字均同聲，確認非「律對」。第 1、2、5、16、18、25 等六聯，雖末字平仄相對，但句中節奏點失對，亦非「律對」。

總計本篇「律對」出現機率為百分之五十六，佔其對偶總數一半以上。學者鄺健行在〈唐代律賦與律〉〔註78〕一文中，透過《文鏡秘府論》中「平頭」、「上尾」、「蜂腰」、「鶴膝」等聲病規範，以李程〈日五色賦〉為對象，分析其聲律，證明李程此賦完全沒有犯到上述四病，進而得到「唐人寫律賦，注重屬對，注重避免蜂腰、鶴膝等病累」〔註79〕的結論。由於注重「對偶」與「聲病」，「試律賦」中出現「律對」的機率也就相對提高，使用「律對」的心態是有意識的刻意為之，顯示「律對」在「試律賦」中已相對成為對偶的主流。

從以上對於科舉考試進士科試律詩、試律賦中「律對」的考察，可以發

〔註78〕鄺健行：〈唐代律賦與律〉（《詩賦合論稿》，南京：江蘇古籍出版社，2002 年 4 月），頁 115～133。

〔註79〕同上註，頁 130。

現在「考試領導流行」的時空背景下，文人爲了考取功名，無不鑽研聲律、對偶，對偶與聲律結合，促使「律對」成爲此時期對偶發展的主流。

三、駢文的興盛

六朝是駢文的繁盛時期，在文學史上，六朝文幾乎就是駢文的代名詞。延續六朝駢文的發展，從初唐到盛唐，駢文仍是一枝獨秀，就整個唐代駢文發展而言，其風格也在進行變革。謝无量在《駢文指南》中作了以下的概括：

> 綜考有唐一代之駢文，初唐猶襲陳隋餘響。燕許微有氣骨。陸宣公善論事，質直而不尚藻飾。溫李諸人，所謂三十六體者，稍爲秀發。唐駢文之變遷，其犖犖大者，如是而已。〔註80〕

劉麟生在《中國駢文史》一書也同樣如此論述：

> 初唐纖麗，踵接六朝，流利有餘，簡重不足。迨夫文治武功，發揚光大，爲黃帝神明之冑，吐氣揚輝，於是作風亦博大昌明，少趨典重。燕許之作品，最足以徵其變。晚唐溫李，英才挺出，一以博麗爲宗，造成唐文之極軌。然雄厚或過於六朝。而雅麗自然，則終於遠遜。此唐駢文之大概也。〔註81〕

兩者都是從文章風格的角度，敘述唐駢文的發展經歷了從綺靡浮豔到自然典重，又回到華麗的過程。其中固然受到古文提倡者反對浮華文風，特別是反對駢體文風的影響極大，然而，風格歸風格，在實際運用上，有唐一代，政府應用文書，表、章、奏、記均用駢體，讀書人考試、爲官，也都必須具備寫作駢文的基本能力，謝无量即言唐代「博學鴻詞則試賦頌，詮選則試判牒，舉凡章、奏、草檄之文，莫不習用偶語」〔註82〕，在唐代，駢文稱爲「今體」、「今文」、「時文」，都是相對於「古文」而言，可見駢文在唐人心中的重要性。從古文運動反駢的立場來看，不也正凸顯出駢文在當時廣泛流行的程度。駢文可說是唐代文章之主流。

就廣義而言，「凡文章之意義平行，屬對精切，聲調協諧，輕重悉稱」〔註83〕，皆可謂之駢文。至於狹義的駢文，則指的是六朝以後，具有「對偶精工、

〔註80〕謝无量：《駢文指南》（上海：中華書局，1917 年），頁 53～54。
〔註81〕劉麟生：《中國駢文史》（北京：東方出版社，1996 年 3 月），頁 62。
〔註82〕謝无量：《駢文指南》（上海：中華書局，1917 年），頁 53。
〔註83〕張仁青：《駢文學》（台北：文史哲出版社，1984 年 3 月），頁 57。

用典繁夥、辭藻華麗、聲律諧美、句法靈動」〔註84〕等要件的文章。而唐代駢文除了具備上述條件之外，又以四、六句式為其主要的形式特點。初唐王勃著名的〈滕王閣序〉，即已幾乎通篇使用四、六句式，中唐的柳宗元以「駢四儷六」〔註85〕來形容駢文以四六句式為主的特點，晚唐李商隱，更以「四六」為其文集之名，稱駢文為「四六」〔註86〕。四六句式是唐代駢文的基本形式，加上駢文講究「對偶精工」與「聲律諧美」的特徵，成為促使「律對」形成的重要條件。

在六朝聲律說提出之後，在駢文中講究聲調的安排，雖已發其端〔註87〕，但仍屬於實驗嘗試階段，平仄的規律尚未完全確立，大致上，以出、對句中節奏點與句末字的平仄相對作為主要的模式。由於此時駢文句式的彈性自由，所以，一篇之中，縱使是對偶，也有三言、四言、五言、六言等句式的活用，相對的，句中節奏點出現的位置也就互有不同，無法從中找到一個固定的平仄結構。但是，以四、六言為主的唐四六，則可以發現其對偶句中平仄運用的規律，茲舉唐人四六文為例，標其對偶之平仄如下：

○王勃〈上武侍極啟〉〔註88〕：

某聞：

玄螭掩耀，光銷赤堇之芒；
　平　仄　　平　仄平

白鶴催輝，影滅青胡之寶。　　　　　　　　……（1）
　仄　平　　仄　平仄

由是紫氛宵耿，指牛漢而忘歸；
　　　平　仄　　仄　平

〔註84〕同上註，頁91。

〔註85〕柳宗元在〈乞巧文〉中以「駢四儷六，錦心繡口，宮沉羽振，笙簧觸手。」來形容駢文句式以四六句為主的特徵。

〔註86〕李商隱在〈樊南甲集序〉中自名其書為「樊南四六」，並說：「四六之名，六博、格五、四數、六甲之取也」，在〈樊南乙集序〉中稱自己的駢文為「四六」。「四六」之名首見於此，也顯示出唐駢文基本句式即為四六句。

〔註87〕參見廖志強：《六朝駢文聲律研究》（台北：天工書局，1991年12月），頁33～37。

〔註88〕〔明〕王志堅撰：《四六法海》（文淵閣四庫全書本，第1394冊）卷五，頁1394-477。

舟水神迷，道驪泉而周悔。　　　　……（2）
　仄　平　　平　　仄

其有龍文巳遠，輕圖剗兕之功；
　平　仄　　平　仄　平

魚目濫持，自疑靈蛇之色。　　　　……（3）
　仄　平　　平　平　仄

循榮覽分，朝聞夕可。
平　平　　平　仄

君侯締華椒閣，
平　仄

　席寵芝扃，　　　　　　　　　　　……（4）
　仄　平

粲貂冕於金軒，
仄　　平

藻龜章於玉署。　　　　　　　　　　……（5）
平　　仄

月開鸞鏡，懷精鑒以分形；
平　仄　　仄　平

霜湛虬鐘，蘊希聲而待物。　　　　　……（6）
仄　平　　平　仄

吞九溟於筆海，若控牛涔；
平　仄　　仄　平

抗五岳於詞峯，如臨蟻垤。　　　　　……（7）
仄　平　　平　仄

馳魂霧谷，忻逢紫岫之英；
平　仄　　平　仄　平

驛思霞丘，佇接青田之響。　　　　　……（8）
仄　平　　仄　平　仄

某北巖曲藝，
平　仄

東皋下節。 ……（9）
　平　仄

攀翰苑而思齊，
　仄　　平

儷文風而立至。 ……（10）
　平　　仄

迹疲千里，未陪丹轂之遊；
　平　仄　　平　仄　平

葉契三英，尚隔黃衣之夢。 ……（11）
　仄　平　　仄　平　仄

謹憑洪貸，輒錄舊文，輕敢上呈，列之如右。

涓波有託，望日谷以馳誠；
　平　仄　　仄　平

鐘鼓無施，伏雷門而假息。 ……（12）
　仄　平　　平　仄

本篇以十二聯對偶構成，全為四、六句式。其中第 1、2、4、5、6、7、8、10、11、12 聯節奏點與句末字平仄均相對，只有第 3、9 聯不合平仄相對原則，第 3 聯，六言句中第二字「圖」、「疑」皆為平聲失對，其他節奏點與句末字仍符合平仄相對；第九聯，其節奏點、句末字均失對。

○陳子昂〈登薊城西北樓送崔著作入都序〉〔註89〕：

…………

況登樓遠國，
　平　　仄

銜酒故人。 ……（1）
　仄　平

憤胡犛之侵邊，
　仄　　平

從王師之出塞。 ……（2）
　平　　仄

〔註89〕《四六法海》卷十，頁 1394-670。

元戎按甲，方割鮮卑之壘；
　平　仄　　平　仄　仄

天子賜書，且有相君之召。　　　　　……（3）
　仄平　　仄　平　仄

而崔侯佩劍，即謁承明；
　　平　仄　　仄　平

羣公負戈，方絕大漠。　　　　　　　……（4）
　平　平　　仄　仄

燕山北望，
　平　仄

遼海東浮。　　　　　　　　　　　……（5）
　仄　平

…………

雲臺與碣館天殊，
　平　　仄　平

亭障共衣冠地隔。　　　　　　　　　……（6）
　仄　　平　仄

…………

蒼茫天兵之氣，
　平　平　仄

冥滅戎雲之色。　　　　　　　　　　……（7）
　仄　平　仄

白羽一指，可掃丸都；
　仄　仄　　仄　平

赤墀九重，行欣讌樂。　　　　　　　……（8）
　平　仄　　平　仄

…………

本篇八聯對偶，第 1、2、5、6 聯均符合平仄相對，第 3 聯六言句末字同為仄聲、第 4 聯四言句中第二字均為同聲、第 7 聯中第四、六字同聲、第 8 聯「指」、「重」同為仄聲。

○蘇頲〈睿宗受禪制〉〔註90〕：

…………

惟憂梟獍滿衢，
　　　　仄　平

　　豺狼塞路。　　　　　　　　　　……（1）
　　　　平　仄

武職戎政，必任兇族；
　仄　仄　　仄　仄

國要時權，咸升逆黨。　　　　　　　……（2）
　仄　平　　平　仄

社稷之守，但望苞桑；
　仄　仄　　仄　平

忠義之懷，誰期艾棘。　　　　　　　……（3）
　仄　平　　平　仄

…………

自家刑國，英徽日甚；
　平　仄　　平　仄

移孝為忠，雄謨電發。　　　　　　　……（4）
　仄　平　　平　仄

北軍馳入，掃攙槍於紫微；
　平　仄　　平　　平

南宮反正，開日月於黃道。　　　　　……（5）
　平　仄　　仄　　仄

…………

一旅不勞，功逾復禹；
　仄　平　　平　仄

七德咸舉，事逾興周。　　　　　　　……（6）
　仄　仄　　仄　平

─────────

〔註90〕《四六法海》卷一，頁 1394-315。

聲應吹銅，
　仄　平

望當歸璧。　　　　　　　　　　　……（7）
　平　　仄

…………

實由立義，
　平　仄

豈日尚親。　　　　　　　　　　　……（8）
　仄　平

…………

方流樂風之緒，
　平　平　　仄

宜申渟畺之澤。　　　　　　　　　　……（9）
　仄　平　　仄

…………

官名有紀，
　平　仄

年號用憑。　　　　　　　　　　　……（10）
　仄　平

…………

本篇十聯對偶，第 1、7、8、10 聯合於平仄相對，第 2 聯第二字與末字失對、第三聯唯第二字失對、第 4 聯，下截四言句二、四字均不對、第五聯四言句平仄不對，六言句平仄相對，但句中三、六字平仄失對、第 6 聯與第九聯唯第二字不對。

○張說〈進麕羊表〉〔註91〕一段：

臣聞勇士冠雞，
　　　仄　平

武夫戴鶡。　　　　　　　　　　　……（1）
　平　仄

〔註91〕《四六法海》卷二，頁 1394-377。

．．．．．．．．．．．

敵不避強，
　仄　　平

戰不顧死。　　　　　　　　　　　……（2）
　仄　　仄

．．．．．．．．．．．

伏惟陛下選良家於六郡，
　　　　　平　　仄

　　　求猛士於四成。　　　　　　……（3）
　　　　仄　　平

鳥無遁林，
　平　平

獸不藏伎。　　　　　　　　　　　……（4）
　仄　仄

如蒙效奇靈囿，
　　平　仄

　　角力天場。　　　　　　　　　……（5）
　　仄　仄

却鼓怒以作氣，
　仄　　仄

前躑躅以奮擊。　　　　　　　　　……（6）
　仄　　平

趹若奔雲之交觸，
　仄　平　仄

碎如轉石之相叩。　　　　　　　　……（7）
　平　仄　仄

裂骨賭勝，
　仄　仄

濺血爭雄。　　　　　　　　　　　……（8）
　仄　平

敢毅見而衝冠，
　　仄　　　仄

鷙狠聞而擊節。　　　　　　　　　　……（9）
　　平　　　仄

…………

此段有九聯對偶，第1、3聯合於平仄相對，第二、六、八聯末字平仄相對句中節奏點失對，第五、七、九聯則末字均不相對，第四聯出對句平仄相對，但句中二、四字均不相對。

　○柳宗元〈爲武中丞謝賜櫻桃表〉〔註92〕：

天睠特深，時珍薦降。

寵驚里巷，
　平　仄

恩溢圓方。　　　　　　　　　　　　……（1）
　仄　平

伏以含桃之羞，時令攸貴。

況今採因御苑，
　　平　　仄

　分自天廚。　　　　　　　　　　　……（2）
　仄　平

使發九霄，集繁星而積耀；
　仄　平　仄　平　　仄

味調六氣，承湛露而不晞。　　　　　……（3）
　平　仄　平　仄　　平

盈眥而外被恩光，
　仄　　仄　　平

適口而中含渥澤。　　　　　　　　　……（4）
　仄　平　　仄

顧蔪素食，彌切自公。

〔註92〕《四六法海》卷三，頁 1394-394。

豈圖君子所先，
　　平　仄　平

遂厭小人之腹。　　　　　　　　　……（5）
　　仄　平　仄

本篇五聯對偶，第1、2、3、5聯均合於平仄相對，第四聯只有第二字「皆」、
「口」同仄聲失對，其餘節奏點與句末字皆符合原則。

　　○元稹〈加裴度幽鎮兩道招討使制〉〔註93〕一段

是用亟宣懇惻之誠，
　　　　平　仄　平

　就加招撫之命。　　　　　　　　　……（1）
　　　平　仄　仄

於戲！頃者師道元濟，

乘累代襲授之資，
平　仄　仄　平

籍山東結連之勢。　　　　　　　　　……（2）
仄　平　平　仄

以丞相布畫於千里之外，
　　仄　仄　　仄　仄

使諸將持重於四封之中。　　　　　　……（3）
　　仄　仄　　平　平

而猶劉悟裂虵豕之驅，
　　仄　　仄　平

　李佑潰鯨鯢之腹。　　　　　　　　……（4）
　　仄　平　仄

蓋逆順之情異，
　　仄　　仄

而忠孝之道明也。　　　　　　　　　……（5）
　　仄　　平

況彼幽鎮，無名暴征。

〔註93〕《四六法海》卷一，頁1394-317。

以丞相近觀其宜，
　　仄　平　平

以諸將齊奮其力。　　　　　　　　　　……（6）
　　仄　　仄　仄

斧鑕之刑坐迫，
　仄　平　仄

椒蘭之氣外薰。　　　　　　　　　　　……（7）
　平　仄　平

…………

本段七聯對偶，第 2、7 聯合於平仄相對，第 4、5 聯句末字平仄相對，第二字均失對，第 1、3、6 聯句末字亦相對，但句中字失對。

　　○李商隱〈上河東公啓〉〔註94〕一段：

…………

至於南國妖姬，
　　仄　平

　叢臺妙妓。　　　　　　　　　　　……（1）
　　平　仄

　雖有涉於篇什，
　　仄　　仄

　實不接於風流。　　　　　　　　　……（2）
　　平　　平

況張懿仙本自無雙，
　仄　　　平

　　曾來獨立。　　　　　　　　　　……（3）
　　　平　仄

既從上將，
　平　仄

又託英僚。　　　　　　　　　　　　……（4）
仄　平

〔註94〕《四六法海》卷六，頁 1394-493。

汲縣勒銘，方依崔瑗；
仄　平　　平　仄

漢庭曳履，猶憶鄭崇。　　　　　　　　……（5）
平　仄　　仄　平

寧復河裏飛星，
　　　仄　平

　雲間墜月。　　　　　　　　　　　　……（6）
　平　仄

　　窺西家之宋玉，
　　平　　　仄

　　恨東舍之王昌。　　　　　　　　　……（7）
　　仄　　　平

誠出恩私，非所宜稱。伏惟克從至願，賜寢前言。

使國人盡保展禽，
平　仄　平

　酒肆不疑阮籍。　　　　　　　　　　……（8）
　仄　平　仄

則恩優之理，何以加焉。干冒尊嚴，伏用惶灼。謹啓。
此段有八聯對偶，全部都合於平仄相對。

　　○溫庭筠〈上令狐相公啓〉〔註95〕一段

　…………

叫非獨鶴，欲近商陵；
平　仄　　仄　平

嘯類斷猿，況鄰巴峽。　　　　　　　　……（1）
仄　平　　平　仄

光陰詎幾，
平　仄

天道如何。　　　　　　　　　　　　　……（2）
仄　平

〔註95〕《四六法海》卷六，頁 1394-497。

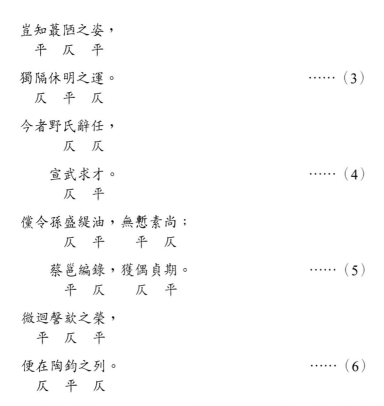

豈知蕞陋之姿，
　平　仄平

獨隔休明之運。　　　　　　　　　　　……（3）
　仄　平　仄

今者野氏辭任，
　　仄　仄

　宣武求才。　　　　　　　　　　　……（4）
　　仄　平

儻令孫盛緹油，無慚素尚；
　仄平　　平仄

　蔡邕編錄，獲偶貞期。　　　　　　　　……（5）
　　平　仄　　仄平

微迴馨欬之榮，
　平　仄平

便在陶鈞之列。　　　　　　　　　　　……（6）
　仄　平　仄

此段六聯對偶，第 1、2、3、5、6 聯符合平仄相對，第 4 聯唯第二字同為仄聲失對，句末字則平仄相對。

以上八篇唐四六文中，共計有 65 聯對偶，其中 38 聯完全符合節奏點與句末字平仄相對的原則，佔總數一半以上。句末字符合平仄相對者，計有 56 聯，9 聯不符合者，集中在初、盛唐作品裡，顯示中唐以後，句末字平仄相對的原則已成為共識。句中節奏點的位置也已固定，四言句以第二字為主，六言句則視虛字出現位置而定，虛字出現在第四字，如「□□□而□□」，其節奏點在第三字；虛字出現在第五字，如「□□□□之□」，節奏點在第二、四字。

由此看來，唐代四六文中的對偶，在聲律上，已具備相當固定的規模，甚至與「律對」一樣有著一定平仄規律的對偶已佔半數以上。顯示出在駢文興盛，成為文章主流之際，其中四六句式的定型與對偶聲律的固定，促使「律對」成為此時期對偶的主流。

唐代以來，由於近體詩聲律的完成以及科舉考試的影響，使得對偶的發展從「古對」趨向「律對」，加上駢文的持續興盛，「律對」成為在唐宋階段

對偶的主流。當然，在此時期，「古對」仍繼續發展，存在於古體詩、古文等文體之中，只是相對於「律對」而言，是比較弱勢的。

第四節　古／律對並重時期

　　延續唐宋科舉考試試律詩、律賦的制度，明清科舉取士，又再加考八股文。八股文又稱八比文、四書文、時文、時藝、制藝、制義、經義等〔註96〕，是明清時期科舉取士和學校考試的主要文體。其篇章結構，由「破題」、「承題」、「起講」、「入題」、「起股」（「提比」）、「出題」、「中股」（「中比」）、「後股」（「後比」）、「束股」（「束比」）、「收結」等部分組成〔註97〕，其中「起股」、「中股」、「後股」、「束股」要以排比、對偶而成的兩股文字組成，全篇文章中有「起二比」、「中二比」、「後二比」、「束二比」，總共八比，因此稱之為八比文，亦稱八股文。《明史·選舉志》卷七十對「八股文」作了以下的概括：

　　　　科目者，沿唐宋之舊而稍變。其試士之法，專取四子書及易、書、
　　　　詩、春秋、禮記五經，命題試士，蓋太祖與劉基所定。其文略仿宋
　　　　經義，然代古人語氣為之；體用排偶，謂之八股，通謂之制義。

「代古人語氣為之」，就是要「代聖賢立言」，與內容有關；「體用排偶」，則是八股文的基本形式，也是寫作八股文最基本要具備的技巧。清儒顧炎武論及八股文時，即言「股者，對偶之名也」〔註98〕，「股對」即是八股文中各股對偶的總稱。

　　「股對」的句數，每比往往多於四句以上，「起二比」、「束二比」略短，每股在七八句或以下；「中二比」、「後二比」每股可以有十多二十句〔註99〕。茲以韓菼的〈子謂顏淵曰〉〔註100〕一篇中「股對」為例：

〔註96〕見啟功：《說八股》（北京：中華書局，2000年6月），頁4～6。
〔註97〕八股文的形式結構，參用啟功：《說八股》（北京：中華書局，2000年6月），
　　　　頁7～17；盧前：《八股文小史》（後附於劉麟生：《中國駢文史》，北京：東方
　　　　出版社，1996年3月），「第二章、八股文章之結構」，頁152～155；王凱符：
　　　　《八股文概說》（北京：中華書局，2006年11月），「二、八股文的結構與作
　　　　法」，頁7～17。
〔註98〕〔清〕顧炎武撰，〔清〕黃汝成集釋：《日知錄集釋》（長沙：嶽麓書社，1994
　　　　年）卷十六，「試文格式」條，頁594。
〔註99〕商衍鎏：《清代科舉考試述錄》（北京：生活、讀書、新知三聯書店，1958年），
　　　　第七章第二節，頁233。
〔註100〕〔清〕方苞輯：《本朝四書文》（《欽定四書文》，《文淵閣四庫全書》本，第

起二股：

> 人有積生平之得力，終不自明，而必俟其人發之者，情相待也。故
> 意氣至廣，得一人焉，可以不孤矣。
>
> 人有積一心之靜觀，初無所試，而不知他人已識之者，神相告也，
> 故學問誠深，有一候焉，不容終秘矣。

中二股：

> 汲於行者蹶，需於行者滯，有如不必於行，而用之則行者乎？此其
> 人非復功名中人也。
>
> 一於藏者緩，果於藏者殆，有如不必於藏，而舍之則藏者乎？此其
> 人非復泉石中人也。

後二股：

> 則嘗試擬而求之，意必詩書之內有其人焉，爰是流連以志之，然吾
> 學之謂何。而此諸竟遙遙終古，則長自負矣。竊念自窮理觀化以來，
> 屢以身涉用舍之交，而充然有餘以自處者，此際亦差堪慰耳。
>
> 則又嘗身為試之，今者輾環之際有微擅焉，乃日周旋而忽之，然與人
> 同學之謂何，而此意竟寂寂人間，亦用自嘆矣。而獨是晤對忘言之頃，
> 曾不與我質行藏之疑，而淵然此中之相發者，此際亦足共慰耳。

束二股：

> 惟我與爾攬事物之歸，而確有以自主，故一任乎人事之遷，而只自
> 行其性分之素。此時我得其為我，爾亦得其為爾也，用舍何與焉，
> 我兩人長抱此至足者共千古已矣。
>
> 惟我與爾參神明之變，而順應無方，故雖積乎道德之厚，而總不爭
> 乎氣數之先，此時我不執其為我，爾亦不執其為爾也。行藏又何事
> 焉？我兩人長留此不可知者予造物已矣。

「起二比」每比七句，「中二比」每比五句，「後二比」每比十句，「束二比」
每比八句。每比的句子長短不一，都是散文句法，單獨來看是一段散文，但
是合併二比，則成為對偶的形式，又與散文不同。

「股對」跳脫了傳統兩句相對、隔句相對以及篇幅較短的長偶對的形式，
形成比與比之間多句的對偶，將對偶篇幅予以擴大。在結構上，融入了散文

句法，與大量虛字的使用，表現出散文特有的疏宕之氣；且不拘於字數的整齊，僅在句數上達到相同。所以基本上，「股對」是以兩段句法平行並列、句數相同的散文化文字構成，著重在彼此之間的意義相對應，如：

> △犧牲粢盛足以爲祭祀之供，玉帛筐篚足以資朝聘之費，借曰不足，百姓自有以給之也，其孰與不足乎？
>
> 饔殤牢醴足以供賓客之需，車馬器械足以備征伐之用，借曰不足，百姓自有以應之也，又孰與不足乎？（王鏊〈百姓足，君孰與不足〉）〔註101〕

> △左右雖卑也，與外臣之尊者，常相低昂。如曰某也賢，其尊之也，則有借君側以威眾者，亦因而尊之乎，恐他日之卑踰尊，亦如是矣，烏乎可也？
>
> 左右非疎也，與外臣之親者，常相比附。如皆曰某也賢，其親之也，則有事中人以迎幸者，亦因而親之乎，恐異日之疎踰戚，又復然矣，如何可也？（湯顯祖〈左右皆曰賢未可也〉）〔註102〕

> △撫禹甸而知墳壤山澤之利，皆爲人用。其不惜獻力以遂生民之欲者，天之心也。天下之物，任天下自爲之，固有國者之所以爲體。考周禮而見土木水草之事，各有深謀。其不惜委曲以安食貨之性者，聖人之法也。天下之物，任天下自爲之而自耗之，非有國者之所以爲心。（熊伯龍〈不違農時〉）〔註103〕

以上三例，比與比之間，意義均相對應；相同順序的句子，句法相似，但在字數上則略有差異。第一例，字數完全相等；第二例，在下比第四句「如皆曰某也賢」，較上比多出一字「皆」；第三例，則在「天之心也」與「聖人之法也」、「任天下自爲之」與「任天下自爲之而自耗之」兩處，字數不相等。雖均不影響其意義相對，不過也顯示出「股對」異於一般對偶的特質。學者鄺健行即認爲八股文的寫作特點在於：

> 在時文寫作過程中運用古文的寫作方法。〔註104〕

這種寫作方式，鄺氏稱之爲「以古文爲時文」：

〔註101〕《化治四書文》卷一，「論語下」，頁 1451-26。
〔註102〕《隆萬四書文》卷五，「孟子上」，頁 1451-272。
〔註103〕《本朝四書文》卷十，「孟子上之上」，頁 1451-840。
〔註104〕鄺健行：〈明代唐宋派古文四大家「以古文爲時文」說〉（《科舉考試文體論稿：律賦與八股文》，台北：臺灣書店，1999 年 5 月），頁 193。

　　　　「以古文爲時文」不表示要改變時文的結構形式。時文體用排偶，

　　　　分別股段。「以古文爲時文」不表示把原有的股段對偶拆破散行：那

　　　　是功令所定，不能任意改變的。「以古文爲時文」只表示在維持原有

　　　　格式的基礎上運以古文的作法和融入古文的氣格。〔註105〕

因此，「股對」所表現出來的散文化傾向以及字數上介於整齊與不整齊之間的
現象，若以古文的角度來看，是再正常不過的，很明顯的，「股對」僅講求意
義相對的性質是偏向於「古對」的。

　　在「以古文爲時文」的寫作前提下，平仄相對的聲律規則是否能套用其
中呢？清人江國霖在〈制義叢話序〉中說：「制義者，指事類策，談理似論，
取材如賦之博，持律如詩之嚴」〔註106〕，表示八股文也有如律詩一樣的聲律
規範，但並未說明其「律」的規則到底如何。學者啓功亦主張八股文既然須
用排偶，則不能不講求聲調的和諧，並具體引清人周鎬〈逸民伯夷叔齊〉一
篇，認爲其聲調和諧程度「不但突出，而且更加集中」〔註107〕。試引其中一
段「股對」及啓功標示之平仄，以爲觀察：

　　　　蓋天下惟民最賤，壺漿簞食，反顏結新主之歡。
　　　　　平仄平平仄仄　平平仄仄　仄平　平仄平平

　　　　逸以恥之，而德與怨兩無所任。
　　　　仄仄仄平　　　仄仄仄仄平仄仄

　　　　西山片石，猶恨在寰中也。
　　　　平平仄仄　平仄　平平

　　　　腥聞易染，紂不能興淵藪之波；大賚難辭，武不敢賜鉅橋之粟。
　　　　平平仄仄　　　平平平仄平平　仄仄平平　　　仄仄仄平平仄

　　　　周室惟民最頑，紀敘圖功，乘畔煽多方之變。
　　　　平仄平平仄平　仄仄平平　仄仄　平平平仄

　　　　逸以謝之，而畔與服兩無所徇。
　　　　仄仄仄平　　　仄仄仄仄平仄平

　　　　黃農之宇宙，何異在今日也。
　　　　平平　仄仄　平仄　平仄

〔註105〕同上註，頁195。
〔註106〕江國霖：〈制義叢話序〉（梁章鉅：《制義叢話》，台北：廣文書局，1976年），
　　　　頁1。
〔註107〕啓功：《說八股》，頁40～46。

墓木受封，死不願效比干之烈；寶龜見兆，生不輕爲小腆之愚。
　仄仄仄平　　　　　仄仄仄平平仄　仄平仄仄　　　　平平仄仄平平

整段「股對」上下比各句末字，大致平仄相對，唯「逸以恥之」與「逸以謝之」、「西山片石」與「皇帝之宇宙」，其末字爲同聲失對；各句中節奏點平仄，原則上也有類似平仄遞用的情形，唯有「而畔與服兩無所徇」、「何異在今日也」二句，未能符合啓功之說。但是，本篇已是啓功認爲最符合聲調和諧之八股文，其「股對」尚未能完全合乎標準，那麼其他作品中，不符合所謂「聲律」者，自然不足爲怪。如前引王鏊〈百姓足，君孰與不足〉中的「股對」：

犧牲粢盛足以爲祭祀之供，玉帛筐篚足以資朝聘之費，
　平　　　　仄平　　　　仄　　　仄仄

借曰不足，百姓自有以給之也，其孰與不足乎？
　仄　　　　仄平　　　　仄

饔飧牢醴足以供賓客之需，車馬器械足以備征伐之用，
　仄　　　仄平　　　　仄　　　仄仄

借曰不足，百姓自有以應之也，又孰與不足乎？
　仄　　　　仄平　　　　仄

其中就找不到任何平仄規律可言，但並不影響其爲「股對」。顯見「股對」之所以爲「股對」，聲律並非其必要條件。學者鄭邦鎮即言：

多數八股文之股對，率皆至儷而已，整已未必，叶則尤爲少見〔註108〕。

又說：

總之，……八股文之一主要特徵固在股對，然除「儷」而外，並無其他「非散文」之要素同屬於「必要成分」；有之，則文心之巧也，個人之才也，非八股文體制之規定也。……故股對之法，……其外在之要求固僅止於儷，然而行有餘力者，自不妨稍涉整叶之情彩；……〔註109〕

「聲調和諧」既「非八股文體制之規定」，又是在行有餘力之際，才會注意到的枝微末節，那麼「股對」不講求聲律，屬於「古對」，也就非常清楚了。

　　在明清科舉考試上，考生必須同時具備寫作律詩、律賦以及八股文的能

〔註108〕鄭邦鎮：《明代前期八股文形構研究》（台北：臺灣大學中國文學研究所博士論文），頁60。
〔註109〕同上註，頁65～66。

力，面對律詩、律賦時，需用「律對」；面對八股文時，需用「古對」，對於考生而言，定然不陌生，因爲只有具備寫作「律對」與「古對」的能力，才有機會一躍龍門、登科進士。此時，「古對」與「律對」同時並重於科舉文體之中。

在科舉文體範疇之外，從明清文人對於「古體詩」、「近體詩」，「古賦」、「律賦」，「古文」、「駢文」的寫作、理論以及評價上來看，可以見到其對於聲律與對偶的態度，講究聲律的「律對」及不講究聲律的「古對」，必然同時存在於他們的認知之中。所以，可見明清時期是「古對」、「律對」並重的時期。

第四章　對偶的分類

　　談到對偶的分類時，我們應該持有一個一致的分類標準，才不至於產生混淆，就好比「人」的分類，從性別來分，有男人、女人；從年齡來分，有小孩、年輕人、老年人；從膚色區分，有黃種人、白種人、黑種人等等，不同的分類標準有不同的結果，如果把這些結果全部羅列在一起，說人有男、女、老、幼、亞洲人、美洲人、非洲人……，則沒有特別的意義。而對偶的分類標準應該從對偶本身修辭的角度來觀察，才具有意義。若從非對偶本身修辭的角度，如對偶字數的長短、對偶出現位置及多寡，或同時以不同的角度來分類對偶，都將失之過泛，雖呈現數量眾多的對偶名目，但卻沒有太大的具體意義。不過，由於歷來對於對偶的分類，從劉勰開始的「四對」就不是以同一個標準來分類對偶的，所以，劉勰之後這種情形越來越嚴重，也就不足為奇。

　　自從劉勰在《文心雕龍‧麗辭》中提出「四對」說之後，歷代的文學理論、文章論以及詩論中，常常可以見到涉及對偶的言論，其中不乏有類似「四對」的對偶分類者，如「六對」、「八對」到「二十九種對」，之後甚至出現更多種類、名目的區分者。其中，《文鏡祕府論》一書所提到的「二十九種對」是最足以反映唐人對偶分類觀念者，而後世對於對偶的分類，基本上，不脫此「二十九種對」的範疇。

　　《文鏡祕府論》〔註1〕一書是由日僧空海和尚所撰。空海是唐代中、日文化交流往來的遣唐使之一，他把在大唐所蒐集的，有關「三教之中經律論疏傳記，乃至詩賦碑銘卜醫，五明所攝之教，可以發蒙濟物者」〔註2〕等書籍，

〔註1〕　（日）弘法大師撰、王利器校注：《文鏡祕府論校注》（台北：貫雅文化事業
　　　　　有限公司，1991 年 12 月）。
〔註2〕　《文鏡祕府論校注》前言，頁 12。

帶回日本，並編寫了《文鏡祕府論》六卷。據學者王利器於此書校注前言所引日籍《半江暇筆》云：「唐人詩論，久無專書，其數見於載籍，亦僅僅如晨星；獨我大同中，釋空海遊學於唐，獲崔融《新唐詩格》、王昌齡《詩格》、元兢《髓腦》、皎然《詩議》等書而歸，後著作《文鏡祕府論》六卷，唐人厄言，盡在其中。」〔註3〕，而空海也在此書序中說道：「閱諸家格式等，勘彼同異，卷軸雖多，要樞則少，名異義同，繁穢尤甚。余癖難療，即事刀筆，削其重複，存其單號，總有一十五種類：……，名曰《文鏡祕府論》。」〔註4〕從「削其重複，存其單號」看來，足見此書是刪削、整理各家格式而成的，所以學者張伯偉即說，此書是「集初、盛唐詩格之大成的著作」〔註5〕。此書保存了這些唐人著作一定程度的原始面貌，對於研究初、盛唐詩格者而言，具有極大的參考價值及重要性。

　　對於對偶的分類而言，《文鏡祕府論》「東卷」中列有「二十九種對」，是目前筆者所見同時期對偶分類總數最多者。而在本卷卷首「論對」中，空海即說：

　　　　余覽沈、陸、王、元等詩格式等，出沒不同。今棄其同，撰其異者，
　　　　都有二十九種對。〔註6〕

其中所謂「沈、陸、王、元」指的是沈約、陸厥、王昌齡以及元兢〔註7〕等人，因爲這些人的分類不盡相同，所以他就「棄同存異」，將這些對偶名目整理羅列出來。同時，在列出此「二十九種對」的過程中，空海也有區隔註明，如第一種對到第十一種對，謂「古人同出斯對」；第十二種對到第十七種對，謂「出元兢《髓腦》」；第十八種對到第二十五種對，則稱「出皎公《詩議》；第二十六種對至第二十八種對，稱「出崔氏《唐朝新定詩格》」，由此顯示這「二十九種對」並非空海個人創見，他只是整理、刪削所見唐人各家對偶名目而成，實際上，是對唐人對偶分類的總整理。然而，也足以反映唐人對於對偶分類的盛況。本文對於唐人諸家對偶分類，基本上，即以《文鏡祕府論》的「二十九種對」爲依據，並參考學者張伯偉編撰的《全唐五代詩格校考》一書中相關資料。

〔註3〕　《文鏡祕府論校注》前言，頁14。
〔註4〕　《文鏡祕府論校注》天卷，頁17。
〔註5〕　張伯偉：《全唐五代詩格校考》（西安：陝西人民教育出版社，1996年）「論詩格」，頁5。
〔註6〕　《文鏡祕府論校注》，頁260。
〔註7〕　同前註，見王利器注文（一），頁261。

　　以下即對從劉勰開始，直到現代有關對偶分類之說，進行分析與討論，企圖從而得到一個對偶分類上，比較具體實用的分類標準。

第一節　劉勰的「四對」析論

一、劉勰的「四對」

　　第一個提出對偶分類的人是劉勰。他在《文心雕龍‧麗辭篇》〔註8〕提出「四對」之說，即「言對」、「事對」、「正對」、「反對」，並引句例為證。這種先列出對偶名目，再引句例為證的敘述方式成為後世對偶分類敘述的主要格式。原文如下：

　　　故麗辭之屬，凡有四對：言對為易，事對為難，反對為優，正對為劣。言對者，雙比空辭者也；事對者，並舉人驗者也；反對者，理殊趣合者也；正對者，事異義同者也。長卿上林賦云，「修容乎禮園，翱翔乎書圃」，此言對之類也；宋玉神女賦云，「毛嬙鄣袂，不足程式，西施掩面，比之無色」，此事對之類也；仲宣登樓云，「鐘儀幽而楚奏，莊舄顯而越吟」，此反對之類也；孟陽七哀云，「漢祖想枌榆，光武思白水」，此正對之類也。凡偶辭胸臆，言對所以為易也；徵人之學，事對所以為難也；幽顯同志，反對所以為優也；並貴共心，正對所以為劣也。又以事對，各有反正，指類而求，萬條自昭然矣。〔註9〕

學者張仁青依其說，制出下表〔註10〕：

名稱	詮　釋	例　　證	作者篇名	評　論	
				評價	理　由
言對	雙比空辭	修容乎禮園，翱翔乎書圃。	司馬相如《上林賦》	易	偶辭胸臆
事對	並舉人驗	毛嬙鄣袂，不足程式；西施掩面，比之無色。	宋玉《神女賦》	難	徵人之學

〔註8〕　〔梁〕劉勰撰、周振甫譯：《文心雕龍今譯》（北京：中華書局，1986 年 12 月），頁 315～322。

〔註9〕　同上註，頁 318～319。

〔註10〕本表引自張仁青：《駢文學》（台北：文史哲出版社，1984 年 3 月），頁 97。僅將「斷案」一詞修改為「評價」。

反對	理殊趣合	鐘儀幽而楚奏，莊舃顯而越吟。	王粲《登樓賦》	優	幽顯同志
正對	事異義同	漢祖想枌榆，光武思白水。	張載《七哀詩》	劣	並貴共心

劉勰的對偶分類表面上看起來，有四種，但實際上只有兩組：即意義相同或相反的「正對」與「反對」，以及是否用典故的「言對」與「事對」。而他在本段最後亦提到：「又以事對，各有反正」，所以「正對」中可以有「言對」、「事對」，「反對」中亦然。而「言對」中有「正對」、「反對」，「事對」中亦然。

除了分類之外，劉勰同時還針對這「四對」提出難易、優劣的評價。從劉勰的立場來看，「事對」要舉出兩件人事來相對，已不容易，若又要加上這兩件人事必須是事理相反的「反對」，那麼更足以表現出作者的學養與功力，相對的，若只是以兩句文字並列、意義相同的「言對」兼「正對」，則相形失色許多。這種正、負兩面的評判標準，顯示出「四對」說實際上是一種對偶的方法與運用。學者許清雲即言：

> 四對之中，言對中有反、正，事對中也有反、正；反對中有言、事，正對中也有言、事。彼此錯綜變化，說它是對仗的方法也可，說它是對仗的運用也可。〔註11〕

不過，學者張仁青並不主張此中有方法的意涵：

> 按文心所言，乃就橫的方面分析對仗，亦即對仗之原則，而非對仗之方法。〔註12〕

但是，從劉勰以來，對偶的分類，除了表現出漸趨精細的對偶技巧之外，也在於其可作為學習者的一個指導方針，其中方法的意涵本來就非常清楚的。

二、「四對」析論

劉勰的對偶分類，從數量上，可以得到四種對，但是以修辭的角度來看，「四對」中的「正對」、「反對」屬於內容意義上的區分，而「事對」與「言對」，以是否運用典故來區分，典故背後所代表的含意屬於表意的層面，所以，無論用不用典，也是從內容來說的。修辭的兩大分野，即為內容的修辭與形式的修辭兩部分，可見劉勰的「四對」，基本上，是立足於對偶的內容來進行分類。

〔註11〕許清雲：《近體詩創作理論》（台北：洪葉文化，1997年），頁174。
〔註12〕張仁青：《駢文學》（台北：文史哲出版社，1984年3月），頁97。

在以內容作爲分類的基礎下，劉勰使用了兩種分類標準：一組是從意義上來分，有意義相同的「正對」，有意義相反的「反對」；另一組則是從用典與否來看，有用典故的爲「事對」，不用典故的爲「言對」。在同一個標準下分類的對偶，是不可能同時存在的，所以，不會有既是「正對」，又是「反對」的對偶。

由於這兩種標準，都是以修辭的內容出發，也就是以對偶所表現的意義內容來區別分類，因此，在這兩種分類下的對偶，很容易彼此跨越分類的界線，產生「互攝」〔註13〕兼用的現象。就如同人有高、矮、胖、瘦之分，而高、矮是從身高（高度）而言，胖、瘦是以體重（重量）區分，這是兩種區分標準，不過，由於都是就人的形體來看，所以兩種區分標準所區隔的結果，可以相互結合，因此，有高而瘦的人，也有矮且胖的人，「高瘦」、「矮胖」同時出現在我們形容一個人的外在體態上，並不矛盾。同樣地，在「四對」中，「正對」可以兼有用典的「事對」，如其引例：「漢祖想枌榆，光武思白水」，既是「正對」，也是「事對」；也可以有不用典的「言對」，亦如其引例：「修容乎禮園，翱翔乎書圃」，既是「言對」，也是「正對」。同理，「事對」中也會有意義相同的「正對」，與意義相反的「反對」。這種「互攝」兼用，劉勰也很清楚，其所謂「又以事對，各有反正」即說明了「四對」之間的這種關係。

從對偶發展的角度來看，劉勰的「四對」說僅是針對內容意義相對的「古對」而言，並未對聲音部分加以著墨，顯示出此時期對於對偶聲律的掌握尚未如後世清晰成熟。雖然如此，以現存的資料來看，劉勰的「四對」說是對偶分類的首創者，具有相當強的指導意義。後世無論是基於創作方法上看待對偶，或修辭角度來看對偶的分類，或許有後出轉精的趨勢，但皆以此「四對」爲基礎而發展，並延續「四對」的敘述方式。

第二節　上官儀之分類及析論

一、「六對」、「「八對」說

劉勰之後，初唐上官儀提出「六對」、「八對」之說。據宋人魏慶之《詩人

〔註13〕此名稱爲本論文初試委員張麗珠老師建議筆者思考方向時所提到的。在修辭學中，也有所謂的「兼格」，是指不同的修辭辭格結合使用的方式。不過，與本文所面對的對偶種類之間的互用情形，不盡相同，因此，本文即直接援引張師所提名稱，在此特作聲明。

玉屑》卷七引李淑《詩苑類格》記載〔註14〕，上官儀的「六對」、「八對」爲：

六對：

正名對，天、地，日、月是也。

同類對，花葉、草芽是也。

連珠對，蕭蕭、赫赫是也。

雙聲對，黃槐、綠柳是也。

疊韻對，徬徨、放曠是也。

雙擬對，春樹、秋池是也。

八對：

的名對，「送酒東南去，迎琴西北來」是也。

異類對，「風纖池間樹，虫穿草上文」是也。

雙聲對，「秋露香佳菊，春風馥麗蘭」是也。

疊韻對，「放蕩千般意，遷延一个心」是也。

連綿對，「殘河河若帶，初月月如眉」是也。〔註15〕

雙擬對，「議月眉欺月，論花煩勝花」是也。

回文對，「情新因意得，意得逐情新」是也。

隔句對，「相思復相憶，夜夜淚沾衣；空歎復空泣，朝朝君未歸」是也。

這兩組分類中，「雙聲對」、「疊韻對」、「雙擬對」皆爲重出，「的名對」，即是「正名對」，所以合併在一起，實際上有十種對。

二、析　論

這十種對，其分類的角度並不一致，可區分爲四種：一是以詞性爲主的「的名對」、「同類對」、「異類對」；二是以聲音爲主的「雙聲對」、「疊韻對」；三是以字面爲主的「連綿對」、「雙擬對」、「連珠對」、「回文對」；以及第四種是以句式爲主，隔句相對的「隔句對」。以下即依此四種分類標準，逐次說明之：

（一）以詞性為主

「的名對」，亦名「正名對」。在《文鏡祕府論》又稱此爲「切對」、「正

〔註14〕〔宋〕魏慶之：《詩人玉屑》（《文淵閣四庫全書》本，第 1481 冊）卷七，頁 1481-127。

〔註15〕連綿對例句，《詩人玉屑》中原爲「殘河若帶，初月如眉」，殊不解，今據《文鏡祕府論》改爲「殘河河若帶，初月月如眉」。

對」〔註16〕，王利器於校注中，認爲此「正對」即是劉勰的「正對」〔註17〕。然而，就算上官儀的「正名對」也稱「正對」，但與劉勰的「正對」，在性質上不盡然相同。劉勰的「正對」只是意義的相對，而上官儀的「正名對」，則是針對文字詞性上的相對，如：「天」、「地」，「日」、「月」均爲名詞相對；「送酒東南去，迎琴西北來」中，「送」與「迎」動詞對動詞，「酒」、「琴」名詞對名詞，「東南」對「西北」方位詞相對，「來」與「去」副詞相對。兩者的差異是很容易可以判別出來的。

「同類對」、「異類對」都是在名詞分類下，其性質門類相同，或是不同門類字詞的相對。「同類對」，在《文鏡祕府論》中稱爲「同對」，如：「花葉」對「草芽」，同爲花草類，造成對偶。「異類對」就是後世所謂的「寬對」，以「天」對「山」、「鳥」對「花」、「風」對「樹」等，非同類相對者。

（二）、以聲音爲主

「雙聲對」、「疊韻對」，就是用雙聲、疊韻的詞來造成對偶。「雙聲對」者，如：「黃槐」對「綠柳」、「佳菊」對「麗蘭」；「疊韻對」者，如：「徬徨」對「放曠」、「放蕩」對「遷延」。

（三）、以字面爲主

「雙擬對」就是出、對句在相同位置各重複一字，中間夾一或二字，以造成對偶。文鏡祕府論即言「一句之中所論，假令第一字是『秋』，第三字亦是『秋』，二『秋』字擬第二字，下句亦然」〔註18〕，例如：「夏暑夏不衰，秋陰秋未歸。炎至炎難卻，涼消涼易追。」、「議月眉欺月，論花頰勝花」，「連綿對」與「雙擬對」類似，所不同的是「連綿對」重複字中間不隔字，而是連接在一起，以構成對偶。如：「看山山已峻，望水水仍清」之類，字面上看起來，兩「山」兩「水」連續並陳，但誦讀起來是「看山一山已峻，望水一水仍清」。

「連珠對」是以重字相對，如「蕭蕭」對「赫赫」。與「連綿對」不一樣，

〔註16〕　（日）弘法大師撰、王利器校注：《文鏡祕府論校注》（台北：貫雅文化事業有限公司，1991年12月），頁265。

〔註17〕　《文鏡祕府論校注》，頁267，王利器於本段（註一）條下，即引劉勰「正對」之說以作爲此處原文「正對」之說明，可見王氏的認知中，此「正對」與劉勰「正對」是一樣的。

〔註18〕　《文鏡祕府論校注》，頁272。

「連綿對」兩個重字意義上是割離的,如「望日日已遠,懷人人不歸」,兩個重字之間,只有字面上重疊,但讀作「望日—日已遠」,「懷人—人不歸」,而「連珠對」所使用的是疊字,意義上不可拆開解讀。不宜將此兩種對偶一視同仁〔註19〕。

《文鏡祕府論》「廿九種對」中並無「連珠對」名目,不過,在列出廿九種對之前,有類似前言的「論對」一段文字,其中特別提到:

> ……其賦體對者,合彼重字、雙聲、疊韻三類,與此一名;或疊韻、雙聲,各開一對,略之賦體;或以重字屬聯綿對。今者,開合俱舉,存彼三名。〔註20〕

也就是說,對於「賦體對」的區分,是眾說紛紜的,有的人以重字、雙聲、疊韻三者合稱爲「賦體對」,有的人則將其分成「雙聲對」、「疊韻對」以及「賦體對」,而「賦體對」就是與雙聲、疊韻,一分爲三的重字對,也有人乾脆將重字歸爲「聯綿對」,因此,空海採最寬鬆的辦法,全都錄用。

在《文鏡祕府論》的「賦體對」中即以重字相對、雙聲相對、疊韻相對爲範圍〔註21〕,如其重字所舉例句,如:「皎皎夜蟬鳴,朧朧曉光發」、「漢月朝朝暗,胡風夜夜寒」、「月蔽雲曬曬,風驚樹裏裏」等,「皎皎」、「朧朧」、「朝朝」、「夜夜」、「曬曬」、「裏裏」都是不可拆開解讀的疊字,與上官儀「連珠對」所引「赫赫」、「蕭蕭」相同。可見「賦體對」中所謂的「重字」與「聯綿對」中的重字,在性質上是大不相同的。學者許清雲即言:

> 「連珠對」,係疊字對。……。「聯綿對」,即句中的頂眞,而非疊字連珠。〔註22〕

基於上述理由,本文將上官儀的「連珠對」,歸爲廿九種對中「賦體對」。(參見第五節表)

「迴文對」是倒讀順讀都能連續成文的對偶。如:「情新因意得,意得逐情新」。

〔註19〕 學者王利器、張伯偉都將「連珠對」視作「聯綿對」。王利器於「聯綿對」註12中,言「『聯綿』又有『連珠』之名」(《文鏡祕府論校注》,頁276);張伯偉於《筆札華梁》中「聯綿對」第二段註一:「《詩苑類格》引上官儀『詩有六對』:『三曰連珠對,蕭蕭、赫赫是也』。則聯綿對一名連珠對。」(《全唐五代詩格校考》,西安:陝西人民教育出版社,1996年7月,頁36)。

〔註20〕 《文鏡祕府論校注》,頁260。

〔註21〕 《文鏡祕府論校注》,頁280〜281。

〔註22〕 許清雲:《近體詩創作理論》,頁188〜189。

最後一種是以句數篇幅立名的，「隔句對」是不按常規的第一句對第二句，第三句對第四句，而以第一句對第三句，第二句對第四句，隔句相對。其句數單位從原本的兩句擴大為四句，如：「相思復相憶，夜夜淚沾衣；空歎復空泣，朝朝君未歸」。

由以上的分析來看，上官儀的分類角度與劉勰的分類一樣，都存在著不統一的分類標準，而且上官儀的分類角度更多達四種。不過，上官儀的四種分類角度，除了第一類以詞性為主分類的「的名對」、「同類對」、「異類對」之外，其他三類，如以聲音為主的「雙聲對」、「疊韻對」；以字面為主的「連綿對」、「雙擬對」、「連珠對」、「回文對」；以句式為主，隔句相對的「隔句對」，則都是以對偶的形式作為其基礎。

三類從形式為基礎的分類結果，由於其中分類的角度不同，以聲音為分類的「雙聲對」、「疊韻對」，不會與以字面排列分類的「連綿對」、「雙擬對」、「連珠對」、「回文對」，產生彼此間「互攝」兼用的情形。因為，「連綿對」、「雙擬對」、「連珠對」等都是重字出現位置的不同，「回文對」也是一句話顛倒過來與原句可以產生相對的對偶，這與雙聲詞、疊韻詞的聲音相對，是無法合併使用。但是，以句式分類的「隔句對」，理論上，則可以與這兩類兼用，也就是既為「隔句對」，又是「雙聲對」，或者既為「隔句對」，又兼有「連綿對」。

以詞性為主的「的名對」，實際上並非分類的結果，因為對偶本來就要求出、對句中詞性相同的詞語互對，如果破壞了出、對句詞語的平行相對、詞性相同的格局，就不是對偶，所以，「的名對」的出現只是對偶基本條件的一種宣示。而在此基本條件之下，以詞語門類運用的同類與不同類，可將對偶區分為「同類對」與「異類對」，其中不但須講究詞性的相同，且包含了類與類之間詞語代表的性質與含意，如「天」、「地」的相對，同屬「的名對」，而「天」為天文門，「地」為地理門，不同門類相對，故又屬「異類對」，表現出「的名對」中有「同類對」，也有「異類對」；而「同類對」即是「的名對」，「異類對」亦是「的名對」的關係。這種分類，原則上，是以詞性相同為主，而針對其內容予以區別分類。

我們可以發現，上官儀的十種對，是同時從對偶的內容與形式兩方面，進行分類。也因為如此，其所分類出來的各種對偶，彼此間的「互攝」兼用的情形，較劉勰之分類，更為複雜。而跨越內容與形式的界線，也可產生「互

攝」兼用，如杜甫〈十二月一日三首〉之三：「短短桃花臨水岸，輕輕柳絮點人衣」，其中「短短」與「輕輕」為「連珠對」，而「短短」描寫桃花的外型，「輕輕」則是形容柳絮的質地，以其相對詞語的意義不同，則為「異類對」，既是內容上的「異類對」，也是形式上的「連珠對」，反映出上官儀的對偶分類並沒有絕對的區隔界線。

　　相較於劉勰的「四對」，上官儀的分類顯然更為精細，而且從「雙聲對」、「疊韻對」的出現，顯示上官儀在「四對」意義相對的基礎上〔註23〕，已由義對的分類觀跨越到了聲對的領域，並且從其十種對中有七種為形式上分類出來的對偶，可見上官儀更講究對偶的形式。

　　上官儀的十種對，對照《文鏡祕府論》所謂的「古人同出的十一種對」〔註24〕，佔了其中的九種，即：「的名對」、「隔句對」、「雙擬對」、「賦體對」、「聯綿對」、「異類對」、「雙聲對」、「疊韻對」以及「迴文對」。可見上官儀的「六對」、「八對」，已是唐人對偶分類的基礎。之後的元兢、崔融等人都是在這個基礎下，進一步提出新的分類。

第三節　元兢、崔融之分類及析論

　　上官儀之後，元兢、崔融陸續為對偶提出分類，兩人的分類主要見於《文鏡祕府論》中。經過空海的刪削、整理，他們完整的分類現已不存。學者張伯偉在其《全唐五代詩格校考》一書中，從《文鏡祕府論》中整理考證出兩人相關的對偶分類，或可補充《文鏡祕府論》所留下的缺憾。但是，由於《文鏡祕府論》是目前關於兩人對偶分類最早的紀載，因此，此節有關兩人的對偶分類以《文鏡祕府論》記載為依據。

一、元兢的分類

　　元兢的「六種對」，一般都是從《文鏡祕府論》所記載：「右六種對，出元兢《髓腦》」〔註25〕得知，此六種對為：「平對」、「奇對」、「同對」、「字對」、

〔註23〕學者張伯偉將《文鏡祕府論》北卷「論對屬」一文，歸為上官儀的《筆札華梁》。其中對「反對」所作的說明，可見上官儀對於劉勰「四對」有一定程度的補充，並由此進化為其「六對」、「八對」。

〔註24〕《文鏡祕府論校注》，頁262。

〔註25〕《文鏡祕府論校注》，頁263。

「聲對」、「側對」。

「同對」，與上官儀的「同類對」一樣。「平對」就是平常之對，如「青山」對「綠水」。而「奇對」與「平對」相反，是「出奇而取對」，如「馬頰河」對「熊耳山」，「馬」「熊」是獸名，「頰」「耳」是形名，並非平常可見，故稱之爲「奇對」。

「字對」是「不用義對，但取字爲對」〔註26〕，也就是借字意造成的對偶。如「桂楫」對「荷戈」，「荷戈」的「荷」是背負的意思，取「荷」字爲草名，與「桂」相對。

「聲對」也是「不用義對，借其聲爲對」〔註27〕的借聲爲對。如「曉路」對「秋霜」，「路」是道路，借其與「露」同聲，而與「霜」爲對。其實，「字對」、「聲對」都是不用字義，借其字，或其聲的借對。

「側對」是以字側偏旁爲對，如「馮翊」與「龍首」，取「馮」字偏旁「馬」與「龍」相對，「翊」字偏旁「羽」與「首」相對。又如「泉流」、「赤峰」，「泉」字上有「白」，與「赤」相對。所以「側對」可以兩字字側均相對，也可以一字字側相對。

元競的分類看似只有六種，但是從《文鏡祕府論》中「的名對」後有「元競曰」云云，以及「異類對」後有「元氏曰」云云，可知元競的分類應該不止六種〔註28〕。從這兩種對與六種中的「同對」來看，早於元競的上官儀均已提出，顯示元競的分類是在上官儀的分類基礎上，進一步發展出來的〔註29〕。

元競的分類與上官儀的分類最大的不同，在於元競更爲精密的針對字意、字音與字形的特徵出現「字對」、「聲對」以及「側對」。學者羅根澤即言：

> 元競的對偶說，所進於古人同出的對偶說及上官儀的對偶說者，不惟彼較平凡，此較新奇。最不同者，從一方面言，可以說是益進於嚴密；從另一方面言，也可以說是轉返於寬泛……至就創對而言，

〔註26〕《文鏡祕府論校注》，頁295。
〔註27〕《文鏡祕府論校注》，頁297。
〔註28〕《文鏡祕府論校注》，頁266及頁279。張伯偉亦將此兩類歸到元競《詩髓腦》一書中。（《全唐五代詩格校考》，頁95～97）
〔註29〕見第五節對照表，即可發現在「廿九種對」出現之前，唐人只有上官儀與元競提到「同類對」、「同對」之名，而兩人此對之說亦相似，可見元競「同對」是從上官儀「同類對」而來的。

古人同出的對偶說及上官儀的對偶說，都因較平凡，所以容易發現，

容易創立；此則因較新奇，所以發現不易，創立亦難。〔註30〕

「新奇」、「嚴密」確實是元兢分類的精華所在，不過，羅氏意謂「在『益於嚴密』的同時，『轉返寬泛』」，筆者則不盡然以爲是一種「轉返」，適足以反映出元兢分類標準的不一致。

元兢對偶分類的角度與上官儀的方式一樣，同時從對偶的形式與內容兩方面進行分類，有從內容意義上分類的「同對」、「平對」、「奇對」，也有「不用義對」，取其部分形式相對的「字對」、「聲對」、側對。不過，元兢更著重於「奇對」出奇取勝所衍生出來的「字對」、「聲對」、側對。這三種對都是從形式來看的，不從其意義內容出發，但卻都是要達到「奇對」的效果。元兢這種「新奇」、「嚴密」的分類觀也進而影響了崔融。

二、崔融對元兢「側對」之擴充

崔融的對偶分類，據《文鏡祕府論》記載〔註31〕，有三種：「切側對」、「雙聲側對」、「疊韻側對」。不過，在同書「側對」下，有「崔名『字側對』」云云，可見除三種對之外，崔融至少尚有「字側對」一種。而「字側對」與元兢「側對」是一樣的。因此，崔氏之三種對，基本上是將元兢的「側對」分而爲三，是在元兢「側對」基礎上所作「擴充」，而不是「分類」。

「切側對」就是粗看字面相對，細究其義卻不對，所謂「精異粗同」、「理別文同」〔註32〕，如「浮鐘宵響徹，飛鏡曉光斜」，「浮鐘」「飛鏡」字面相對，然而「飛鏡」指的是月亮，「月亮」與「浮鐘」不相對，因此取「飛鏡」爲月亮的別稱，而與「浮鐘」相對。

「雙聲側對」、「疊韻側對」都是字義不相對，但以其聲音上的雙聲、疊韻相對而成〔註33〕，如「花明金谷樹，葉映首山薇」，「金谷」指「金谷園」，「首山」只是高山而已，意義上不相對，但均爲雙聲詞，因此稱之爲「雙聲側對」；「疊韻側對」也一樣，如：「平生披褵帳，窈窕步花庭」，「平生」與「窈窕」字義不相對，但均爲疊韻詞。

〔註30〕 羅根澤編著：《隋唐文學批評史》（台北：台灣商務印書館，1996年），頁28。
〔註31〕 《文鏡祕府論校注》，頁264。
〔註32〕 《文鏡祕府論校注》，頁312。
〔註33〕 《文鏡祕府論校注》，頁313。

　　崔融這三種對，之所以稱爲「側」，是以其中有某一部份可以達到相對爲準，也就是從代用語、雙聲、疊韻等非意義方面，去找出其爲相對之處，可以說是元兢「側對」的擴充延伸。元兢的「側對」只是字形上偏旁相同的相對，而崔融更將其區分爲使用代用詞的「切側對」、以雙聲、疊韻爲主的「雙聲側對」、「疊韻側對」。顯然崔融有可能是受到元兢講究對偶形式上分類的影響，擴大補充出這三種對偶。

　　學者張伯偉《全唐五代詩格校考》一書中輯有崔融《唐朝新定詩格》，其中蒐集整理《文鏡祕府論》中有關崔融言論的對偶，有「九對」之說，即：「切對」、「雙聲對」、「疊韻對」、「字對」、「聲對」、「字側對」、「切側對」、「雙聲側對」、「疊韻側對」〔註34〕。這九種對，除了以上討論過的四種對之外，「切對」、「雙聲對」以及「疊韻對」爲上官儀所提出；「字對」、「聲對」、「字側對」爲元兢所提出，唯有「切側對」、「雙聲側對」、「疊韻側對」三種是崔融之說，顯示這「九對」是在上官儀、元兢的基礎上，加以補充，並未有新的分類角度。

　　綜合元兢與崔融的對偶名目，很明顯的，他們都著重在對偶形式的表現，尤其強調從字側偏旁、代用語、雙聲、疊韻等非意義方面的部分對偶，可見其看待對偶的角度極爲精細，但也表現出刻意爲對偶分類而分類的心態。「側對」、「切側對」、「雙聲側對」、「疊韻側對」等，基本上，若非刻意求對，極盡雕琢，是不太容易產生的，而寫作此種對偶，也將類似文字遊戲，不盡然能成爲一種共識。之所以會被《文鏡祕府論》保存下來，也只是因爲其名目有異於與其他對偶，空海予以「棄同存異」的結果。

　　從上官儀到崔融，可以見到初唐對偶的分類由簡單到複雜的趨勢，以及分類角度從意義的注意擴大到意義與聲音兼顧，不過，原則上都還是以上官儀的分類爲基礎。

第四節　王昌齡與皎然之分類及析論

　　王昌齡與皎然是盛唐、中唐時期，對於對偶提出具體分類者，王昌齡的「五種對」與皎然的「六格」、「八對」，並不相同，但都傾向於內容意義上的擴大延伸，因此，本文將兩者合併於此節論述。

〔註34〕張伯偉：《全唐五代詩格校考》，頁 113～115。

一、王昌齡分類的寬泛性

王昌齡在《詩格》中有「五種」對例之說：「勢對」、「疏對」、「意對」、「句對」、「偏對」〔註 35〕。但是，均只舉出詩例，未作詳細解釋，非常簡略，頗多令人費解之處。茲將其原文列出如下：

「勢對」：陸士衡詩：「四座咸同志，羽觴不可算。」曹子建詩：「誰令君多念，遂使懷百憂。」以『多念』對『百憂』，以『咸同志』對『不可算』是也。

「疏對」：陸士衡詩：「哀風中夜流，孤獸哽我前。」此依稀對也。又詩：「人生無幾何，為樂常苦晏。」此孤絕不對也。

「意對」：陸士衡詩：「驚飆褰反信，歸雲難寄音。」古詩：「四顧何茫茫，東風搖百草。」

「句對」：曹子建詩：「浮沈各異勢，會合何時諧。」

「偏對」：重字與雙聲、疊韻是也。

其中「句對」算是比較容易理解的一種，但也已造成後世不同的解讀。「句對」所舉詩例以「浮」對「沈」、「會」對「合」、「浮沈」對「會合」造成對偶，不過，此例中除了「浮沈」、「會合」相對之外，出、對句下三字均不相對。學者許清雲即稱「『句對』殊不可解」〔註 36〕，不作任何解釋。王利器於《文鏡祕府論》中的「當句對」註下說：「當句對，又稱為句對」，並引王昌齡之說為證〔註 37〕，可見就王利器而言，「句對」就是「當句對」。不過，《文鏡祕府論》中另有「互成對」：

互成對者，天與地對，日與月對，麟與鳳對，金與銀對，台與殿對、樓與榭對。兩字若上下句安之，名的名對，若兩字一處用之，是名互成對，言互相成也。……又曰：「歲時傷道路，親友念東西。」
〔註 38〕

其中以「道」對「路」、「東」對「西」、「道路」對「東西」形成對偶。王昌齡「句對」所舉詩例，其詞語相對的情形與「互成對」完全一致，顯然應屬「互成對」。朱承平在《對偶辭格》中即主張王昌齡的「句對」是「一個由反

〔註 35〕 王昌齡：《詩格》（見張伯偉：《全唐五代詩格校考》，頁 161～162）。
〔註 36〕 許清雲：《近體詩創作理論》，頁 191。
〔註 37〕 《文鏡祕府論校注》，頁 304。（註 2）：「……器按：當句對，又稱句對，王昌齡《詩格》，『勢對例五，四曰句對……』」云云。
〔註 38〕 《文鏡祕府論校注》，頁 277。

義虛字相連互對組成的『互成對』，而不是『當句對』。」〔註39〕

　　無論王昌齡的「句對」，是「當句對」也好，「互成對」也好，所顯示出來的是，王昌齡對偶的分類與之前各家唐人分類相較之下，是不精準的，或者說是「極爲寬泛」〔註40〕。這種「寬泛」的分類觀，產生了有如上述「句對」的無法明確解讀的問題，在王昌齡其他對偶名目下，這種情形更爲嚴重。

　　在「勢對」、「疎對」、「意對」中，王氏均各舉出兩個詩句作爲例證。這些例句竟沒有一個是完整的對偶，充其量只有半對半不對的句子。而且在同一名目下的兩個例句，對偶的情形差異頗大。如「疎對」中前例「哀風中夜流，孤獸哽我前。」，「哀風」、「孤獸」相對，但「中夜流」、「哽我前」卻不成對，王昌齡稱之爲「依稀對」，其實只是半對半不對的句子。而後例「人生無幾何，爲樂常苦晏。」則完全沒有相對的詞語，王昌齡稱之爲「孤絕不對」，既然「孤絕不對」，那就不是對偶，何以能作爲「疎對」的例句？同樣的情形也出現在「勢對」、「意對」中，見下表：

名　目	半　對　半　不　對	詞　語　無　相　對
勢對	誰令君<u>多念</u>，遂使懷<u>百憂</u>。	四座咸同志，羽觴不可筭。
疎對	<u>哀風</u>中夜流，<u>孤獸</u>哽我前。	人生無幾何，爲樂常苦晏。
意對	<u>驚飆</u>褰反信，<u>歸雲</u>難寄音。	四顧何茫茫，東風搖百草。

　　其中，「勢對」的兩例，依王昌齡的說法，前例以「多念」對「百憂」，後例以「咸同志」對「不可筭」，因而視爲對偶。但是，前例出、對句中僅有「多念」、「百憂」可爲對，其他字均不成對，而後例的「咸同志」與「不可筭」，以其詩句來看，「四座咸同志」是說在座的賓客都是志同道合的，「同志」爲一詞，而「羽觴不可筭」則描寫飲酒之多，無法細數，「不可筭」爲一詞，兩者之間並不成對，且此例與前例一樣，若不論王昌齡所謂爲對的三字，其他字亦不成對，此例可說完全沒有相對的字詞。「意對」中的兩例，前例「驚飆」與「歸雲」成對，「褰反信」與「難寄音」之間，唯有「信」與「音」相對，「褰」與「難」、「反」與「寄」不對，此例爲部分相對；後例「四顧何茫茫，東風搖百草」，則完全無一字詞相對。

　　從上表中，可以發現王昌齡在安排各對詩例時，似有一套自定的邏輯，並非隨興。對於一般熟悉的工整對偶，他一概不用，所在意的是這些「似對

〔註39〕朱承平：《對偶辭格》，頁259。
〔註40〕許清雲：《近體詩創作理論》，頁191。

非對」的「對偶」句，甚至完全沒有詞語相對的句子，也被王昌齡視為對例。然而，這些「對偶」句，之所以被王昌齡認為是「對偶」的原因，由於其原文極為簡略，我們無從得知。不過，從《詩格》中的〈論文意〉一文，或許可以找到跡象。如：

　　○凡作詩之體，意是格，聲是律，意高則格高，聲辨則律清，格律全，
　　　然後始有調。用意於古人之上，則天地之境，洞焉可觀。〔註41〕
　　○夫作文章，但多立意。〔註42〕
　　○詩有意好言真，光今絕古，即須書之於紙；不論對與不對，但用
　　　意方便，言語安穩，即用之。若語勢有對，言復安穩，益當為善。
　　〔註43〕

「意高則格高」、「多立意」均顯示出「意」是王昌齡論創作的核心，第三則更足以代表王昌齡以「意」論對偶的基本立場，他認為詩不管有沒有對偶，只要「用意方便，言語安穩」就可以，即使有對偶，也以「語勢有對，言復安穩」為主。以「語勢」與「用意」相對照，顯見「勢」與「意」是一樣的意思，「語勢」即「語意」，所以「語勢有對」，也就是「語意有對」。這裡的「語意相對」強調的是出、對句整體意義上的相對，並非針對其中詞語的詞意相對。學者朱承平即說：「王昌齡說其為『意對』，就是指其語意相互對待。」〔註44〕不過，朱氏只針對「意對」而言，事實上，王昌齡就是以「語意相對」作為其論對偶的基本概念。因為，除了「意對」之外，「勢對」、「疏對」都被這個概念所涵蓋，所以，其中都有半對半不對的「對偶」，也有詞語完全不對的「對偶」，以王昌齡而言，只要是「語意相對」即可視之為「對偶」。

　　以此理解王昌齡之於對偶的基本概念，對其「勢對」、「疏對」、「意對」也就不必太過拘泥於其中的差別，因為都是講究意義內容的對偶，廣泛的「意」對。不過，由於《文鏡祕府論》中曾言及：「余覽沈、陸、王、元等詩格式等，出沒不同。今棄其同，撰其異者，都有二十九種對。」〔註45〕其中的「王」

〔註41〕　王昌齡：《詩格》（張伯偉：《全唐五代詩格考》，頁 138；王利器：《文鏡祕府論校注》，頁 331）。

〔註42〕　同上註，（張伯偉：《全唐五代詩格考》，頁 139；王利器：《文鏡祕府論校注》，頁 335）。

〔註43〕　同上註，（張伯偉：《全唐五代詩格考》，頁 144；王利器：《文鏡祕府論校注》，頁 349）

〔註44〕　朱承平：《對偶辭格》，頁 288。

〔註45〕　《文鏡祕府論校注》，頁 260。

即爲王昌齡。既然空海看到了王昌齡的詩格，那麼王氏的五種對，應該在「二十九種對」中有所展現才是，尤其在空海「棄同存異」的觀念下，「勢對」、「疏對」等名目應該被保存下來才對。但是，從名目上來看，除了「意對」、「句對」、「偏對」三種可以歸入「二十九種對」之外，「勢對」、「疏對」卻無從得見；又再加上王昌齡分類本身的「特殊」性，如「句對」名或可爲「當句對」，但其詩例卻爲「互成對」，而「意對」與「偏對」的例句性質又與《文鏡祕府論》中的「意對」、「偏對」不盡然相同，更將徒增困擾。

因此，本文即嘗試以「二十九種對」爲本，將王昌齡五種對及其詩例區隔開來，若名目見於「二十九種對」者，歸入「二十九種對」同名目，若詩例相對之處，同於「二十九種對」中名目性質者，歸入此名目下，據此得出如下結果：

(一)「偏對」以其名目同於「二十九種對」中的「偏對」，故歸爲此目。

(二)「句對」以其名實不同，各自歸入「當句對」、「互成對」。

(三)「勢對」、「意對」中的詞語完全不對者以及「疏對」中的「孤絕不對」，均歸入「意對」。

(四)「勢對」、「意對」中半對半不對之詩例：「誰令君多念，遂使懷百憂。」、「驚飆褰反信，歸雲難寄音。」，「多念」、「百憂」以及「驚飆」、「歸雲」均爲同類相對，歸入「同對」。

(五)「疏對」中，稱爲「依稀對」者：「哀風中夜流，孤獸哽我前。」，「哀風」、「孤獸」爲不同類相對，歸入「異類對」。

共計可歸入《文鏡祕府論》中的「偏對」、「當句對」、「互成對」、「意對」、「同對」以及「異類對」等六種（參見第五節表）。如此歸納，或許難免有牽強之憾，但面對王昌齡以「語意相對」的寬泛對偶觀與分類名實之間的差異，以及《文鏡祕府論》明白指出以其爲參考依據的情況下，相信這樣的歸納結果或許可以是一個折衷的辦法。

由上文討論得知，王昌齡的「五種對」純粹是從意義上予以區別，而區分的標準相當模糊，尤其在「勢對」、「疏對」及「意對」三種，無法清楚釐清其中差異。只能說，這是在極爲寬泛的「意對」觀念下的分類。

二、皎然分類對前人的繼承與補充

皎然《詩議》中關於對偶分類有「六格」：「的名對」、「雙擬對」、「隔句

對」、「聯綿對」、「互成對」、「異類對」，又有「八對」之說：「鄰近對」、「交絡對」、「當句對」、「含境對」、「背體對」、「偏對」、「假對」、「雙虛實對」。其中「六格」是前人早已提出的，也是皎然繼承的部分，而「八對」，則爲皎然新創的名目，《文鏡祕府論》亦收此「八對」〔註46〕：

> 鄰近對。詩曰：「死生今忽異，歡娛竟不同。」又詩曰：「寒雲輕重色，秋水去來波。」上是義，下是正名。此對也，大體似的名，的名窄，鄰近寬。

> 交絡對。賦曰：「出入三代，五百餘載。」或謂此中「餘」屬於「載」，不偶「出入」。古人但四字四義皆成對，故偏舉以例焉。

> 當句對。賦曰：「薰歇燼滅，光沈響絕。」

> 含境對。賦曰：「悠遠長懷，寂寥無聲。」

> 背體對。詩曰：「進德智所拙，退耕力不任。」

> 偏　對。詩曰：「蕭蕭馬鳴，悠悠旆旌。」爲非極對也。古詩：「古墓犁爲田，松柏摧爲薪。」又詩：「日月光太清，列宿耀紫微。」又詩：「亭皋木葉下，隴首秋雲飛。」全其文采，不求至切，得非作者變通之意乎？

> 假　對。詩曰：「不獻胸中策，空歸海上山。」或有人以「推薦」偶「拂衣」是也。

> 雙虛實對。詩曰：「故人雲雨散，空山往來踈。」此對當句義了，不同互成。

　　皎然的這八種對，均各自獨立，可以說完全沒有分類的觀念，只是羅列出新名目而已。因此，本文茲以其排列順序，逐條說明：

　　「鄰近對」，指的是名詞類別相近的鄰對或寬對，如「寒雲」對「秋水」，「雲」屬天文門，「水」屬地理門，門類鄰近。與「的名對」比較，「的名對」範圍窄，「鄰近對」範圍寬。又與「同對」、「異類對」性質相近，只是「鄰近對」名稱新創而已。

　　「交絡對」就是後世所說的交股對、蹉對。指兩句中詞語不是平行相對，而是參差交錯相對。「出入三代，五百餘載」初看不成對，而「三代」對「五百」、「出入」對「餘載」，交錯爲對。

〔註46〕《文鏡祕府論校注》，頁263。「右八種對，出皎公詩議。」云云。

「當句對」指出、對句中詞語各自相對，並非僅「一句中自成對偶」〔註47〕。如「薰歇」對「燼滅」，「光沈」對「響絕」，同時「薰歇燼滅」對「光沈響絕」。

「含境對」，歷來無人可解。一說「大約指對偶字面上似未寫景物，而實際上卻包含有客觀景物的描寫。」〔註48〕，另一說「略同今人所謂之『渾括對』（不在字面上求工整，而在意義籠罩連貫），或『無情對』（從字面上看似不相干，然其涵意別有所寄）」〔註49〕，又一說「含有圖景和情感意味的對偶句」〔註50〕，均言之成理，但是，由於皎然未有解釋，僅有例句，在此僅列出上述相關說法，不予評論。

「背體對」，與劉勰的「反對」相似，但針對的是個別詞語的相反意義，如「進德」對「退耕」，「進」、「退」是反義詞，由於詞義相反而造成相對。

「偏對」，從詩例中來看，有兩種情形：一是指兩組不同詞性結構的詞語對舉，如「馬鳴」與「旆旌」對舉，「馬鳴」是一個名詞與一個動詞，而「旆旌」是兩個名詞，所以「非極對也」；二是指一個複音詞對的形式，如「古墓」對「松柏」，「古墓」為複音詞、為一物，「松柏」由兩個單音詞組成、為兩物，「木葉」對「秋雲」亦同此。另外，「偏對」一名，王昌齡五種對中即已出現，但王氏之「偏對」，僅言「重字與疊韻、雙聲是也」，與皎然「偏對」名稱相同，而性質各異。皎然「偏對」應屬其自創新名，與王昌齡之「偏對」無關。

「假對」，其實就是假借字音、字義為對的借對。「胸中策」與「海上山」，借「策」與「澤」諧音，而與「山」為對；「推薦」與「拂衣」，借「薦」有「蓆」之義，而與「衣」為對。與元兢的「聲對」、「字對」性質相同，只是皎然將兩者合併成一種，取其皆為假借之義，稱為「假對」。

「雙虛實對」，是指兩個相對的虛字對兩個相對的實字，如例中「來往」為相對的虛字，「雲雨」為相對的實字，「來往」對「雲雨」形成「雙虛實對」。

〔註47〕洪邁：《容齋續筆》卷三「唐人詩文，或於一句中自成對偶，謂之當句對。」此說似乎表示一句之中有詞語各自相對即可稱為「當句對」。實際上並非如此，觀其列舉例句，皆為出、對句中，均各自有詞語相對者，顯然稱其為「一句」並不全面。

〔註48〕宗廷虎、李金苓著：《中國修辭學通史》（長春：吉林教育出版社，2001 年 2月），頁 225。

〔註49〕許清雲：《近體詩創作理論》，頁 192～193。

〔註50〕朱承平：《對偶辭格》，頁 385。

不同於「互成對」,「互成對」是出、對句中,本句有同義或反義的「連用字對」的對偶,僅著重於字面上的意義,而「雙虛實對」則更進一步從其虛詞、實詞的詞性相對而言。

總體而言,皎然的「六格」、「八對」,主要是以上官儀、元兢的分類為基礎。除了「六格」之外,其自創的對偶名目,有的只是名稱與前人不同,性質上大致一樣,如「鄰近對」近似於「的名對」、「異類對」,「背體對」與劉勰「反對」相似,「假對」則包含了元兢的「字對」與「聲對」,「雙虛實對」則由「互成對」而來;有的則注意到相對語詞的語序,如「交絡對」是出、對句之間,交叉相對的語詞關係;有從出、對句中自有相對詞語而形成的「當句對」;也有非常寬泛的「偏對」與「含境對」。分類角度包含內容與形式兩方面,而更為精細、多元與寬泛,顯示出皎然對於對偶的精微觀察,不過也流於形式,不具備分類的意義。

基本上,王昌齡與皎然的各種對偶名目,都是在唐人舊有基礎上加以延伸、擴充,王昌齡的分類強調意義的相對,頗為寬泛,可總體視之為「意對」,皎然的分類,既有與前人一致的「六格」,也有自創新名的對偶,然而,並非新出的對偶分類。

第五節　空海之分類及析論

日僧空海所撰的《文鏡祕府論》六卷〔註 51〕,是一部集初、盛唐詩格之大成的著作。此書「東卷」,彙集整理初、盛唐諸家對偶名目,列舉出「二十九種對」。他在本卷卷首「論對」中即有說明:

> 余覽沈、陸、王、元等詩格式等,出沒不同。今棄其同,撰其異者,
> 都有二十九種對。〔註 52〕

「棄同留異」,顯示出空海除了彙集整理之外,還作了刪削的工作。與本文之前所論的唐人對偶分類相對照,可將此「二十九種對」區分為四個部分(見下表):

〔註 51〕　(日)弘法大師撰、王利器校注:《文鏡祕府論校注》(台北:貫雅文化事業
　　　　　有限公司,1991 年 12 月)
〔註 52〕　《文鏡祕府論校注》,頁 260。

空　海	上　官　儀		元　競	崔　融	王　昌　齡	皎　然
廿九種對	六對	八對	六種對	三種對	勢對例五	六格 八種對
的名對	正名對	的名對	正對	切對		的名
隔句對		隔句對				隔句
雙擬對	雙擬對	雙擬對				雙擬
聯綿對		聯綿對				聯綿
互成對					句對	互成
異類對		異類對	異對		疏對（依稀對）	異類對
賦體對	連珠對					
雙聲對	雙聲對	雙聲對		雙聲對		
疊韻對	疊韻對	疊韻對		疊韻對		
回文對		迴文對				
意對					意對、疏對（孤絕不 對）、勢對	
平對			平對			
奇對			奇對			
同對	同類對		同對		意對、勢對	
字對			字對	字對		
聲對			聲對	聲對		
側對			側對	字側對		
鄰近對						鄰近對
交絡對						交絡對
當句對					句對	當句對
含境對						含境對
背體對						背體對
偏對					偏對	偏對
雙虛實對						雙虛實對
假對						假對
切側對				切側對		
雙聲側對				雙聲側對		
疊韻側對				疊韻側對		
總不對對						
	十種對		八種對	九種對	六種對	十四種對

　　第一個部分，從「的名對」到「意對」的十一種對，空海曰：「右十一種，古人同出斯對。」〔註 53〕也就是在空海所見到的諸家詩格中，大致上，或多或少都有提到這十一種對偶。以上官儀的「六對」、「八對」與之相對照，此「十一種對」僅比上官儀多出「互成對」與「意對」，而上官儀則又多出「同類對」，旁衍至第二部分。顯示此「古人同出」之對，其源大致出於上官儀的分類。

　　第二個部分，是元兢的六種對：「平對」、「奇對」、「同對」、「字對」、「聲對」、「側對」，出自其《詩髓腦》〔註 54〕。需要說明的是，元兢的對偶分類並不止六種，只是較第一部份的十一種對多出的六種。第一部份的「的名對」、「異類對」中均有引到元兢的解釋，而元兢六種對中的「同對」與上官儀的「同類對」性質也一樣〔註 55〕，足見元兢的分類是在上官儀的分類基礎上，進一步地，從字義、字音、字形的角度上區分出「字對」、「聲對」、「側對」三種對偶。

　　第三部分，是崔融的三種對：「切側對」、「雙聲側對」、「疊韻側對」，出於《唐朝新定詩格》〔註 56〕。這三種對，均從元兢的「側對」演化而來。由第二部分元兢六種對中「側對」下，又列「崔名『字側對』」，與此三種對合併對照，可知崔融的「三種對」分類以元兢的「側對」為基礎，進而衍生出來的。實際上，崔融尚有「切對」、「雙聲對」、「疊韻對」、「字對」、「聲對」、「字側對」等六種對，或許與上官儀、元兢的所提出的對偶重出，因此空海為特別提及，今補上此六對。

　　第四部分，是皎然的八種對，出自《詩議》中的「八對」：「鄰近對」、「交絡對」、「當句對」、「含境對」、「背體對」、「偏對」、「假對」、「雙虛實對」〔註 57〕。皎然除了有「八對」之外，另有「六格」：「的名對」、「雙擬對」、「隔句對」、「聯綿對」、「互成對」、「異類對」，均出於第一部份「古人同出之對」。可見皎然的對偶種類也是以上官儀的分類為基礎發展而來。其分類比較明顯的特點，是這八種對都比較寬泛，其中如「交絡對」、「含境對」、「偏對」、「雙虛實對」、「假對」，都不是嚴格的對偶，不過顯得頗為靈活。

〔註 53〕《文鏡祕府論校注》，頁 262。
〔註 54〕《文鏡祕府論校注》，頁 263。
〔註 55〕詳見本章第三節。
〔註 56〕《文鏡祕府論校注》，頁 264。
〔註 57〕《文鏡祕府論校注》，頁 263。

　　從上表來看，《文鏡祕府論》中的「二十九種對」，均出自唐人，唯有最後第廿九的「總不對對」，諸家分類中均未提及。空海在此對下的解釋爲：

> 如：「平生少年日，分手易前期。及爾同衰暮，非復別離時。勿言一
> 樽酒，明日難共持。夢中不識路，何以慰相思。」此總不對之詩，
> 如此作者，最爲佳妙。〔註58〕

所謂的「總不對對」是指整首詩中沒有一聯對偶，既然沒有對偶，何必放在對偶中來談？李師立信對此，有明確的說明，認爲：近體詩應使用對偶，在規定需對偶的位置完全不對，則稱之爲「總不對對」。此外，《文鏡祕府論》中又有「首尾不對」的說法，出現在第廿八的「疊韻側對」之後的說解：

> 或曰：……今江東文人作詩，頭尾多有不對，如：「俠客倦艱辛，夜
> 出小平津。馬色迷關吏，雞鳴起戍人。露鮮花劍影，月照寶刀新。
> 問我『將何去』？『北海就孫賓』。」此及首尾不對之詩，其有故不
> 對者若之。〔註59〕

「首尾不對」是指一首詩，第一聯與最後一聯沒有對偶，與「疊韻側對」完全無關，不知爲何出現於此對之中。總之，「總不對對」與「首尾不對」這兩說都是就一首詩有沒有對偶出現，或者對偶出現的位置而言，前者與對偶分類無關，後者亦非對偶本身的分類。既然空海列出「總不對對」，又爲何不列出「首尾不對」呢？之前唐人分類中沒有「總不對對」，那麼空海所據爲何？

　　學者張伯偉《全唐五代詩格校考》輯有無名氏《文筆式》一書，其中有「屬對」十三種〔註60〕：「的名對」、「隔句對」、「雙擬對」、「聯綿對」、「互成對」、「異類對」、「賦體對」、「雙聲對」、「疊韻對」、「迴文對」、「意對」、「頭尾不對」、「總不對對」。大致上，與上官儀的分類重合，而多出「互成對」、「意對」、「頭尾不對」以及「總不對對」。

　　《文筆式》的出現時代，一般認爲在上官儀前後〔註61〕，空海「總不對

〔註58〕《文鏡祕府論校注》，頁316。
〔註59〕《文鏡祕府論校注》，頁314。
〔註60〕張伯偉：《全唐五代詩格校考》（西安：陝西人民教育出版社，1996年7月），
　　　　《文筆式》一書收於頁45～73。「屬對」部分見頁50～54。
〔註61〕關於此書的產生年代，學者們有不同的意見：羅根澤〈文筆式甄微〉（《中山
　　　　大學文史學研究所月刊》第三卷第三期，1935年1月）推斷作者爲隋朝人；
　　　　王利器《文鏡祕府論校注》亦謂「此書蓋出隋人之手」（頁475）；日人小西甚
　　　　一《文鏡祕府論考》「研究篇」則斷言其爲盛唐前的作品；張伯偉《全唐五代
　　　　詩格校考》則認爲「當在稍後於《筆札華梁》的武后時期」（頁46）。無論何

對」之說應是據此而來。但是，如果此書出現在上官儀之前，上官儀爲何沒有援用此對？若在上官儀之後，爲何元兢、崔融、王昌齡及皎然等人，亦未提到此對？因爲，這根本不是對偶的分類，只是詩中有沒有對偶的問題。唐人的對偶分類是針對對偶有哪些具體的表現形式而言，並非有無對偶。空海從「棄同存異」爲出發點，凡名目不同者，均列入考慮，所以才出現了這麼一個與對偶分類無關的名目。

　　「二十九種對」既然是空海從唐人對偶分類中，歸納整理出來的結果，所以就整體來看，難免產生分類角度的多元，但是，這正反映出唐人對於對偶的觀察入微以及嘗試從不同的角度分析對偶的企圖。我們以「二十九種對」爲對象，可分析出以下七種分類的角度：

　　第一、從意義相對的角度來看，有以詞性相對的「的名對」爲基礎，衍生出以名詞門類作爲區分的「同對」、「異類對」和「鄰近對」；及以造語平凡或新奇作爲區別的「平對」與「奇對」。另有以語意爲主的「意對」、「含境對」。以及近似劉勰「反對」的「背體對」。此群組中的對偶共計有九種，佔「二十九種對」中的多數。

　　第二、是以相同文字重複出現的角度出發，有「雙擬對」、「聯綿對」以及「賦體對」的部分（即上官儀的「連珠對」）。以及其文字順讀倒讀皆爲對偶的「回文對」。

　　第三、從聲音相對的角度而分，有「雙聲對」、「疊韻對」以及「賦體對」中疊韻相對、雙聲相對者。

　　第四、是從假借字義、字音而相對的角度，主要以「假對」爲代表，包含借字義的「字對」與借字音的「聲對」。

　　第五、從字形、字音的某一部份相對的角度，有字形偏旁相對的「側對」、使用別名造成相對的「切側對」，以及不以字義而以聲音特性相對的「雙聲側對」、「疊韻側對」。

　　第六、從句位、語位相對的角度，有「隔句對」、「當句對」、「互成對」、「交絡對」、「雙虛實對」。

　　第七，其他角度者。「偏對」兼有指兩組不同詞性結構的詞語對舉，與以一個複音詞對兩個單音詞的對偶，實難區分其觀察角度，故列爲「其他」項。

種說法，總之《文筆式》的產生時代是在上官儀的前後時期。

唐人對偶的分類雖然有以上七種角度，但主要的焦點集中在意義相對與聲音相對上面。意義相對者，有九種對，而聲音相對者，從第三、四、五項中，無論是全以雙聲相對的「雙聲對」、疊韻相對的「疊韻對」及「賦體對」，或借音相對的「假對」、「聲對」，甚至不論其字義，僅以雙聲相對、或疊韻相對的「雙聲側對」、「疊韻側對」，皆從聲音的角度出發，共計有七種對。兩者相加起來有十六種，已佔「二十九種對」中半數以上。顯示出唐人對於對偶的理解與掌握，不僅以意義相對為基礎，也已注意到聲音相對的層面。整體而言，對於對偶的分類，原則上，唐人已經有了從內容與形式兩方面區分的基本規模。

從初唐的上官儀到中唐的空海，對偶的分類從「六對」、「八對」發展到「廿九種對」，可謂是對偶分類最發達的時期。究其之所以如此興盛的原因，基本上，是受到科舉考試的影響。因為，科舉考試對應試文體的規定嚴格，考生們莫不用盡心思，以求考取功名，此時出現的「詩格」、「賦格」等類似今日坊間「參考書」性質的書籍，可作為舉子們寫作此類文體的基本方向，其中對偶種類的增加與多樣性，正反映出唐人面對科舉考試，在文字上作文章的努力。反觀劉勰的時代，沒有科舉的壓力，所反映出來的對偶分類自然比較寬鬆。

從對偶發展的角度來看，律對時期之前，對於對偶的認知，基本上，還是以意義相對為主。到了律對時期，由於「律對」的確立以及科舉考試的要求，對偶的分類漸趨精細，因此，唐人才會發展出如此多樣的對偶分類。

第六節　其他分類檢討

對偶的分類，至唐代已臻於完備，之後各代對偶的分類，或者新名目的出現，基本上，都不脫「二十九種對」的範疇，或從「二十九種對」中衍生出新的名目，甚至出現從句子字數長短、對偶出現位置等非對偶本身修辭角度的區分方式。以下茲列舉「二十九種對」之後，有別於其分類角度的幾種分類，並加以討論。

以對偶的字數長短區分的，見於唐佚名撰的《賦譜》〔註62〕。《賦譜》，顧名思義，就是對於「賦」作有關格式的規範，尤其此書針對「律賦」寫作的句法、結構、用韻、題目有相當的討論。雖然，這是唐人賦格唯一流傳至今之作，但從其句法的討論中，可以見到唐人對偶的另一種分類角度。

〔註62〕見張伯偉：《全唐五代詩格校考》，附錄三：《賦譜》，頁531～547。

　　《賦譜》論「賦句」有「壯、緊、長、隔、漫、發、送」等七種句法，除「漫句」、「發句」、「送句」為散句之外，「壯句」、「緊句」、「長句」、「隔句」皆為針對對偶而言的，如：

　　　　壯，三字句也。若「水流濕，火就燥」、「悅禮樂，敦詩書」、「萬國會，百工休」之類。

　　　　緊，四字句也。若「方以類聚，物以群分」、「四海會同、六府孔修」、「銀車隆代，金鼎作國」之類。

　　　　長，上二字下三字句也，其類又多上三字下三字。若「石以表其貞，變以章其異」之類，是五也。「感上仁於孝道，合中瑞於祥經」，是六也。「因依而上下相遇，修久而貞剛失全」，是七也。「當白日而長空四朗，披青天而平雲中斷」，是八也。「笑我者謂量力而徒爾，見機者料成功之遠而」，是九也。

「壯句」、「緊句」、「長句」三種對偶的分別僅止於字數的多少，「壯句」就是三言的對偶；「緊句」是四言的對偶；「長句」，則是超過五言（包含五言）以上的對偶，其中完全無關對偶本身的修辭。

　　此外，《賦譜》特別重視「隔句對」，即其所謂的「隔句」。並將「隔句」細分為「六體」：「輕隔」、「重隔」、「疏隔」、「密隔」、「平隔」、「雜隔」。

　　　　輕隔，如上有四字，下六字。若「器將道志，五色發以成文；化盡歡心，百獸舞而叶曲」等是也。

　　　　重隔，上六下四。若「化輕裾於五色，獨認羅衣；變纖手於一拳，以迷紈質」等是也。

　　　　疏隔，上三，下不限多少。如：「酒之先，必資以麴蘖；室之用，終在乎戶牖」、「條而來，異綠蛇之宛轉；忽而往，同飛燕之輕盈」、「俯而察，煥乎呈科斗之文；靜而觀，炯爾見雕蟲之藝」等是也。

　　　　密隔，上五以上，下六已上字。若「微老聃之說，柔弱勝於剛強；驗夫子之文，積善由乎馴致」、「詠團扇之見託，班姬恨起於長門；履堅冰以是階，袁安歎驚於陋巷」等是也。

　　　　平隔，下上或四或五字等。若「小山桂樹，權奇可比；丘林桃花，顏色相似」、「進寸而退尺，常一以貫之；日往而月來，則就

其深矣」等是也。

> 雜隔，或上四，下五、七、八；或下四，上亦五、七、八字。若
> 「悔不可追，空勞於駟馬；行而無跡，豈繫於九衢」、「孤
> 煙不散，若襲香於爐峰之前；圓月斜臨，似對鏡於盧山之
> 上」、「得用而行，將陳力於休明之世；自強不息，必若節
> 於少壯之年」「及素秋之節，信謂逢時；當明德之年，何憂
> 淹望」、「採大漢強幹之宜，裂地以爵；法有周維城之制，
> 分土而王」、「虛矯者懷不才之疑，安能自持；貫勇者有攻
> 堅之懼，豈敢爭先」等是也。

簡單地說，「輕隔對」是上句四言、下句六言之隔句對；「重隔對」是指上句六言、下句四言之隔句對；「疏隔對」，上句三言、下句字數不限之隔句對；「密隔對」是上句五言以上，下句六言以上之隔句對；「平隔對」，指下上句都是四言，或都是五言之隔句對；「雜隔對」則是上句四言，下句五言、七言、八言者；或者是下句四言，而上句五言、七言、八言之隔句對。《賦譜》對於「隔句對」的分類雖然區分為「六體」，仍是以其上下聯前後句的字數多少作為區分標準。

　　有別於唐人一般的對偶分類，《賦譜》中關於對偶的分類，是機械式的以字數作為基礎，對於對偶本身的修辭問題，是完全沒有論及的。縱然，其分類別具一格，但終究與對偶本身分類無關。

　　以對偶在近體詩中出現的位置及數量作為區分的，以明人費經虞的《雅論》〔註63〕為代表。此書卷十二，羅列了將近三十五種對偶名目〔註64〕，大致都是從「二十九種對」衍生而來，只不過名稱不同，或者更為細緻。然而，

〔註63〕費經虞：《雅論》(《明詩話全編》第玖冊，上海：江蘇古籍出版社)，頁9540-10276。

〔註64〕同上註，頁9888-9900。其中有「天文地理對」(含「天文對」、「地理對」、「天文地理兼對」)、「爵位對」、「宮室對」、「姓名對」(含「人名對」、「官名對」)、「草木對」、「鳥獸蟲魚對」(含「鳥專對」、「鳥獸專對」、「鳥獸蟲魚兼對」)、「五色對」、「珍寶器物對」、「數目對」、「人事對」、「綿連對」(又稱「小疊」)、「大疊」(又稱「雙擬對」、「絕續對」)、「流水對」(又稱「十字對」、「十四字對」)、「借對」(含「借聲」、「借色」、「借物」、「流水借」)、「當句對」、「當字對」(費不詳，筆者案：疑與「牙成對」同)、「雙聲對」、「疊韻對」、「迴文對」、「牙成對」、「實字對」、「虛字對」、「虛實對」、「蹉對」、「閣子對」(又稱「品字對」)、「連序對」、「金線葫蘆對」、「咽泉對」、「折腰對」、「藥名對」、「倒插對」(又稱倒裝對)、「開對」、「通對」、「時代對」、「影對」、「扇對」。

在卷八至卷十，論五、七言近體與絕句格法時，以律詩而言，則有：

「前二句不對，中四句對，後兩句不對。平仄諧和，立意用事安穩，乃常用之格，故約「**大格**」，包羅諸家體調故也。」〔註65〕

「八句皆對，古謂之「**麟趾格**」，如麟之行步整齊也。」〔註66〕

「前六句對、後二句不對。名「**垂條格**」，如條下散。」〔註67〕

「前四句不對、後四句對。名「**雀屏格**」，言如孔雀之尾麗於後也。」〔註68〕

「前二句對，後六句不對」爲「**垂條變格**」。〔註69〕

「前二句不對，後六句對」爲「**雀屏變格**」。〔註70〕

「大格」、「麟趾格」、「垂條格」、「雀屏格」、「垂條變格」、「雀屏變格」均爲費氏自創的名目，此外，費氏亦沿用宋人「蜂腰格」〔註71〕、「偷春格」〔註72〕之說，並將《文鏡祕府論》中的「總不對對」易名爲「散格」〔註73〕。

以絕句而言，費氏則有：「前對格」（七言絕句中稱「對起格」）、「後對格」（七言絕句中稱「對結格」）、「徹對格」。

這些都是以對偶在近體詩中出現的位置及數量作爲區分標準的分類，但實際上，這屬於對偶在篇章中的安排，並非對偶本身的問題，亦非修辭的範疇，不能算是對偶的分類。

王力在《漢語詩律學》〔註74〕中將對偶分爲：「工對」、「鄰對」和「寬對」三類。主要是以詞性及名詞的範疇作爲區分的標準。

〔註65〕《雅論》，頁9797、9811。

〔註66〕《雅論》，頁9797、9812。

〔註68〕《雅論》，頁9798。

〔註69〕《雅論》，頁9798。

〔註70〕《雅論》，頁9798。

〔註71〕《雅論》，頁9800。

〔註72〕《雅論》引魏慶之《詩人玉屑》：「項聯雖不屬對，宜非聲律，然破題已的對矣。言如梅花，偷春而先開也。」語，頁9803。

〔註73〕同上註，引嚴羽滄浪詩話：「律詩有徹首尾不對者，文從字順，音韻鏗鏘。」語，與文鏡祕府論之「總不對對」一致，頁9803。

〔註74〕詳見王力：《漢語詩律學》（台北：宏業書局，1985年），第十三節「近體詩的對仗」、第十四節「對仗的種類」、第十五節「對仗的講究和避忌」，頁142～183；第三十三節「古體詩的對仗」，頁468～481、第四十五節「詞的對仗及語法上的特點」，頁651～657。

　　「寬對」是其中最寬鬆的一類，只要名詞對名詞、動詞對動詞、形容詞對容詞、副詞對副詞，詞性相同，即可視爲「寬對」。如王維〈觀獵〉中的「草枯鷹眼疾，雪盡馬蹄輕」，「草」與「雪」爲名詞；「枯」與「盡」爲動詞；「鷹眼」、「馬蹄」爲名詞；「疾」與「輕」爲形容詞。

　　「工對」與「鄰對」，則是要求相對名詞的範疇必須爲同一門，或相鄰近門類。王力將名詞的範疇分成十一類、二十八門〔註75〕：

　　　　第一類：天文門、時令門；

　　　　第二類：地理門、宮室門；

　　　　第三類：器物門、衣飾門、飲食門；

　　　　第四類：文具門、文學門；

　　　　第五類：草木花果門、鳥獸蟲魚門；

　　　　第六類：形體門、人事門；

　　　　第七類：人倫門、代名對；

　　　　第八類：方位對、數目對、顏色對、干支對；

　　　　第九類：人名對、地名對；

　　　　第十類：同義連用字、反義連用字、聯綿字、重疊字；

　　　　第十一類：副詞、連介詞、助詞。

所謂的「工對」，就是使用同一「門」的名詞相對，如元稹、〈晚秋〉中「酒醒秋簟冷，風急夏衣輕」，「秋」與「夏」同屬「時令門」；又如儲光羲的〈詠山泉〉中「轉來深澗滿，分出小池平」，「澗」與「池」同屬「地理門」。

　　「鄰對」則是不同門、類的相對。王力又將其區分爲二十類〔註76〕：

　　　　第一、天文與時令；第二、天文與地理；第三、地理與宮室；第四、宮室與器物；第五、器物與衣飾；第六、器物與文具；第七、衣飾與飲食；第八、文具與文學；第九、草木花卉與鳥獸蟲魚；第十、形體與人事；十一、人倫與代名；十二、疑問代詞及「自」「相」等字與副詞；十三、方位與數目；十四、數目與顏色；十五、人名與地名；十六、同義與反義；十七、同義與聯綿；十八、反義與聯綿；十九、副詞與連介詞；二十、連介詞與助詞。

主要以同一類中不同門的相對作爲「鄰對」的基本原則，也有鄰近兩類的相

〔註75〕《漢語詩律學》，頁153～166。
〔註76〕《漢語詩律學》，頁170～174。

對，不過極少，只有「天文與地理」、「宮室與器物」、「器物與文具」、「疑問代詞及『自』『相』等字與副詞」等四類是跨類的相對。王力認爲「鄰對」與「工對」雖然都屬工整的對偶，但「鄰對」比起「工對」來說，仍是「略遜一籌」的〔註77〕。顯然，王力對於「寬對」、「鄰對」、「工對」之間的差異，是以修辭上的評價，或者說是技巧的難易作爲區分標準。

就王力而言，這三類對偶，「寬對」是最簡單、容易的，「鄰對」次之，「工對」最爲嚴格。不過，若仔細觀察，我們將發現「工對」與「鄰對」都是以「寬對」作爲基礎，進而要求其門類上的相同，或鄰近。原則上，「寬對」與「工對」、「鄰對」，是難易、工拙之間的差異，而「工對」與「鄰對」則是門類上的差別，顯示出王力此三類對偶的分類似亦非完全立足於同一個基準點。

其實，「寬對」、「工對」與「鄰對」之說，早在「二十九種對」中已有如「異類對」、「同對」、「鄰近對」等頗爲相似的對偶名稱，只是這些對偶在解釋上，尚嫌模糊，如「鄰近對」的「的名窄，鄰近寬」，「窄」、「寬」之間的界限爲何？只能從其例句中意會。而王力具體提出門類的架構，以及門類之間相對的原則，相較之下，更爲清晰、明確。現代對於對偶分類的敘述，很少不提及王力的三類說，可見其影響之大。不過，這種分類，是以詞性狀態作爲基礎，並非從對偶的修辭角度出發，雖然提供了寫作者一個明確的寫作方向，但對於對偶分類而言，反倒侷限在某一個特定角度上，無法完整呈現對偶的各種面向。

張仁青在《駢文學》一書中，曾臚列「駢體文三十種對」〔註78〕，從數量上看，似乎比「二十九種對」多出一種，其實，大體上亦不脫其範圍。此「三十種對」，除了有與「二十九種對」相關的名目，如：「異類對」、「同類對」、「當句對」、「雙擬對」、「聯綿對」、「疊字對」、「雙聲對」、「疊韻對」、「巧對」、「假對」、「借對」、「回文對」、「虛實對」、「蹉對」、「互文對」等之外，又從中衍生出「雙聲疊韻對」、「疊韻雙聲對」，此兩者殊無差別，只是出句爲雙聲、對句爲疊韻，或者出句爲疊韻、對句爲雙聲的順序對調而已，實際上是一樣的，可與「雙聲對」、「疊韻對」合併看待。

在「二十九對」的基礎之外，張氏之分類的角度則更顯得多元。有以句數爲區別的「單句對」、「偶句對」、「長偶對」；有以詞性爲別的「虛字對」、「實

〔註77〕《漢語詩律學》，頁170。
〔註78〕張仁青：《駢文學》（台北：文史哲出版社），頁98～115。

字對」；以方位詞相對的「方位對」；以數詞相對的「數字對」；以顏色相對的「彩色對」；以「有」、「無」兩字相對的「有無對」；以成語相對的「成語對」，甚至有自創新名的「渾括對」與「懸橋對」。令人目不暇給。

「渾括對」者，在此目標題下，張氏自注：「凡上下聯文意相對，而字面或音調對仗不工者屬之。」〔註79〕並引清人汪中〈自序〉一文中的對偶為例，且說明：

> 乞食餓鷗之餘，
> 寄命東陵之上。

「乞食」與「寄命」，「餓鷗」與「東陵」，無論文意、平仄，均不能成對，但若以整句文意觀之，則勉強可對。此種字面對仗不工，平仄亦不甚調和，而須以整句意義為著眼點勉強相對者，為之「渾括對」。

其實就是純粹以文意相對，而不論其字面、聲調上的對應關係的對偶。許清雲在討論皎然「八對」中的「含境對」時，即引「渾括對」為其中之一說〔註80〕，可見「渾括對」或許是「含境對」的一種，只是張氏以此新名目代替。

「懸橋對」者，難以理解，且張氏自注云：「名稱未定，姑以名之。」顯見此為張氏自創之新名目。「懸橋對」為「將一事分為兩截，各以性質相同者歸為一聯。無以名之，姑稱之為『懸橋對』〔註81〕。」其例，如《文心雕龍・風骨篇》之例，原句為：

> 若豐藻克贍，風骨不飛，則振采失鮮，負聲無力〔註82〕。

張氏以為其「正常句型」應該是：

> 若豐藻克贍，則振采失鮮；
> 若風骨不飛，則負聲無力。

也就是原本不是「隔句對」的形式，但因為其句式上，前兩句與後兩句彼此之間，第一句與第三句、第二句與第四句有關連，可以恢復其「正常句型」成為「隔句對」，因此稱之為「懸橋對」。又如曹丕〈與吳質書〉〔註83〕中的：

> 昔伯牙絕絃於鍾期，仲尼覆醢於子路，痛知音之難遇，傷門人之莫逮。

〔註79〕《駢文學》，頁104。
〔註80〕許清雲：《近體詩創作理論》（台北：洪葉文化，1997年），頁192～193。
〔註81〕《駢文學》，頁111～112。
〔註82〕周振甫著：《文心雕龍今譯》（北京：中華書局，2005年6月），頁264。
〔註83〕《文選》卷42。

「伯牙」與「知音」兩句為一事,「仲尼」與「門人」兩句為一事,所以其「正常句型」應是:

> 伯牙絕絃於鍾期,痛知音之難遇;

> 仲尼覆醢於子路,傷門人之莫逮。

這種說法其實多少有些畫蛇添足,因為就原句而言,本來已是前兩句相對、後兩句相對的對偶,就算第一句與第三句、第二句與第四句各自同屬「一事」,也不影響其為對偶。且作者原本表現出來的,已非「隔句對」形式,何必認定其原應為「隔句對」,而以所謂「正常句型」去凸顯其原來的「不正常」?「懸橋對」其原句本已是對偶,至於懸不懸橋、作者是否有此企圖,端看解讀者的個人心證,與對偶的分類無關。

總之,張氏的對偶種類雖多於「二十九種對」,但既未脫「二十九對」的範疇,且近於一種羅列名目的作法,因此並未有任何分類上的意義。

學者朱承平在《對偶辭格》一書從「基礎篇」、「音法篇」、「字法篇」、「詞法篇」、「句法篇」(含「句意篇」)、「兼格篇」、「章法篇」、「意境篇」等九方面,將對偶區分成「九十九種對」〔註84〕,是筆者目前所見提出對偶種類最多者。

本書是以「蒐集和清理前人在對偶研究方面的成果」〔註85〕為基礎,對詩詞中的對偶加以歸納整理,進而企圖建構出其所謂的「具有程式化特點的

〔註84〕朱承平:《對偶辭格》(湖南:嶽麓書社,2003年9月)。其對偶分篇及細目如下:
　　一、基礎篇:齊數對、異字對、詞性對、複音自對、平仄對
　　二、音法篇:連珠對、雙聲對、疊韻對、雙聲疊韻對、拗救對、全平全仄對、同調對、兩韻對、借音對、諧音對、別音對
　　三、字法篇:疊語對、銜字對、掉字對、字側對、鑲邊對、離合對、嵌名對、藏字對
　　四、詞法篇:同類對、異類對、同語對、雲泥對、借意對、交股對、互成對、人名對、地名對、切側對、偏對、實名對、虛名對、背體對、同體對、轉品對、假性對、翻語對
　　五、句法篇:意頓對、假平行對、當句對、錯綜對、兩兼對、連謂對、騎句對、參差對、意對、平對、流水對、逆挽對、四異對、整散對、續句對、合璧對、隔句對、隔調對、鼎足對、連璧對
　　六、兼格篇:天問對、問答對、互體對、比興對、大言對、玉環對、回文對、接句對、縮銀對、事類對、偷勢對、集句對
　　七、章法篇:首尾不對體、偷春體、蜂腰體、對起體、前三對體、後三對體、全首對體、總不對體、前對體、後對體、徹對體、疊對體
　　八、意境篇:數目對、量詞對、時間對、干支對、點線對、高下對、方位對、主從對、顏色對、視聽對、情景對、實景對、真情對

〔註85〕《對偶辭格》,頁18。

偶格型態系統」〔註 86〕。也就是以前人所提出的對偶種類爲主，去其重複，取其精華，作爲其整體理論架構的基礎，這與《文鏡祕府論》歸納出「二十九種對」的方式相同。所以，「九十九種對」是歸納整理出來的結果，並非實際的分類。也正因爲如此，再加上「二十九種對」之後出現的各式各樣的對偶種類與名目，使得「九十九種對」所反映出來有關對偶分類的問題，諸如非對偶分類角度的摻入、對偶分類角度的多元以及出現不屬於對偶的「對偶」名目，如「鼎足對」（即「三句對」）、「連璧對」（即「四句對」）等等，與「二十九種對」相較之下，更爲嚴重。

先談非對偶分類角度的問題。

本書「基礎篇」中所列的「齊數對」、「異字對」、「詞性對」、「複音自對」、「平仄對」等對偶名目，都是對偶的基本觀念，對偶本來就是以字數相等、避免重字、詞性相對、詞語相對以及講求聲音上的平仄相對爲主，並不需要另外區分成上述各種對的名目，與其說是分類，不如說是對偶的定義。「基礎篇」絕非對偶的分類，這是很明顯的。

其次，是「章法篇」的問題。「章法篇」中的分類角度與上述費經虞以對偶位置作爲分類角度一致，只是在名稱上比較客觀，不似費氏花俏，但非對偶本身的分類。不過，朱氏亦表示此篇「在現代修辭學看來，不屬於辭格研究的範疇」〔註87〕，顯然朱氏也知道以對偶位置作爲分類的角度是有問題的，既然如此，又爲何提出呢？朱氏的理由是「在古典詩歌中，它與詩歌的體式密切相關，也會對偶句的布局安排和整體表達效果產生重大影響，⋯⋯我們討論唐詩的對偶辭格，如果完全不涉及這方面內容，避而不談，則難以與傳統對偶研究相銜接。」〔註88〕只爲了與傳統對偶研究作銜接，而列出此篇的理由，並不足以服人，因爲，對偶在詩歌中的布局安排或整體表現均非對偶本身的問題，而且傳統的對偶研究結果不見得就是正確的，費經虞以對偶位置的分類角度之誤，在本節前文已作過討論，朱氏既然已經意識到此非修辭學的範疇，何必非提出此篇呢？筆者推測與本書篇章安排有關，從音法、字法、詞法、句法之後，應該談到章法，再加上已有前人提出相關的名目，不能不論的心理之下，因此，雖然明知其不屬於對偶的分類，仍立下此篇。

〔註86〕《對偶辭格》，頁 19。
〔註87〕《對偶辭格》，頁 363。
〔註88〕《對偶辭格》，頁 363。

第三，是「意境篇」的問題。本篇是以「二十九種對」中的「含境對」作為基礎，從「一維世界」、「二維世界」、「三維世界」等三方面區分對偶所體現的意境〔註89〕。凡是文學作品都講究其所表現的「意境」，對偶透過相對的兩句文字表現出一定程度的「意境」，這也是正常的，但是，「意境」與對偶本身的分類並無關係。無論從「數目對」、「高下對」、「視聽對」，甚至「眞情對」來看，「意境」的區隔並不明顯，反而從詞語來看，更能凸顯其對偶的特質，如數詞的「數目對」、量詞的「量詞對」、天干地支的「干支對」、東南西北方向的「方位對」等等。作者刻意使用「意境」作為分類的標準，或許如其所言希望能引起「人們對『文字意義指稱的圖景畫面』的注意」〔註90〕，但是，「意境」絕非對偶分類的角度，不然的話，有「眞情對」，難道有「假意」之對嗎？

第二個問題是對偶分類角度的多元。基本上，這個問題從有對偶分類以來，就一直存在，不必太過苛求。本書除了上述不屬於分類角度者，仍存有五種分類的角度，而每一種分類下又再細分若干方面，「音法篇」從聲音特性上的分類；「字法篇」是從文字與字形角度的分類，細分為「同字修辭」、「字形修辭」、「藏掖修辭」三方面〔註91〕；「詞法篇」從「語義類別」和「詞性異同」〔註92〕的角度來區分；「句法篇」，此篇又包含「句意」部分，從「句法結構變化」、「句意表達更新」、「對偶句長延伸」、「對偶句數擴增」四個方面〔註93〕進一步區分對偶；「兼格篇」則是以加上其他修辭法，如「設問」、「誇飾」、「用典」等的對偶，又可從「句法應用」、「言情表意」、「詞句循環」、「利用現成詞語」等方面分出類別〔註94〕。

總而言之，「九十九種對」其中歸納分類的角度並不一致，又同時存在著不屬於對偶分類的角度，在一定程度上，是以量取勝，數量雖多，卻失之於龐雜，對於對偶本身的分類，並不具實質意義。

從「四對」到「二十九種對」，乃至於「九十九種對」，反映出中國人之於對偶的偏好以及求新求變的心理。而「二十九種對」是唐代對偶分類的總結，

〔註89〕《對偶辭格》，頁386。
〔註90〕《對偶辭格》，頁386。
〔註91〕《對偶辭格》，頁71。
〔註92〕《對偶辭格》，頁107。
〔註93〕《對偶辭格》，頁234。
〔註94〕《對偶辭格》，頁322。

也是後世對偶分類的基礎，後世對偶分類基本上都脫離不了「二十九種對」的範疇。唐人之所以出現如此多樣的對偶分類與名目，原因之一在於對偶發展到此時，已由意義相對的「古對」轉化成「律對」，分類者同時從意義與聲音的角度來區分對偶，並且更講究其中細微的差異，如「同類對」、「異類對」與「鄰近對」均以名詞相對作爲基礎，而門類有差；「雙聲對」、「疊韻對」與「雙聲側對」、「疊韻側對」，雖同樣屬於聲音的對偶，不過，後兩者僅講究聲音的部分，而不論其字義是否相對。第二個原因是科舉考試試詩、賦講究對偶的影響，舉子們刻意在對偶文字上推成出新，促使對偶的種類更加多樣。

「二十九種對」之後，出現了以對偶字數多寡、對偶位置與數量作爲依據的分類，均非從對偶本身修辭的角度出發，就對偶的分類而言，並不具有太大意義。至於其對偶數量多於「二十九種對」者，除了以「二十九種對」爲基礎之外，也摻入其他與對偶本身無關的分類方式，或者沿用前說非對偶角度的分類，或者自立新名。從數量上來看是很多，但相較於「二十九種對」的分類角度則更爲複雜，且無法自成系統，徒具形式，對於對偶的分類，亦未有具體的意義。

從對偶分類的角度來看，同時使用兩種以上的角度分類者，所在多有。這除了與古人邏輯分析能力的不足有關之外，也與中國文字集形、音、義一體的特性有密切關連，分類者可以同時從此三個角度出發，來觀察對偶，進而衍生出更多不同角度的分類方式。

理論上，對偶的分類，就其本身修辭的角度來看，分爲內容上的對偶與形式上的對偶兩大類。以本章所列舉劉勰及唐人各家分類爲例，屬於內容的對偶，有劉勰的「四對」，上官儀的「的名對」、「異類對」，元競的「平對」、「奇對」、「同對」，王昌齡的「五種對」，皎然的「鄰近對」、「含境對」、「背體對」等等；屬於形式的對偶，有上官儀的「雙擬對」、「連綿對」、「連珠對」、「雙聲對」、「疊韻對」、「隔句對」、「回文對」，元競的「字對」、「聲對」、「側對」，崔融的「切側對」、「雙聲側對」、「疊韻側對」，皎然的「當句對」、「交絡對」、「偏對」、「假對」等等。

在內容上的分類，主要是以其意義的相似，或相反來區別，除此之外，其他從詞語性質加以命名的對偶，如「的名對」、「異類對」、「同對」、「鄰近對」等，或從其所表現的效果平庸奇特而命名者，如：「平對」、「奇對」等，或者是寬泛的「意對」，均爲所表達的意義所涵蓋。因此，以內容來分類，最

合理的區隔即為「正對」與「反對」。

在形式上，由於中國文字「獨體」、「單音」的特性，則可進一步依據字形、字音、同字連用、語法、句式等基準細分，如以字形區分為「字對」、「側對」、「切側對」；以字音區分為「雙聲對」、「疊韻對」、「雙聲側對」、「疊韻側對」、「聲對」；以同字連用區分為「「雙擬對」、「連綿對」、「連珠對」，以語法分類為「互成對」、「交絡對」，以句式區分為「當句對」、「隔句對」。

從內容與形式兩方面對對偶作分類，或許過於浮泛籠統，但是，就對偶本身而言，內容與形式是對偶兼具的本質，必然應以此為根本，予以區別；再者，面對前人對偶分類標準不一，種類名目眾多，以及新名目出現，如「人名對」、「干支對」、「有無對」等等的現象，化繁於簡的方式或許能有效地將這些對偶統攝起來。

第五章　對偶在文體中的運用

　　在中國文學中，有些文體規定必須使用對偶，如賦體、連珠、駢文、近體詩以及八股文等，都是以對偶作爲其文體的主要特徵。在此類文體中，對偶是必要條件，完全不使用對偶是特例，因此，本文即稱此類文體爲「特定文體」。另外，也有文體並未規定非使用對偶不可，對偶的出現，往往是爲了修辭上的需要，如古代散文、古體詩、古典小說等等，本文稱之爲「一般文體」。以下即以此兩類文體作爲觀察對象，分析對偶在其中的表現。

第一節　對偶在特定文體中的運用

　　賦、連珠、駢文、近體詩以及八股文，是中國文學中以對偶作爲其文體構成要件的五種文體，本節即針對此五種文體中對偶的運用，加以分析討論。

一、對偶在賦體中的運用

　　對偶是賦體外在形式上的特徵，沒有對偶就不足以稱之爲賦。揚雄云「詩人之賦麗以則，詞人之賦麗以淫」，曹丕〈典論論文〉所謂的「詩賦欲麗」，都指出，無論是詩人之賦，或是詞人之賦，「麗」是賦必須具備的外在條件。「麗」除了是指文采華麗的文字效果之外，也是指文句成雙成對的對偶形式，亦即劉勰《文心雕龍》中，所稱的「儷辭」（「麗辭」）。賦體既然必須具備「麗」的特質，自然也就必須具備對偶的形式。

　　賦體是必須要使用對偶的，即使是反對駢偶最力的韓愈，在寫作賦時，也都大量使用對偶，如〈進學解〉中「業精於勤，荒於嬉；行成於思，毀於

隨」、「口不絕吟於六藝之文，手不停披於百家之編」、「記事者必提其要，纂言者必鉤其玄」、「冬暖而兒號寒，年豐而妻啼飢」，〈送窮文〉中的「子無底滯之尤，我有資送之恩」、「心無異謀，口絕行語」、「捩手覆羹，轉喉觸諱」、「利居眾後，責在人先」〔註1〕。可見對偶在賦體中的重要地位。

賦體歷經了長久的發展過程，在體制上不斷有所變化，大致可區分為騷賦、辭賦、駢賦、律賦、文賦等五種〔註2〕。對偶在不同的賦體中，也就有著不同的表現。

○騷　賦

騷賦指的是屈賦，與之後模擬屈賦寫作的漢賦，如賈誼的〈弔屈原賦〉、司馬遷〈悲士不遇賦〉、劉歆的〈遂初賦〉等。

屈賦的句式特點為在句尾或句中使用虛詞。在句尾者有「兮」、「些」、「只」、「焉」等語助詞，在句中者則有「兮」字語氣詞，以及「之」、「於」、「乎」、「以」、「而」等關係詞。因此，對偶在屈賦中的表現，以「兮」字出現的位置來看，可有兩種形式：

一是、出句句尾帶有「兮」字，而對句無「兮」字的對偶，以「□□□□□□兮，□□□□□□」，出句七言而對句六言者為主要句式，也有出句五言而對句四言、出句六言而對句五言、出句八言而對句七言者。如「□□□□□□兮，□□□□□□」者：

　　湯禹嚴而求合兮，摯咎繇而能調。（〈離騷〉）

　　攬木根以結茝兮，貫薜荔之落蕊。（〈離騷〉）

　　帶長鋏之陸離兮，冠切雲之崔嵬。（〈九章・涉江〉）

其他言數組合者，如：

　　忠不必用兮，賢不必以。（〈九章・涉江〉）

　　鳥飛反故鄉兮，狐死必首丘。（〈九章・哀郢〉）

　　憐思心之不可懲兮，證此言之不可聊。（〈九章・悲回風〉）

此種對偶，由於出句比對句在字數上，多出一個「兮」字的關係，造成不整

〔註1〕　此兩篇通篇用韻，且其用韻方式與賦體相同，雖不以「賦」名篇，但實際上即是賦體。清人姚鼐所編《古文辭類纂》第十二類「辭賦類」中，收錄韓愈的此二篇與〈訟風伯〉、〈釋言〉。這四篇均非以「賦」為名，而姚氏視之為「賦」，顯示賦本來就有不以「賦」為名者。

〔註2〕　本文以鈴木虎雄：《賦史大要》（地平線出版社，1975 年）之區分為依據。

齊的對偶句式，但是，若去掉「兮」字語助詞，就是標準的對偶，如：

忠不必用（兮），賢不必以。（〈九章・涉江〉）

鳥飛反故鄉（兮），狐死必首丘。（〈九章・哀郢〉）

湯禹嚴而求合（兮），摰咎繇而能調。（〈離騷〉）

帶長鋏之陸離（兮），冠切雲之崔嵬。（〈九章・涉江〉）

憐思心之不可懲（兮），證此言之不可聊。（〈九章・悲回風〉）

　　二是，出、對句句中都有「兮」字者，以「□□□兮□□，□□□兮□□」出、對句皆六言者為主要句式，亦有出、對句皆五言，或七言者。如六言者：

駕龍輈兮乘雷，載雲旗兮委蛇。（〈九歌・東君〉）

麋何食兮庭中，蛟何為兮水裔。（〈九歌・湘夫人〉）

魚鱗屋兮龍堂，紫貝闕兮朱宮。（〈九歌・河伯〉）

與天地兮同壽，與日月兮同光。（〈九章・涉江〉）

其他言數者：

石瀨兮淺淺，飛龍兮翩翩。（〈九歌・湘君〉）

成禮兮會鼓，傳芭兮代舞。（〈九歌・禮魂〉）

悲莫悲兮生別離，樂莫樂兮新相知。（〈九歌・少司命〉）

這兩種含「兮」字的對偶，其差別在於：前者只有在出句句末加上「兮」字，對句並未用「兮」字，造成不整齊的對偶形式，不過，若去掉「兮」字，則成為標準的對偶；而後者因為「兮」字出現在出、對句中相同的位置，本身就是整齊的對偶。

　　除了使用「兮」字的對偶之外，屈賦中亦有無「兮」字的對偶，以四言句為主，亦有六言、七言者，如：

九州安錯？川谷何洿？（〈天問〉）

梅伯受醢，箕子詳狂。（〈天問〉）

顏色憔悴，形容枯槁。（〈漁父〉）

新沐者必彈冠，新浴者必振衣。（〈漁父〉）

舉世皆濁我獨清，眾人皆醉我獨醒（〈漁父〉）

對偶在屈賦中，除上列三種以兩句相對的表現之外，也有以四句為單位，第

一句與第三句相對，第二句與第四句相對的隔句對。隔句對是兩句相對的延長，其在屈賦中的出現，代表著刻意用對的開始，上、下聯以「□□□□□□兮，□□□□□□」句式為主，如：

> 時曖曖其將罷兮，結幽蘭而延佇；
> 世溷濁而不分兮，好蔽美而嫉妒。（〈離騷〉）

> 令薜荔以為理兮，憚舉趾而緣木；
> 因芙蓉而為媒兮，憚褰裳而濡足。（〈九章・思美人〉）

亦有他種句式之隔句對，如：

> 世人皆濁，何不淈其泥而揚其波？
> 眾人皆醉，何不餔其糟而歠其醨？（〈漁父〉）

漢代騷體賦沿用屈賦帶「兮」字的句式，且通篇大多以「□□□□□□兮，□□□□□□」，出句七言、對句六言的句式構成，如司馬相如的〈長門賦〉〔註3〕、班固的〈幽通賦〉〔註4〕、張衡的〈思玄賦〉〔註5〕等篇皆是如此。因此，對偶在騷體賦中，即以這種去掉「兮」字即成為整齊六言的對偶句式為主要的表現形式，其出、對句之第四字多用「而」、「之」等虛詞，如：

> 孔雀集而相存兮，玄猿嘯而長吟。（司馬相如〈長門賦〉）

> 張羅綺之幔帷兮，垂楚組之連綱。（司馬相如〈長門賦〉）

> 道混成而自然兮，術同原而分流。（班固〈幽通賦〉）

> 單治裏而外凋兮，張修襮而內逼。（班固〈幽通賦〉）

> 奮余榮而莫見兮，播余香而莫聞。（張衡〈思玄賦〉）

> 漱飛泉之瀝液兮，咀石菌之流英。（張衡〈思玄賦〉）

不過，這並不代表對偶在騷體賦中只有一種表現形式，同時也有出句末帶「兮」字為五言、六言，對句為四言、五言，甚至更多言者，只不過在數量上，相較於出句七言、對句六言者為少，如：

> 憂喜聚門兮，吉凶同域。（賈誼〈鵩鳥賦〉）〔註6〕

> 東馳土山兮，北揭石瀨。（司馬相如〈哀秦二世賦〉）〔註7〕

〔註3〕 費振剛、胡雙寶、宗明華輯校：《全漢賦》（北京大學出版社，1993 年 4 月），頁 100～101。

〔註4〕 《全漢賦》，頁 344～346。

〔註5〕 《全漢賦》，頁 393～399。

〔註6〕 《全漢賦》，頁 2～3。

天不可預慮兮，道不可預謀。（賈誼〈鵩鳥賦〉）〔註8〕

徐聽其曲度兮，廉察其賦歌。（王褒〈洞簫賦〉）〔註9〕

互折窈窕以右轉兮，橫屬飛泉以正東。（司馬相如〈大人賦〉）〔註10〕

列宿乃施於上榮兮，日月纔經於栜桭。（揚雄〈甘泉賦〉）〔註11〕

駕應龍象輿之蠖略委麗兮，驂赤螭青虯之蚴蟉宛蜒。（司馬相如〈大人賦〉）〔註12〕

「兮」字在出、對句句中者，亦偶可見及，如：

禍兮福所倚，福兮禍所伏。（賈誼〈鵩鳥賦〉）〔註13〕

其生兮若浮，其死兮若休。（賈誼〈鵩鳥賦〉）〔註14〕

粉黛施兮玉質粲，珠簪挺兮緇髮亂。（張衡〈舞賦〉）〔註15〕

隔句對者，如：

飄風迴而起閨兮，舉帷幄之襜襜；

桂樹交而相紛兮，芳酷烈之誾誾。（司馬相如〈長門賦〉）

虞韶美而儀鳳兮，孔忘味於千載；

素文信而底麟兮，漢賓祚于異代。（班固〈幽通賦〉）

持身不謹兮，亡國失勢；

信讒不寤兮，宗廟滅絕。（司馬相如〈哀秦二世賦〉）

對偶在騷賦中的表現，最主要的即爲帶「兮」字的對偶形式，在字數上，雖傾向某些特定字數的句式，但尚未完全固定，其他言數之對偶亦存在；而除了「兮」字與句中虛字的同字相對之外，其他位置亦不避同字，如：「忠不必用兮，賢不必以」，「不必」一詞重複出現，「其生兮若浮，其死兮若休」，「兮」字不算，「其」、「若」皆爲重出，表現出樸質的對偶面貌。

〔註7〕　《全漢賦》，頁89。
〔註8〕　《全漢賦》，頁2～3。
〔註9〕　《全漢賦》，頁143～145。
〔註10〕　《全漢賦》，頁91～92
〔註11〕　《全漢賦》，頁170～173
〔註12〕　《全漢賦》，頁91～92
〔註13〕　《全漢賦》，頁2～3。
〔註14〕　《全漢賦》，頁2～3。
〔註15〕　《全漢賦》，頁478。

○辭　賦

　　辭賦指騷體以外的漢賦，有問答體散文賦與齊言賦兩種。在問答體散文賦中，對偶以三言、四言、五言、六言為主要表現形式，偶有七言者。以司馬相如〈子虛賦〉〔註16〕與班固〈西都賦〉〔註17〕兩篇為主要觀察重心來看，其中三言、四言者甚多：

　　　　張翠帷，建羽蓋。（〈子虛賦〉）

　　　　罔毒冒，釣紫貝。（〈子虛賦〉）

　　　　擊靈鼓，起烽燧。（〈子虛賦〉）

　　　　平原赤，勇士厲。（〈西都賦〉）

　　　　張鳳蓋，建華旗。（〈西都賦〉）

　　　　踰崑崙，越巨海。（〈西都賦〉）

四言者：

　　　　列卒滿澤，罘罔彌山。（〈子虛賦〉）

　　　　下摩蘭蕙，上拂羽蓋。（〈子虛賦〉）

　　　　掩兔轔鹿，射麋格麟。（〈子虛賦〉）

　　　　周以龍興，秦以虎視。（〈西都賦〉）

　　　　奉春建策，留侯演成。（〈西都賦〉）

　　　　節慕原嘗，名亞春陵。（〈西都賦〉）

五、六、七言對偶者，在出、對句中多用「之」、「其」、「乎」、「則」等虛字，如五言者：

　　　　駕馴駮之駟，乘彫玉之輿。（〈子虛賦〉）

　　　　悉境內之士，備車騎之眾。（〈子虛賦〉）

　　　　商洛緣其隈，鄠杜濱其足。（〈西都賦〉）

　　　　體象乎天地，經緯乎陰陽。（〈西都賦〉）

　　　　講論乎六藝，稽合乎同異。（〈西都賦〉）

　　　　佐命則垂統，輔翼則成化。（〈西都賦〉）

〔註16〕《全漢賦》，頁47～50。
〔註17〕《全漢賦》，頁311～316。

六言者：

　　靡魚須之橈旃，曳明月之珠旗。（〈子虛賦〉）

　　左烏號之雕弓，右夏服之勁箭。（〈子虛賦〉）

　　邪與肅慎為鄰，右以湯谷為界。（〈子虛賦〉）

　　仰悟東井之精，俯協河圖之靈。（〈西都賦〉）

　　遊士擬於公侯，列肆侈於姬姜。（〈西都賦〉）

　　據神靈之正位，倣太紫之圓方。（〈西都賦〉）

七言者，尚不多見，兩篇中唯有西都賦中一例，其他篇中亦有一二例，如：

　　經駘盪而出馺娑，洞亦詣以與天梁。（〈西都賦〉）

　　青龍蚴流於東箱，象輿婉僤於西清。（司馬相如〈上林賦〉）〔註18〕

　　富既其地乎侔訾，貴正與天乎比崇。（揚雄〈羽獵賦〉）〔註19〕

問答體散文賦中的隔句對表現，在字數上並不固定，隨文勢而短長，頗為自由，如：

　　交錯糾紛，上干青雲；

　　罷池陂阤，下屬江河。（〈子虛賦〉）

　　有而言之，是章君之惡也；

　　無而言之，是害下之信也。（〈子虛賦〉）

　　白麟赤鴈芝房寶鼎之歌，薦於郊廟；

　　神雀五鳳甘露黃龍之瑞，以為年紀。（〈西都賦〉）

　　左據函谷二崤之阻，表以太華終南之山；

　　右界褒斜隴首之險，帶以洪河涇渭之川。（〈西都賦〉）

　　華實之毛，則九州之上腴焉；

　　防禦之阻，則天地之奧區焉。（〈西都賦〉）

　　齊言賦的句式，通篇以四言、六言為主，如孔臧的〈楊柳賦〉〔註20〕全篇為四言，張衡的〈歸田賦〉〔註21〕中四言、六言各佔一半，朱穆的〈鬱金

〔註18〕《全漢賦》，頁62～68。

〔註19〕《全漢賦》，頁186～190。

〔註20〕《全漢賦》，頁118。

〔註21〕《全漢賦》，頁468。

賦〉〔註22〕亦以四言、六言構成，而六言佔多數，因此，對偶在齊言賦中所
表現的形式也以四言、六言居多，如四言者：

> 伐之原野，樹之中塘。（〈楊柳賦〉）
>
> 西奄梓園，東覆果林。（〈楊柳賦〉）
>
> 原隰鬱茂，百草滋榮。（〈歸田賦〉）
>
> 龍吟方澤，虎嘯山丘。（〈歸田賦〉）
>
> 赫乎扈扈，葼兮猗猗。（〈鬱金賦〉）
>
> 上灼朝日，下映蘭池。（〈鬱金賦〉）

六言者：

> 落雲閒之逸禽，懸淵沈之鯊鰡。（〈歸田賦〉）
>
> 彈五弦之妙指，詠周孔之圖書。（〈歸田賦〉）
>
> 比光榮於秋菊，齊英茂乎春松。（〈鬱金賦〉）
>
> 增妙容之美麗，發朱顏之熒熒。（〈鬱金賦〉）

在其他齊言賦中，偶見三言、五言對偶，但為數極少，如崔寔〈大赦賦〉〔註23〕
中三言、五言對偶各僅一聯：「披玄雲，照景星」、「創太平之跡，旌頌聲之期」；
趙壹〈迅風賦〉〔註24〕中一聯五言對偶：「搏之不可得，繫之不可留」。

齊言賦中的隔句對，大體以「四四」隔對與「六六」隔對為主，亦有其
他言數之隔句對，如：

> 澎濞慷慨，一何壯士；
>
> 優柔溫潤，又似君子。（王褒〈洞簫賦〉）
>
> 感蔡子之慷慨，從唐生以決疑；
>
> 諒天道之微昧，追漁父以同嬉。（〈歸田賦〉）
>
> 遠而望之，燦若羅星出雲垂；
>
> 近而觀之，曄若丹桂曜湘涯。（〈鬱金賦〉）

總體而言，騷賦與古賦中的對偶，均屬於意義相對的「古對」，而其句式
多樣，且有漸避同字的趨勢。

〔註22〕《全漢賦》，頁522。
〔註23〕《全漢賦》，頁523。
〔註24〕《全漢賦》，頁557。

○騈　賦

　　騈賦是由古賦發展而來的，主要指六朝時期的賦作。騈賦之所以稱騈，即其基本特徵就是累用對偶、講究對偶，永明聲律說提出之後，對於聲律更加考究。孫梅《四六叢話》賦三敘云：「左陸以下，漸趨整鍊，齊梁而降，益事研華。古賦一變而爲騈賦。江鮑虎步於前，徐庾鴻騫於後，繡錯綺交，固非古音之洋洋，亦未如律體之靡靡也。」李調元《賦話》卷一亦云：「永明天監之際，吳均沈約諸人，音節諧和，屬對精密，而古意漸遠。」說明齊梁之後，騈賦一變古賦的舒暢，而漸重聲律，然尙未如律賦之要求嚴格。

　　對偶在騈賦中的表現，魏晉時期與南北朝略有不同，魏晉騈賦的對偶，只求字面、字義的相對工整，南北朝騈賦的對偶，則受到聲律說以及騈文的影響，偏重在四言、六言的對偶句式，並進而開始講究平仄相對，謀求聲調的諧和。以南北朝騈賦爲例，其兩句相對，以四言句式者，如：

　　　　綠苔生閣，芳塵凝榭。（謝莊〈月賦〉）

　　　　蔓草縈骨，拱木斂魂。（江淹〈恨賦〉）

　　　　閨中風暖，陌上草薰。（江淹〈別賦〉）

六言者：

　　　　南馳蒼梧漲海，北走紫塞鴈門。（鮑照〈蕪城賦〉）

　　　　引丘兔於帝臺，集素娥於后庭。（謝莊〈月賦〉）

　　　　蕩子之別十年，倡婦之居自憐。（梁元帝〈蕩婦秋思賦〉）

亦有五、七言對偶，如五言者：

　　　　蓮花亂臉色，荷葉雜衣香。（梁元帝〈採蓮賦〉）

　　　　綠珠捧琴至，文君送酒來。（庾信〈春賦〉）

　　　　敧側八九丈，縱橫數十步。（庾信〈小園賦〉）

七言者：

　　　　春日遲遲猶可至，客子行行終不歸。（梁元帝〈蕩婦秋思賦〉）

　　　　春宮閟此青苔色，秋帳含茲明月光。（江淹〈別賦〉）

　　　　蓮帳寒檠窗拂曙，筠籠熏火香盈絮。（庾信〈對燭賦〉）

這種五、七言對偶，不用虛詞，與近體詩中的對偶已幾乎完全一樣。此外，亦偶見帶「兮」字對偶：

　　　　天與水兮相逼，山與雲兮共色。（梁元帝〈蕩婦秋思賦〉）

值秋雁兮飛日，當白露兮下時。（江淹〈別賦〉）

諒天造兮昧昧，嗟生民兮渾渾。（庾信〈小園賦〉）

其中的隔句對，則不盡然皆為四六隔對，亦有其他言數組合者，不過，均以四言為主，加上四、五、六、七言構成，有四四隔對：

煙交霧凝，若無毛質；

風去雨還，不可談悉。（鮑照〈舞鶴賦〉）

箭不苟害，解脰陷腦；

弓不虛發，應聲而倒。（江淹〈橫吹賦〉）

四五隔對：

蕩洲礙岸，而千里若崩；

衝崖沃島，其萬國如戰。（張融〈海賦〉）

管寧藜床，雖穿而可坐；

嵇康鍛灶，既暖而堪眠。（庾信〈小園賦〉）

四六隔對

亭梧百尺，皆歷地而生枝；

階筠萬丈，或至杪而無葉。（吳均〈吳城賦〉）

掌庾承周，以世功而為族；

經邦佐漢，用論道而當官。（庾信〈哀江南賦〉）

四七隔對

躍林飛岫，煥若輕電溢煙門；

集場棲圃，曄若夭桃被玉園。（謝莊〈赤鸚鵡賦〉）

一枝之上，巢父得安巢之所；

一壺之中，壺公有容身之地。（庾信〈小園賦〉）

駢賦中的對偶，除了趨向四言、六言之外，由於永明聲律說的提出，在聲調上已出現講究平仄相對的對偶。然而，因為聲律說的聲調安排仍在嘗試階段，所以在一篇之中，除意義相對外，也日益注意講求平仄相對的對偶。以梁元帝〈采蓮賦〉一篇為例，其中如：

紫莖兮文波，紅蓮兮芰荷。
　平　　平　平　　平

恐沾裳而淺笑，畏傾船而斂裙。
　平　　仄　　平　　平

夏始春餘，葉嫩花初。
　仄　平　　仄　平

菊澤未反，梧台迥見。
　仄　仄　　平　仄

這些對偶在意義、詞性與文字上都相當工整精緻，但在聲調安排上，尚未見出有任何明顯的規律，因此，都屬於意義相對的「古對」。不過，也有平仄相對的對偶，如：

綠房兮翠蓋，素實兮黃螺。
　平　　仄　　仄　平

棹將移而藻挂，船欲動而萍開。
仄　平　　仄　平　仄　平

水濺蘭橈，蘆侵羅薦。
仄　平　　平　仄

荇濕沾衫，菱長繞釧。
仄　平　　平　仄

這些對偶，出、對句之間末字平仄相對，句中相同位置節奏點的平仄亦平仄相對，甚至本句中之平仄也符合平仄相對，儼然類似後世的「律對」。但是，駢賦中講究聲調的對偶，其平仄規律並非都如上所舉例那樣嚴格，大致上，多以出、對句之間句末字與句中相同位置節奏點的平仄相對為主，本句中的平仄，則尚未有明確的規範，如：

驚駟馬之仰秣，聳淵魚之赤鱗。（江淹〈別賦〉）
平　仄　　仄　仄　平　平

一寸二寸之魚，三竿兩竿之竹。（庾信〈小園賦〉）
　仄　仄　平　　平　平　仄

眉將柳而爭綠，面共桃而競紅。（庾信〈春賦〉）
平　仄　　仄　仄　平　平

這種出、對句之間平仄相對之對偶的出現，顯示對偶在賦體中，已由只著重意義的相對逐漸趨向兼顧意義與聲調的相對，這是由「古對」走向「律對」的過渡時期，雖去「古」漸遠，但又並未完全「律」化。駢賦裏所謂的「律

對」，其平仄不像近體詩一般有嚴格而固定的平仄規範，往往要求較爲寬鬆，且其出現的機率尙非多數，但可見作家講求平仄相對的意圖。

這時對偶雖也漸漸注意到聲音相對，但還不能稱爲「律對」。必待「律詩」出現之後，才可稱爲「律對」。

○律　賦

律賦是適應唐宋科舉考試而產生的一種賦體。明徐師曾文體明辨云：「至於律賦，其變愈下。始於沈約四聲八病之拘，中於徐庾隔句作對之陋，終於隋唐宋取士限韻之制。但以聲律諧協，對偶精切爲工，而情與辭皆弗論。」可知律賦的特色在於，保持了駢賦之音律諧協，對偶精切之外，又多了限韻的規定。

律賦之所以稱「律」，就是在寫作上必須依照一定的規「律」。這個規定包含聲律、對偶與用韻三方面。事實上，律賦與駢賦的性質是一樣的，只不過，律賦因應科舉考試的關係，有限韻的要求，而駢賦則無此限制。因此，對偶在律賦中的表現，與在駢賦中的表現頗爲類似，以兩句相對的四言句與六言句爲主，偶有三、五、七言者。此外，由於科舉考試的要求，律賦中的對偶，較駢賦中之對偶，更突出表現在講究聲律的一面，如：

> 文成日月，影滅霜空。（李昂〈旗賦〉）
> 　平　仄　　仄　平
>
> 德動天鑒，祥開日華。（李程〈日五色賦〉）
> 　仄　仄　　平　平
>
> 墜露成文，休祥有證。（王起〈五色露賦〉）
> 　仄　平　　平　仄
>
> 將振耀其五色，俟簫韶之九成。（王勃〈寒梧棲鳳賦〉）
> 平　仄　　仄　仄　平　　平
>
> 對岌岌之臺殿，間悠悠之旆旌。（李昂〈旗賦〉）
> 仄　仄　　仄　平　平　　平
>
> 守三光而效祉，彰五色而可嘉。（李程〈日五色賦〉）
> 仄　平　　仄　平　仄　　平

其聲律著重在兩句之間相同位置節奏點的平仄相對。

原則上，在律賦中出現講究平仄相對的對偶，已可視之爲「律對」，因爲，這是在律賦格律要求下的結果。駢賦中固然也有類似平仄相對的對偶，但那是在聲律安排嘗試階段中的可能組合之一，尙未成爲固定規範。而律賦中的

對偶，在近體詩聲律完成以及科舉考試的雙重影響下，其聲律已經有明確的規範，只不過，律賦的「律對」，不似近體詩的「律對」那麼嚴格。

　　對偶在律賦中另外一個突出的表現，是隔句對的使用。在賦體中，偶爾出現隔句對，是很自然的，但並非篇篇使用隔句對，然而在律賦裡，則必定會出現隔句對，而且不僅止一、兩組，如鄭錫的〈日中有王字賦〉〔註25〕中，即有四組隔句對：

> ⎧ 三陽並列，契乾體以成三；
> ⎩ 一氣貫中，表聖人之得一。

> ⎧ 曜靈啓瑞，明被於有截；
> ⎩ 垂光燭地，運行而無窮。

> ⎧ 沒於地，我則取誠於明夷；
> ⎩ 登乎天，我則呈形於大有。

> ⎧ 其初見也，昭昭彰彰，流晶曜芒，若神龍負圖兮，呈八卦於羲皇；
> ⎩ 其少登也，發色騰光，乍見乍藏，狀靈龜銜書兮，錫九疇於夏王。

此四組隔句對句式都不一樣，有一般認爲多見於律賦的四六隔對，亦有四五、三七隔對，更有長偶對。又如崔恒的〈五色土賦〉〔註26〕中則有七組隔句對：

> ⎧ 其色也，辨五方以建侯；
> ⎩ 其德也，發萬物以生植。

> ⎧ 采大漢強幹之宜，裂地以爵；
> ⎩ 法有周維城之制，分土而王。

> ⎧ 平野烟銷，發卿雲之瑞彩；
> ⎩ 高天雨霽，浮麗日之重光。

> ⎧ 眾色環封，所以示外共其方職；
> ⎩ 正色居上，所以表內附於中黃。

> ⎧ 既明既麗，可以比乎天文；
> ⎩ 不騫不崩，所以保乎陰隲。

> ⎧ 珪璋玉帛，莫不因我而執；
> ⎩ 公侯伯子，莫不因我而建。

〔註25〕《文苑英華》（《文淵閣四庫全書》本，第1333冊）卷二，頁1333-12。
〔註26〕《文苑英華》卷二十五，頁1333-254。

〔　其色也，匪同五星而乍連乍散；
〔　其質也，各表一方而嶽立山峙。

其中四六隔對三組，另有三六、七四、四八以及三九隔對各一組。顯示出隔句對在律賦中的使用，已經是硬性規定，不僅要用，而且多用，以表現作者的才學與能力。從唐人佚名的《賦譜》〔註27〕中所列各種賦句，提到「隔句」，並加以區分為六體（「輕隔」、「重隔」、「疏隔」、「密隔」、「平隔」、「雜隔」），也可反映出隔句對在律賦中的重要程度。其句式也有相當的變化，不僅限於四六、六四隔對。

中唐以後，律賦中的隔句對，在篇幅上則有所擴大，從原本四句一聯延長為六句、八句，甚至八句以上的長偶對。如：

彼冰也，非無自然之色，我取映月而增潔；
此月也，非無自然之光，我取籠冰而加澈。
（林藻〈冰池照寒月賦〉）〔註28〕

景星之瑞也，曷與為雙，俾具瞻於萬邦。
景星之德也，配乎悠久，粲熒煌於九有。
（夏方慶〈天晴景星見賦〉）〔註29〕

垂其仁，有其實，樂因之祖述；
究其形，實其質，聲因之洞出。（呂溫〈樂出虛賦〉）〔註30〕

俯仰迴旋，乍離乍聯。輕風颯然，杳兮若俯虹霓而觀列仙。
飄颻遷延，或卻或前。清宮肅然，儼兮若披雲霧而睹青天。
（張復元〈太清宮觀紫極舞賦〉）〔註31〕

有台有宮，胡為乎途中。所以闈於聖聰，使無不通。
爰樹爰揭，豈惟乎人悅。所以尊彼儁傑，使皆就列。
（李逢吉〈進善旌賦〉）〔註32〕

〔註27〕見唐佚名：《賦譜》，收錄於張伯偉《全唐五代詩格校考》一書中「附錄三」，頁531～547。

〔註28〕〔清〕董誥等編：《全唐文》（《全唐文》光碟版，北京：北京圖學文化傳播公司，商務印書館出版，2006年），卷546。以「寒淨光潔瑩心目」為韻。

〔註29〕《全唐文》，卷615。以「有道之邦，德星昭見」為韻。

〔註30〕《全唐文》，卷625。以「聲從響際，出自虛中」為韻。

〔註31〕《全唐文》，卷594。以「大樂與天地同和」為韻。

〔註32〕《全唐文》，卷616。以「設之通衢，俾人進善」為韻。

其隱也，則雜昏昏、淪浩浩。晦英姿兮自保。和光同塵兮合於至道。
其遇也，則散奕奕、動融融。煥美質兮其中。明道若昧兮契彼玄同。
（柳宗元〈披沙揀金賦〉）〔註33〕

至若習於所是，則孟母之訓子。其居也，初闖闈之是鄰，遂賈鬻而
無恥。及夫又徙於學，徒示以墳史。卒能振文行以標名，鬱古今而
播美。豈不以性相近，而習之至矣；

又若效之而非，則壽陵之從師。其故也，等善行之無轍，見大道之
甚夷。及夫邯鄲之學，匍匐於茲。既所能之未盡，終故步而莫追。
豈不以習相遠，而性亦失之。（鄭俞〈性習相近遠賦〉）〔註34〕

至若樂在朝廷，君臣葉義。一發而陽唱陰和，九變而雲行雨施。上
以見爲君之難，下以知爲臣之不易。有國者理心以此，必獲儀鳳之
嘉瑞；

若乃樂在閨闈，父子靜專。蓋取諸無荒而樂，有節而宣。和以嚴濟，
愛由敬全。有家者理心以此，必返天性於自然。
（呂溫〈樂理心賦〉）〔註35〕

最後兩例，其篇幅之長，以及文句的散文化傾向，與後世四書文中的「股對」
沒有什麼兩樣。

○文　賦

　　文賦是受到唐宋古文運動影響而產生的一種「純然以散文形式雜有韻
語，而無限韻、對偶規格之賦體」〔註36〕。其特點在於擺脫了騈賦、律賦在
對偶、用韻的限制與束縛，句式參差錯落，用韻與對偶也比較自由，在語言
風格上，運用散文流動的氣勢，而接近於古文，也就是趨向於散文化。日人
鈴木虎雄即以「於偶語而有單行之勢」一語，指出文賦「在於氣勢流動一貫，
有散文之風」〔註37〕。

　　因此，對偶在文賦中出現的頻率，遠低於騈賦、律賦累用對偶下的繁密，

〔註33〕《全唐文》，卷569。以「求寶之道，同乎選才」爲韻。
〔註34〕《全唐文》，卷594。以「君子之所慎焉」爲韻。
〔註35〕《全唐文》，卷625。以「易直子諒，油然而生」爲韻。
〔註36〕李曰剛著：《辭賦流變史》（台北：文津出版社，1987年），頁205。
〔註37〕鈴木虎雄著、殷石臞譯：《賦史大要》（台北：地平線出版社，1975年），頁260。

如歐陽修〈秋聲賦〉中，對偶僅有八聯，如下：

> 初淅瀝以蕭颯，忽奔騰而砰湃。
> 　仄　　仄　　　平　　仄
>
> 波濤夜驚，風雨驟至。
> 平　平　　仄　仄
>
> 豐草綠縟而爭茂，佳木葱籠而可悅。
> 仄　仄　　仄　　仄　平　　仄
>
> 草拂之而色變，木遭之而葉脫。
> 　仄　　　仄　　平　　　仄
>
> 商、傷也，物既老而悲傷；夷、戮也，物過盛而當殺。
> 　平　　　　仄　平　仄　　　　　仄　　仄　仄
>
> 百憂感其心，萬事勞其形。
> 平仄　平　　仄平　平
>
> 思其力之所不及，憂其智之所不能。
> 　仄　　仄　　仄　　　平
>
> 渥然丹者爲槁木，黝然墨者爲星星。
> 　平　　仄　　仄　　平

對偶的文字表現也呈現流走的、散文化的傾向，如「商、傷也，物既老而悲傷；夷、戮也，物過盛而當殺」、「思其力之所不及，憂其智之所不能」。且唯有「波濤夜驚，風雨驟至」、「渥然丹者爲槁木，黝然墨者爲星星」兩聯平仄相對，其他各聯均未調平仄，不求工於聲律的企圖，甚爲明顯。蘇軾的前後赤壁賦中，合於平仄相對的對偶，也只有一聯「耳得之而爲聲，目遇之而成色」。對偶在文賦中的表現，似乎又回歸到漢代之前僅求意義相對的「古對」，不過，漢代以前，由於聲律說尚未出現，對偶的聲調是近乎於自然的諧和，然而文賦中的「古對」，卻是在聲律已然成熟之後，刻意在賦體中經營出不同於「律對」規範的對偶，與早期的「古對」是不盡然相同的。

　　從賦體的發展過程看來，對偶一直是其文體構成的主要形式條件，探究其因，最早在騷賦中，或許是延續屈賦特徵，基於一種習慣性的使用，但是，到了漢代，賦家們爲了達到鋪張華麗、宏篇巨制的目的，使用對偶、排比成爲最有效便捷的途逕，學者朱光潛就說：

> 賦側重橫斷面的描寫，要把空間中紛陳對峙的事物情態都和盤托

出，所以最容易走上排偶的路。〔註38〕

到了魏晉南北朝，賦的篇幅縮小了，而對偶在賦中的地位並未因此而有所消減，反而是更加受到重視。清人孫梅的《四六叢話》卷四即云：

> 兩漢以來，斯道為盛，承學之士，專精於此，賦一物則究此物之情狀，論一都則包一朝之沿革，輾翰傳頌，勒成一子。藩涵安筆硯，夢寐剔腸胃；一日而高紙價，居然而驗士風，不洵可貴歟！左、陸以下，漸趨整鍊；齊、梁而降，益事妍華，古賦一變而為駢賦。江、鮑虎步於前，金聲玉潤；徐、庾鴻騫於後，繡錯綺交，固非古音之洋洋，亦未如律體之靡也。〔註39〕

清人李調元《賦話》卷一也云：

> 揚、馬之賦，語皆單行，班、張則間有儷句，如「周以龍興，秦以虎視」、「聲與風遊，澤從雲翔」等語是也。下逮魏晉，不失厥初，鮑照、江淹，權輿已肇。永明、天監之際，吳均、沈約諸人，音節諧和，屬對密切，而古意漸遠矣。〔註40〕

其中「漸趨整鍊」、「益事妍華」、「屬對密切」等語在在說明對偶已在賦體寫作上儼然佔有一席之地，這當然於此時文學崇尚「麗」，講究形式主義的風氣離不開關係，文士們刻意運用對偶以達到美的效果，使得對偶成為駢賦最主要的特徵之一。

從駢賦到律賦，對偶在賦體中的地位益形穩固，尤其在科舉考試試律賦的背景下，對偶成為律賦寫作的必要條件之一。縱使之後的文賦，不受限於對偶、聲律，但文人創作文賦時，仍然必定會運用到對偶。可以見得，對偶在賦體發展的過程中，已從修辭技巧衍變為文體構成要件，扮演著極為特殊而重要的角色。

二、對偶在「連珠」中的運用

「連珠」是漢代出現的一種特殊文體，其篇幅短小，往往只有幾句。梁劉勰在《文心雕龍・雜文》一文中即言：

〔註38〕 朱光潛：〈中國詩何以走上「律」的路〉（朱光潛：《詩論》，台北：萬卷樓圖書公司，），頁247。

〔註39〕 〔清〕孫梅：《四六叢話》（上海：上海古籍出版社），頁61。

〔註40〕 〔清〕李調元：《賦話》（台北：廣文書局），頁8。

> 揚雄覃思文閣，業深綜述，碎文瑣語，肇爲「連珠」。其辭雖小而明
> 潤。……自「連珠」以下，擬者間出。……唯士衡運思，理新文敏，
> 而裁章置句，廣於舊篇，豈慕朱仲四寸之璫乎！夫文小易周，思閑
> 可贍。足使義明而詞淨，事圓而音澤。磊磊自轉，可稱珠耳。〔註41〕

在此劉勰指出揚雄是第一個創作「連珠」的人，並對陸機的〈演連珠〉給予
極高的評價，不過，卻未說明「連珠」的具體特徵。梁昭明太子《文選》卷
五十五「連珠」下引晉傅玄〈敍連珠〉云：

> 所謂「連珠」者，……其文體辭麗而言約，不指說事情，必假喻以
> 達其旨，而賢者微悟，合於古詩勸興之義。欲使歷歷如貫珠，易看
> 而可悅，故謂之「連珠」也。〔註42〕

指出「連珠」的文體特徵在於「辭麗」與「言約」：「言約」指精鍊的語言，
而「辭麗」是富麗的辭采，即以「麗」爲主的文體表現。就其所謂「不指說
事情，必假喻以達其旨」的表現手法及「合於古詩勸興之義」的創作目的來
看，「連珠」與漢賦極爲相似，因爲漢代問答體散文賦的寫作皆以諷諫爲宗旨。
但是，「連珠」既無賦的鋪排、誇飾，在篇幅上，亦不似漢賦長篇大論，其體
式短小，往往三言兩語就已表達出作者創作的目的。學者王令樾即言：

> 連珠在文體上，屬於獨特之一種，既非詩賦，亦非論著文章，乃是
> 介於二者之間者，是詞賦之支流，且爲四六文之濫觴，此一文體特
> 被稱爲連珠體。〔註43〕

「既非詩賦，亦非論著文章」的獨特文體，確爲「連珠」下一公允的註解，
他並指出「連珠」的特點在於：

> 文體短小，用邏輯法推演闡述，通首含許多命題，終結爲論斷。其
> 申明事理，十分精妙，且詞語甚美，又多警策之句。全首對偶工整，
> 各句長短不齊，變化極多，並叶以聲韻，雙聲疊韻處頗多，更增聲
> 調之美。〔註44〕

「全首對偶工整」可見對偶是「連珠」文體構成外在形式上的要件。

〔註41〕見〔梁〕劉勰撰，周振甫著：《文心雕龍今釋》（北京：中華書局，2005 年 6
月），頁 124～128。
〔註42〕見《文選》（上海古籍出版社，1994 年）第六冊，頁 2383。
〔註43〕王令樾：《歷代連珠評釋》（台北：學海出版社，1979 年），頁 1。
〔註44〕同上註，頁 3。

以最早的揚雄兩首〈連珠〉〔註45〕來看，其一為：

> 臣聞：明君取士，貴拔眾之所遺；忠臣薦善，不廢格之所排。是以
> 岩穴無隱，而側陋章顯也。

其二為：

> 臣聞：天下有三樂，有三憂焉。陰陽和調，四時不忒，年穀豐遂，
> 無有夭折，災害不生，兵戎不作，天下之樂也。聖明在上，
> 祿不遺賢，罰不偏罪，君子小人，各處其位，眾臣之樂也。
> 吏不苛暴，役賦不重，財力不傷，安土樂業，民之樂也。亂
> 則反焉，故有三憂。

兩首都運用對偶，第一首中的「明君取士，貴拔眾之所遺；忠臣薦善，不廢格之所排」是隔句對；第二首有三組對偶：「災害不生，兵戎不作」、「祿不遺賢，罰不偏罪」、「役賦不重，財力不傷」，可見從揚雄開始，對偶即已是「連珠」這種文體具備的特徵。

在揚雄之後，班固的〈擬連珠〉五首〔註46〕，對偶成為「連珠」的主要結構：

> 臣聞：公輸愛其斧，故能妙其巧；明主貴其士，故能成其治。
> 臣聞：良匠度其材而成大廈，明主器其士而建功業。
> 臣聞：聽決價而資玉者，無楚和之名；因近習而取士者，無伯玉之
> 功。故璵璠之為寶，非駔儈之術；伊尹之為佐，非左右之舊。
> 臣聞：鸞鳳養六翮以凌雲，帝王乘英雄以濟民。易曰：鴻漸于陸，
> 其羽可用為儀。
> 臣聞：馬伏皂而不用，則駑與良而為群；士齊僚而不職，則賢與愚
> 而不分。

第一、第二和第五首，除了「臣聞」二字之外，就是對偶句，而第三首以兩組隔句對構成，只有第四首，後有散句。五首中，篇篇有對偶，甚至對偶成為唯一的結構形式，對偶理所當然成為「連珠」的必要條件。

在班固這五首〈連珠〉中，對偶的表現多為隔句對，總計有四組：

> ⎧ 公輸愛其斧，故能妙其巧；
> ⎨
> ⎩ 明主貴其士，故能成其治。

〔註45〕揚雄：《揚侍郎集》（《漢魏百三名家集》本，第一冊），頁 350～351。
〔註46〕班固：《班蘭臺集》（《漢魏百三名家集》本，第一冊），頁 457。

> 聽決價而資玉者，無楚和之名；
> 因近習而取士者，無伯玉之功。

> 璵璠之為寶，非駔儈之術；
> 伊尹之為佐，非左右之舊。

> 馬伏皁而不用，則駑與良而為群；
> 士齊僚而不職，則賢與愚而不分。

兩句相對者，有兩組：

> 良匠度其材而成大廈，
> 明主器其士而建功業。

> 鸞鳳養六翮以凌雲，
> 帝王乘英雄以濟民。

這些對偶，有「五五」隔對、「七五」隔對、「六七」隔對、八言對偶、九言對偶，六組對偶有五種不同的字數組合，顯示對偶的句式表現尚未固定。

到了晉朝陸機的〈演連珠〉五十首〔註 47〕，以「臣聞」二字開頭，每首由兩組或三組對偶組成，組與組之間，用「是以」、「故」、「是故」、「何則」等詞連接。其句式大多以四言、六言為主，偶或間有三、五、七、八言。

對偶的表現，尤其以隔句對為最主要的形式，首首都有隔句對，其中「四四」隔對、「四六」隔對佔絕大多數，「四五」隔對、「四七」隔對、「三六」隔對偶可見及；兩句相對的對偶有五言、六言、七言，相較於隔句對，則是少數。茲舉下列五首，為例：

> 臣聞：髦俊之材，世所稀乏；丘園之秀，因時則揚。是以大人基命，
> 不擢才於後土；明主聿興，不隆佐於昊蒼。(〈演連珠〉之三)

> 臣聞：應物有方，居難則易；藏器在身，所乏者時。是以充堂之芳，
> 非幽蘭所難；繞梁之音，實縈絃所思。(〈演連珠〉之十)

> 臣聞：出乎身者，非假物所隆；牽乎時者，非克己所勖。是以利盡萬
> 物，不能叡童昏之心；德表生民，不能就棲遑之辱。(〈演連珠〉
> 之二十八)

> 臣聞：遯世之士，非受飽瓜之性；幽居之女，非無懷春之情。是以
> 名勝欲，則偶影之操矜；窮愈達，故凌霄之節厲。(〈演連珠〉

〔註47〕陸機：《陸平原集》(《漢魏百三名家集》本，第三冊)，頁 1909～1916。

之三十一）

臣聞：煙出於火，非火之和；情生於性，非性之適。故火壯則煙微，
性充則情約。是以殷墟有感物之悲，周京無佇立之跡。（〈演
連珠〉之四十二）

其中，「四四」隔對者三組：

髦俊之材，世所稀乏；
　仄　平　　仄　仄

丘園之秀，因時則揚。（〈演連珠〉之三）
　平　仄　　平　平

應物有方，居難則易；
　仄　平　　平　仄

藏器在身，所乏者時。（〈演連珠〉之十）
　仄　平　　仄　平

煙出於火，非火之和；
　仄　仄　　仄　平

情生於性，非性之適。（〈演連珠〉之四十二）
　平　仄　　仄　仄

「四六」隔對者兩組：

大人基命，不擢才於後土；
　平　仄　　平　　仄

明主聿興，不隆佐於昊蒼。（〈演連珠〉之三）
　仄　平　　仄　　平

遁世之士，非受匏瓜之性；
　仄　仄　　仄　平　仄

幽居之女，非無懷春之情。（〈演連珠〉之三十一）
　平　仄　　平　平　平

「四五」隔對者二組：

充堂之芳，非幽蘭所難；
　平　平　　平　平

繞梁之音，實縈絃所思。（〈演連珠〉之十）
　平　平　　平　平

出乎身者，非假物所隆；
　仄　　平　　　　　仄　平

牽乎時者，非克己所勗。（〈演連珠〉之二十八）
　平　　平　　　　　仄　　仄

「四七」隔對者：

利盡萬物，不能戜童昏之心；
　仄　仄　　　　　平　　平

德表生民，不能就棲遑之辱。（〈演連珠〉之二十八）
　仄　平　　　　　平　仄

「三六」隔對者：

名勝欲，則偶影之操秒；
　仄　　　仄　　平

窮愈達，故凌霄之節屬。（〈演連珠〉之三十一）
　平　　　平　　仄

兩句相對對偶者，五、七言各一組：

火壯則煙微，
　仄　平平

性充則情約。（〈演連珠〉之四十二）
　平　平仄

殷墟有感物之悲，
　平　　仄平

周京無佇立之跡。（〈演連珠〉之四十二）
　平　　仄平

以上五首〈演連珠〉中共計有十一組對偶，其中隔句對九組，兩句相對者僅兩組。而這些對偶僅表現在意義與句法上相對，至於平仄聲調，或可見二例符合平仄相對，但整體來看，則尚未見有任何規律。

　　對偶在「連珠」中，主要表現在成為文體的結構，以及使用隔句對。除了「臣聞」、「是以」、「故」等詞之外，連續出現的對偶成為「連珠」的形式特徵，所謂「歷歷如貫珠」，即是指此連續對偶的形式，如串珠連貫，而「連珠」中隔句對的運用，則逐漸有集中於「四四」隔對、「四六」隔對的趨向，這或許是學者王令樾所謂「四六文之濫觴」的依據。

三、對偶在駢文中的運用

　　駢文必須對偶，沒有對偶則不足以稱駢文，而且還必須大量使用對偶，甚至通篇以對偶做爲文體的主要結構。我們可以說，對偶是駢文的靈魂，也是構成駢文的首要條件。

　　駢文是受到辭賦大量使用對偶的影響而逐漸形成的文體，六朝末期以後，駢文在形式上已完全成熟，並達到全盛時期，四言、六言句式成爲駢文句式的主要基調，《文心雕龍·章句》中所謂「四字密而不促，六字格而非緩，或變之以三五，蓋應機之權節也」即是從理論上肯定四言、六言句式在駢文中的地位，並指出駢文中其它言數的句式，如三言、五言者，都是由四言、六言句式「應機」而生的。此外，永明聲律說的興起，雖然是針對詩歌，但也同樣影響到駢文，促使駢文講究聲韻的諧和，不過，此時聲律安排仍屬實驗階段，尚未有固定的規律。因此，對偶在六朝駢文中的表現，集中在語句上的四言、六言的句式，越到後期，平仄相對的聲律則越趨於穩定。以謝朓的〈拜中軍記室辭隨王牋〉〔註48〕爲例，全篇十七聯對偶：四言對偶十二聯、「四四」隔對三組、「四六」隔對兩組。四言者如：

　　　　服義徒擁，歸志莫從。
　　　　　仄　　仄　　仄　平

　　　　邈若墜雨，翩似秋蔕。
　　　　　仄　　仄　平　　仄

　　　　捨末埸圃，奉筆兔園。
　　　　　仄　　仄　　仄　平

「四四」隔對者：

　　　　皐壤搖落，對之惆悵；
　　　　　仄　　仄　平　　仄

　　　　岐路西東，或以鳴邑。
　　　　　仄　平　　仄　　仄

　　　　沐髮晞陽，未測涯涘；
　　　　　仄　平　　仄　　仄

　　　　撫臆論報，早誓肌骨。
　　　　　仄　　仄　　仄　仄

〔註48〕〔清〕許槤：《六朝文絜》（北京：華夏出版社，1999 年 7 月），頁 130。

滄溟未運，波臣自蕩；
　平　仄　　平　仄

渤澥方春，旅翮先謝。
　仄平　　仄仄

「四六」隔對者：

潢汙之水，願朝宗而每竭；
　平仄　　平　　仄

駑蹇之乘，希沃若而中疲。
　仄仄　　仄　　平

清江可望，候歸艎于春渚；
　平仄　　平　　仄

朱邸方開，效蓬心于秋實。
　仄平　　平　　仄

四、六言的對偶句式已為本篇駢文的形式主軸，而在聲律上絕大多數尚無規律可言，符合平仄相對者，只有五聯：

天地休明，山川受納。
　仄平　　平仄

東亂三江，西浮七澤。
　仄平　　平仄

契潤戎旃，從容讌語。
　仄平　　平仄

榮立府廷，恩加顏色。
　仄平　　平仄

輕舟反溯，弔影獨留。
　平仄　　仄平

這五聯合於平仄相對的對偶都是四言、兩句的形式，其平仄點在每句的第二與第四字。在一定程度上，四言句式較其他言數的對偶，或隔句對的句式來得容易造成聲調上的平仄相對，因為只需考慮其出句第二、四字與對句第二、四字等四個位置的平仄關係，出現平仄相對的機率是四分之一，而其他言數對偶，或隔句對，則需考慮六個位置，甚至八個位置以上的平仄關係，出現平仄相對的機率，相對於四言對偶低許多。就本篇對偶出現的數量，與合於

平仄相對的對偶比例，為十七分之五來看，與四言對偶出現平仄相對的機率接近，可見其中偶然合律的成份大於刻意的人為安排，原則上，仍屬於自然的唇吻調利。

　　聲律說出現之後，駢文中的對偶則逐漸考究平仄的相對，以庾信的〈謝趙王賚白羅袍袴啓〉〔註49〕為例觀察，全篇由對偶句組成：

　　程據上表，空論雉頭；
　　　仄　仄　　仄　平

　　王恭入雪，虛稱鶴氅。　　　　　　　　……（1）
　　　平　仄　　平　仄

　　未有懸機巧綜，
　　　　　平　仄

　　　變躡奇文。　　　　　　　　　　　　……（2）
　　　仄平

　　鳳不去而恒飛，
　　仄　仄　平

　　花雖寒而不落。　　　　　　　　　　　……（3）
　　平　平　仄

　　披千金之暫暖，
　　平　平　仄

　　棄百結之長寒。　　　　　　　　　　　……（4）
　　仄　仄　平

　　永無黃葛之嗟，
　　　平　仄　平

　　方見青綾之重。　　　　　　　　　　　……（5）
　　　仄　平　仄

　　對天山之積雪，尚得開襟；
　　　平　仄　　仄　平

　　冒廣樂之長風，猶當揮汗。　　　　　　……（6）
　　仄　平　　平　仄

〔註49〕《六朝文絜》，頁127。

　　　　白龜報主，終自無期；
　　　　　平　仄　　仄平

　　　　黃雀謝恩，竟知何日？　　　　　　　　……（7）
　　　　　仄平　　平仄

七聯對偶中，四言對偶一聯，六言對偶三聯、「四四」隔對兩組、「六四」隔對」一組。只有第一聯的隔句對，平仄未能完全相對，自第二聯至第七聯，出、對句之間相同位置節奏點與句末字均平仄相對，甚至已注意到句中節奏點之間的平仄遞用，如第五聯出句「無」、「葛」、「嗟」三字的平仄為「平、仄、平」遞用，對句「見」、「綾」、「重」三字平仄為「仄、平、仄」遞用；第六聯的隔句對，其出句中「山」、「雪」、「得」、「襟」四字平仄為「平、仄、仄、平」，對句中「樂」、「風」、「當」、「汗」四字平仄為「仄、平、平、仄」；第七聯隔句對的平仄關係同於第六聯，出句的「龜」、「主」、「自」、「期」四字平仄為「平、仄、仄、平」，對句的「雀」、「恩」、「知」、「日」四字平仄為「仄、平、平、仄」，尤其是在出、對句末字的平仄運用上，七聯對偶句末字均已顧及平仄相對。可見六朝晚期駢文中的對偶，在四、六言句式成為主流的趨勢下，其平仄相對的規律已略具規模。

　　在四、六言句式為基調的基礎上，四六隔對則成為此時期駢文中隔句對的重要形式。四六隔對在陸機的〈豪士賦序〉〔註50〕中即已出現，如：

　　　　我之自我，智士猶嬰其累；物之相物，昆蟲皆有此情。

　　　　政由甯氏，忠臣所為慷慨；祭則寡人，人主所不久堪。

　　　　君奭鞅鞅，不悅公旦之舉；高平師師，側目博陸之勢。

這些四六隔對，往往與其他句式的對偶參雜出現，少有幾聯四六隔對連續運用的情形。到了六朝晚期，四六隔對的數量不僅增加，而且出現連續使用四六隔對，如徐陵的〈玉台新詠序〉〔註51〕，出現十四聯四六隔對，其中三聯連續出現：

　　　　至若寵聞長樂，陳后知而不平；畫出天仙，閼氏覽而遙妒。且如東鄰巧笑，來侍寢於更衣；西子微矉，將橫陳於甲帳。陪遊馺娑，騁纖腰於結風；長樂鴛鴦，奏新聲於度曲。

其他各聯亦多為連續使用兩聯的情形，如：

〔註50〕《文選》卷四十六，頁 2043～2047。
〔註51〕《六朝文絜》，頁 198。

驚鸞冶袖，時飄韓掾之香；飛燕長裙，宜結陳王之佩。雖非圖畫，
入甘泉而不分；言異神仙，戲陽台而無別。

輕身無力，怯南陽之擣衣；生長深宮，笑扶風之織錦。雖復投壺玉
女，爲歡盡於百驍；爭博齊姬，心賞窮於六箸。

四六隔對的連續出現，顯示出駢文家對於四六隔對的刻意追求，也代表對偶
在駢文中逐漸趨向四、六言句式的集中表現。

駢文發展到唐代，四六句式的形式已趨近於定型，晚唐即稱駢文爲「四六」
或「四六文」。到了宋代，更直稱駢文爲四六文。對偶的句式與聲律，也形成固
定的格式，如王勃的〈還冀州別洛下知己序〉〔註52〕，全篇由對偶組成：

東西南北，丘也何從？
　平　仄　　仄　平

寒暑陰陽，時哉不與。　　　　　　　　……（1）
仄　平　　平　仄

河陽古樹，無復殘花；
平　仄　　仄　平

洛浦寒烟，空驚墜葉。　　　　　　　　……（2）
仄　平　　平　仄

王生賣畚，入天子之中都；
平　仄　　仄　　平

夏統承舟，屬群公之大會。　　　　　　……（3）
仄　平　　平　　仄

風烟匝地，車馬如龍；
平　仄　　仄　平

鐘鼓沸天，美人似玉。　　　　　　　　……（4）
仄　平　　平　仄

芳筵交映，旁徵豹象之胎；
平　仄　　平　仄　平

華饌重開，直挾蛟龍之髓。　　　　　　……（5）
仄　平　　仄　平　仄

〔註52〕〔明〕王志堅撰：《四六法海》卷十，頁 1394-670。

季鷹之思吳命駕，果爲秋風；
　平　　仄　　　平

伯鸞之適越登山，以求淥水。　　　……（6）
　仄　平　　　　仄

辭故友，
　仄仄

謝時人。　　　　　　　　　……（7）
　平平

登鄂坂而迂迴，
平　仄　　平

入邱山而奔走。　　　　　　　……（8）
仄　平　仄

何年風月，三山滄海之春；
　平　仄　平　仄　平

是處風花，一曲青溪之路。　　　……（9）
　仄　平　仄　平　仄

賓鴻逐暖，孤飛萬里之中；
　平　仄　平　仄　平

仙鶴隨雲，直去千年之後。　　　……（10）
　仄　平　仄　平　仄

悲夫！

光陰難再，子卿殷勤於少卿；
　平　仄　平　平　平

風景不殊，趙北相望於洛北。　　　……（11）
　仄　平　仄　仄　仄

駕鴦雅什，俱爲贈別之資；
　平　仄　平　仄　平

鸚鵡奇杯，共盡忘憂之酒。　　　……（12）
　仄　平　仄　平　仄

只有第六聯爲七四隔對、第七聯爲三言對偶、第十一聯爲四七隔對等三聯爲
非四、六言句式之對偶，其他都是四言、六言、四四、四六等對偶。在聲律

上，十二聯對偶均為平仄相對，其平仄相對的情形有兩種：一是僅講究出、
對句之間的平仄相對，如第七聯、第十一聯，句中的平仄沒有一定規律，而
兩句之間相同位置節奏點則是兩兩平仄相對；另一種不僅講究兩句之間的平
仄相對，更在句中運用平仄遞用的規律，本篇中的對偶聲律絕大多數為此類，
如第一、第五、第十聯等。

　　李商隱的〈上尙書范陽公啓〉〔註53〕有二十一聯對偶，非四言、六言句
式表現者有四聯，五言者：

> 焚遊趙之簽，
> 　平　仄　平
>
> 毀入秦之屬。
> 　仄　平　仄

七言者：

> 無文通半頃之田，
> 　　平　仄　平
>
> 乏元亮數間之屋。
> 　　仄　平　仄

五四隔句對者：

> 薦禰衡之表，空出人間；
> 　仄　平　仄　仄　平
>
> 嘲楊子之書，僅盈天下。
> 　平　仄　平　平　仄

四五隔句對者：

> 春畹將遊，則蕙蘭絕逕；
> 　仄　平　　平　仄
>
> 秋庭欲掃，則霜露沾衣。
> 　平　仄　　仄　平

這四聯對偶雖均非四言、六言句式，但其中的四五隔句對，原則上，是四四隔
句對的變型，因為出、對句中的「則」字，在此並沒有實質的意義，若去掉「則」
字，就是一聯標準的四四隔句對。無論是四聯，或三聯，非四言、六言句式的
對偶，在本篇中對偶所佔的比例已爲少數，不過，其聲律均合於平仄相對的原

〔註53〕《四六法海》卷六，頁 1394-495。

則。其他以四言、六言表現的對偶聲律也都是平仄相對，如四言者：

　　將盧右席，以召下材。
　　　平　仄　　仄　平

　　幸承舊族，早預儒林。
　　　平　仄　　仄　平

六言者：

　　仰燕路以長懷，望梁園而結慮。
　　　仄　　平　　平　　仄

　　唯交抵掌之談，遂辱知心之契。
　　　平　仄　平　　仄　平　仄

四四隔對：

　　鄴下詞人，夙蒙推與；
　　　仄　平　　平　仄

　　洛陽才子，濫被交遊。
　　　平　仄　　仄　平

顯見對偶在唐代駢文中，由於四、六言句式的定型，其平仄運用的原則也相對地固定，總的原則，要求在句末字的平仄相對與節奏點的平對仄、仄對平。但是，駢文中的對偶聲律，不似近體詩中的「律對」要求嚴格。近體詩中的「律對」平仄，是一種格律要求，必須遵守，且在句中偶數字與出、對句句末字的平仄有一定的規定，不得違反；駢文中的對偶平仄，則沒有固定格式，運用起來比較自由。

　　對偶在宋四六文中，雖然仍以四言、六言爲主，不過，並不侷限於四六句式，其他句式的對偶也頗爲多見，而且受到古文運動的影響，表現出「以古文之氣勢，行之於偶句之中」〔註54〕，如：

　　苟臨危效命，尚當不顧以奮身；
　　矧爲善無傷，何憚竭忠而報國。（歐陽修〈謝復龍圖閣直學士表〉）

　　疾病連年，人皆相傳爲已死；
　　饑寒併日，臣亦自厭其餘生。（蘇軾〈謝量移汝州表〉）

　　周勃、霍光之於漢，能定策而終以致疑；

〔註54〕劉麟生著：《中國駢文史》（北京：東方出版社，1996年），頁81。

　　姚崇、宋璟之於唐，善致理而未嘗遭變。（王安石〈賀韓魏公罷相啓〉）
均與散文一氣呵成的作法無異，只是用對偶形式表現而已。一篇之中的對偶，
也不盡然完全以四言、六言句式為主，往往多有變化，如蘇軾的〈謝賈朝奉
啓〉〔註55〕：

　　右軾啓。

　　自蜀徂京，幾四千里；
　　　仄　平　　仄　仄

　　攜孥去國，蓋二十年。　　　　　　　　　……（1）
　　　平　仄　　仄　平

　　側聞松楸，已中梁柱。

　　過而下馬，空瞻董相之陵；
　　　平　仄　　平　仄　平

　　酹以隻雞，誰副橋公之約。　　　　　　　……（2）
　　　仄　平　　仄　平　仄

　　宦遊歲晚，坐念涕流。

　　未報不貲之恩，
　　　仄　仄　平

　　敢懷盍歸之意。　　　　　　　　　　　　……（3）
　　　平　平　仄

　　常恐樵牧不禁，行有雍門之悲；
　　　仄　仄　　仄　平　平

　　　雨露既濡，空引太行之望。　　　　　　……（4）
　　　　仄　平　　仄　平　仄

　　豈謂通判某官，

　　政先慈孝，
　　　平　仄

　　義篤友朋，　　　　　　　　　　　　　　……（5）
　　　仄　平

　　首隆學校之師儒，
　　　平　仄　平

〔註55〕張仁青編：《歷代駢文選》，頁196

次訪里閭之耆舊。 ……（6）
　仄　　仄　　仄

自嗟來暮，不聞拔薤之規；
　平　仄　　平　仄　平

尚意神交，特致生芻之奠。 ……（7）
　仄　平　　仄　平　仄

父老感歎，
　仄　仄

桑梓光華。 ……（8）
　仄　平

深衣練冠，莫克垂洟於墓道；
　平　仄　　仄　　平　　仄

昔襦今袴，尚能鼓舞於民謠。 ……（9）
　仄　仄　　平　仄　　平

仰佩之深，力占難盡。

全篇九聯對偶，有六種句式：四言對偶兩聯、六言對偶一聯、七言對偶一聯、四四隔對一聯、四六隔對三聯以及四七隔對一聯，顯示作者刻意跳脫四六的固定格式，在對偶句式上尋求自由表現的空間。在聲律上，合於平仄相對者四聯與不合於平仄相對者五聯，各佔一半，而出、對句句末字的平仄相對則是嚴格遵守的。

　　真德秀的〈謝賀生日啟〉〔註56〕中，全篇五組對偶，其句式表現也是如此，五聯各自的句式不同，四言對偶一聯：

顧惟衰陋，
　平　仄

難稱寵嘉。
　仄　平

六言對偶一聯：

況方掩於柴荊，
　仄　　　平

〔註56〕張仁青編：《歷代駢文選》，頁 242

乃俯勤於車騎。
　　　　平　　　仄

四六隔對一聯：

錫之盛禮，君子之酒且多；
　仄　　　　仄　平

眤以佳文，幼婦之詞絕妙。
　平　　　　平　仄

六四隔對一聯：

日逾采菊之三，實惟初度；
平　仄　平　　平　仄

詩詠伊蒿之什，慨矣永懷。
仄　平　仄　　仄　平

六七隔對一聯：

年五十而知非，況又逾伯玉之歲；
仄　　平　　　平　仄　仄

壽萬千而無害，顧回頌魯侯之賢。
平　　仄　　　仄　平　平

雖然其中對偶句式各自不同，但是，其聲律均合於平仄相對。

從整體看來，駢文中的對偶，顯然較賦中的對偶，使用的數量比例更多，要求也更爲嚴格。除了駢文本身以上下句字數相等的駢句爲主要句式，有利於對偶的運用之外，四六句式的固定形式，亦能有效地套用聲律說以來的平仄相對規則，使得對偶表現出意義、聲音上雙重的對稱效果，對於講究美感的駢文而言，對偶自然是最足以達到此目的的手段。

四、對偶在近體詩中的運用

對偶是近體詩格律要素之一，凡是寫作近體詩，對偶是必不可少的。結合了聲律與押韻的近體格律要件，對偶在近體詩中的運用，即是「律對」的表現。如：

亂雲低薄暮，急雪舞回風。（杜甫〈對雪〉）〔註57〕
仄平平仄仄　仄仄仄平平

〔註57〕〔清〕沈德潛編：《唐詩別裁集》（上海古籍出版社，1992年），頁345。

海霧連南極，江雲暗北津。(柳宗元〈梅雨〉) 〔註58〕
仄仄平平仄　平平仄仄平

禁裏疏鐘官舍晚，省中啼鳥吏人稀。(王維〈酬郭給事〉) 〔註59〕
仄仄平平平仄仄　平平平仄仄平平

藥爐有火丹應伏，雲碓無人水自舂。
仄平仄仄平平仄　平平平平仄仄平

(白居易〈尋郭道士不遇〉) 〔註60〕

　　以上是近體詩中五、七言「律對」的四種表現形式，在字面意義上，四例均
爲對偶，而其聲律分別爲：

　　第一例以「平平平仄仄，仄仄仄平平」的五言「律聯」作爲平仄格式。
出句第一字「亂」雖爲仄聲，但不影響此句爲「律句」，因爲「律句」第一字
往往是可平可仄的。出句第二字「雲」與第四字「薄」平仄相對，對句第二
字「雪」與第四字「回」仄平相對。出、對句之間，偶數字彼此平仄互對，「雲」、
「雪」平仄相對，「薄」、「回」仄平相對，句末字「暮」、「風」則是仄平相對。

　　第二例以「仄仄平平仄，平平仄仄平」的五言「律聯」爲平仄格式。出
句第二字「霧」與第四字「南」仄平相對，對句第二字「雲」與第四字「北」
平仄相對。出、對句之間，偶數字「霧」、「雲」仄平相對，「南」、「北」平仄
相對，句末字「極」、「津」仄平相對。

　　第三例以七言「律聯」：「仄仄平平平仄仄，平平仄仄仄平平」爲格式。
對句第三字應爲仄聲，此例「啼」字雖爲平聲，並不影響本句爲「律句」。出
句第二字「裏」與第六字「舍」同爲仄聲，而第四字「鐘」爲平聲，形成「仄
平仄」的遞用關係；對句第二字「中」與第六字「人」同爲平聲，而第四字
「鳥」爲平聲，形成「平仄平」的遞用關係。出、對句之間，偶數字平仄亦
兩兩相對，句末字「晚」、「稀」仄平相對。

　　第四例以七言「律聯」：「平平仄仄平平仄，仄仄平平仄仄平」爲格式。
其中出、對句第一字「藥」、「雲」的平仄不合於格式，但第一字原是可平可
仄的，也就沒有影響。出句第二字「爐」與第六字「應」同爲平聲，而第四
字「火」爲仄聲，形成「平仄平」的遞用關係；對句第二字「碓」與第六字

〔註58〕《唐詩別裁集》，頁396。
〔註59〕《唐詩別裁集》，頁437。
〔註60〕《唐詩別裁集》，頁495。

「自」同爲仄聲，而第四字「人」爲平聲，形成「仄平仄」的遞用關係。出、對句之間，偶數字「爐」與「碓」、「火」與「人」、「應」與「自」彼此平仄相對，句末字「伏」與「舂」仄平相對。

　　由於近體詩聲律的固定，基本上，出現在近體詩中的對偶，均爲「律對」，不過，亦有極少數非「律對」的對偶。如：

　　　　銀燭吐青烟，金樽對綺筵。（陳子昂〈春夜別友人〉）
　　　　平仄仄平平　　平平仄仄平

　　　　塗芻去國門，袐器出東園。（王維〈故西河郡杜太守挽歌〉）
　　　　平平仄仄平　　仄仄仄平平

　　　　草生官舍似閒居，雪照南窗滿素書。（許渾〈姑熟官舍〉）
　　　　仄平平仄仄平平　　仄仄平平仄仄平

　　　　望海樓明照曙霞，護江隄白踏青沙。（白居易〈杭州春望〉）
　　　　　仄仄平平仄仄平　　仄平平仄仄平平

這幾聯對偶，其出、對句均爲「律句」，且偶數字平仄均符合近體聲律要求，但是，句末字均爲平聲，不符合「律對」出、對句末字仄平相對的規範，自然不是「律對」。之所以會出現這種對偶，是因爲近體詩有「首句入韻」一格的關係，「首句入韻」就是第一句押韻的意思，在聲律上，即形成首聯上句末字與下句末字同爲平聲的非「律聯」。一般是不會在「首句入韻」的首聯使用對偶，一來是因爲近體詩中，首聯本來就沒有規定非對偶不可，再則因爲其非「律聯」，不必在此刻意表現對偶，所以，這種對偶，在近體詩中並不多見。

　　「律對」在字面意義上兩兩相對，在聲律上有其一定的平仄規則：句中以及出、對句之間偶數字的平仄相對，和句末字的仄平相對，是對偶在近體詩中最具體的表現。

　　從聲律上來看，「律對」的基礎來自於「律聯」，而一首近體詩的平仄，以首句不入韻的五言八句律詩爲對象，是由四聯「律聯」所組成：

　　　1. 平平平仄仄，仄仄仄平平。
　　　2. 仄仄平平仄，平平仄仄平。
　　　3. 平平平仄仄，仄仄仄平平。
　　　4. 仄仄平平仄，平平仄仄平。

這四聯「律聯」，各自在聲調上，都是平仄兩兩相對的對偶。可見近體詩的平

仄，基本上，即是以相對的觀念構成（「黏」的運用，與本文無關，故不論）。一般對於律詩的寫作，均認爲其「中間二聯須對仗」，因此，字面意義相對的對偶，與在聲音上已然平仄相對的「律聯」結合，成爲「律對」，且佔全首詩中「律聯」數的二分之一。依上述說明，可列出下表：

1. 平平平仄仄，仄仄仄平平。（散句）→「律聯」
2. 仄仄平平仄，平平仄仄平。（對句）→「律對」

———————————————————————

3. 平平平仄仄，仄仄仄平平。（對句）→「律對」
4. 仄仄平平仄，平平仄仄平。（散句）→「律聯」

在此表中，對偶的出現不僅代表著其爲「律對」，且佔有核心的地位。從第二聯與第三聯之間，劃開一直線，分成兩部分，無論從平仄，或是字面相對的角度來看，這兩部分彼此相對，在整體上，形成對稱平衡的關係。以平仄而論，第二聯與第三聯中，偶數字的平仄彼此相對，第一聯與第四聯的平仄亦相對。以字面而言，第二聯爲對偶，第三聯亦爲對偶；第一聯爲散句，第四聯亦爲散句。以聲音與意義結合來看，第二聯與第三聯均爲「律對」，第一聯與第四聯皆爲「律聯」，彼此相對。整首詩在聲調與意義上，均以對偶爲中心，達到穩定平衡的效果。顯示對偶在近體詩中扮演著舉足輕重的地位。

五、對偶在四書文中的運用

　　四書文是明清以來科舉考試的代表文體，又稱「制義」、「八股文」。「體用排偶」是其文體要求之一，《明史·選舉志》曰：「其文略仿宋經義，然代古人語氣爲之，體用排偶。爲之八股，通謂之制義〔註61〕。」因此可知，「體用排偶」的四書文，對偶本是其必須具備的要件。

　　對偶在四書文中，主要以「股對」形式表現。清人顧炎武在《日知錄》中即言：

　　　　經義之文，流俗謂之八股，蓋始於成化以後。股者，對偶之名也。
　　　　天順以前，經義之文，不過敷衍傳注，或對或散，初無定式，其單
　　　　句題亦甚少。成化二十三年，會試〈樂天下者保天下〉文，起講先
　　　　提三句，即講「樂天」四股，中間過接四句，復講「保天下」四股，

———

〔註61〕〔清〕張廷玉等編：《明史》卷七十，「選舉」二（二十五史本，第十冊，上海古籍出版社，1991年），頁7959。

復收四句，再作大結。弘治九年，會試〈責難於君謂之恭〉文，起講先提三句，即講「責難於君」四股，中間過接二句，復講「謂之恭」四股，復收二句，再作大結。每四股之中，一反一正，一虛一實，一淺一深（原注：亦有聯屬二句、四句為對，排比十數對成篇，而不止於八股者）。其兩扇立格（原注：謂題本兩對，文亦兩大對），則每扇之中，各有四股，其次第之法，亦復如之。故人相傳謂之八股。長題則不拘此〔註62〕。

所謂的「股」就是對偶的意思，而「八股」也就是一篇之中有八組的對偶，不過，顧氏也說到四書文中的對偶股數不盡然全為「八」之數，所以，「股對」只是我們對四書文中對偶的泛稱。

事實上，在一篇四書文中出現的對偶，其句式不盡然都是一樣的。以唐順之〈請問其目〉〔註63〕一篇為例，全篇出現五組「股對」，依其在文中出現的先後順序，羅列如下：

（一）：

想其求仁之志，素定於心齋之後，
　　而理欲之分，默會於善誘之餘。

（二）：

物交之迹，雖由外以感其中；
善惡之機，則由中以達於外。

（三）：

彼　**目司視，耳司聽，而心實主之也。**
　　若非禮而欲視，則絕之以勿視；
　　　非禮而欲聽，則絕之以勿聽。
　　如此，則心不誘於聲色之私，而作哲作謀之體立矣。
　　口有言，身有動，而主之者心也。
　　苟非禮而欲言，則絕之而勿以形諸口；
　　　非禮而欲動，則絕之而勿以形諸身。

〔註62〕〔清〕顧炎武撰，〔清〕黃汝成集釋：《日知錄集釋》（長沙：嶽麓書社，1994年）卷十六，「試文格式」條，頁594。

〔註63〕〔清〕方苞輯：《正嘉四書文》（《欽定四書文》，《文淵閣四庫全書》本，第1451冊）卷三，「論語下」，頁1451-115。

如此，則心不涉於尤悔之累，而作乂作肅之用行矣。

（四）：

仁道必至明者而後察其幾 回之質雖非至明者也，尚當既墨竭吾才，

而於所謂視聽言動者，擇之精而不昧於所從；

仁道必至健者而後致其決，回之質雖非至健者也，尚當拳拳服膺，

而於所謂視聽言動者，守之固而必要其所立。

（五）：

以爲仁由己自勵，不敢誘之於人也；

以天下歸仁自期，亦不敢半途而廢也。

這五組「股對」，其字數、句數上的組成，各自不同，沒有兩組是完全一樣的形式，顯示出對偶在四書文中，具有相當程度的彈性空間。

第一組，上、下股在字數上並不相等，上股前有「想其」領字，下股前有「而」字轉折語；第二組，字數整齊，句法相同，是整齊的隔句對；第三組，除了上股前有「彼」字之外，上、下股中又各自有兩聯對偶：上股的「目司視，耳司聽」、「非禮而欲視，則絕之以勿視；非禮而欲聽，則絕之以勿聽」，下股的「口有言，身有動」、「非禮而欲言，則絕之而勿以形諸口；非禮而欲動，則絕之而勿以形諸身」，形成在對偶之中又有對偶的雙層表現，而且，因爲上股中的隔句對與下股中的隔句對，在字數上並非一致，所以，整組「股對」也就成爲不整齊的對偶；第四組，是上、下股各五句的對偶，其中相對的第三句「尚當既墨竭吾才」、「尚當拳拳服膺」，字數、句法皆不相同；第五組，下股比上股多出「亦」字。

整體而言，「股對」在此篇四書文中的表現，以字數不整齊爲常態，整齊者唯有第二組。此外，從對應層次來看，第一、第二、第四以及第五組，都是單層的對偶表現，而第三組則是雙層的對偶表現。

再以胡友信〈雖有其位〉〔註64〕一篇爲例，全篇三組「股對」：

（一）：

徒位，則病於無德；

徒德，則病於無權。

（二）：

由上而觀，則天下未嘗無天子；

由下而觀，則天下未嘗無聖人。

（三）：

彼天王爲紀法之宗，則位誠制作之不容己者也。然亦有不專在於位者，

故雖**乾綱獨攬，而或神化未足以宜民；**

鼎命是隆，而或中和未足以建極。

則是有天下之正統，而道統不與存焉。雖未必皆愚，苟非作者之聖，要亦愚之流也。

是必於可以自專之中，

存不敢自用之戒。

禮雖欲作也，而所以治躬者，恐不能與天地同節，所以安上治民者，一惟先王之文物而已；

樂雖欲作也，而所以治心者，恐不足與天地同和，所以移風易俗者，一惟先王之節奏而已。

襲禮沿樂，雖非帝王之盛節，而帝範王猷賴以不墜，則不疚於帝位者，亦庶幾矣。不然，則愚之弊可勝言哉？

惟聖人識禮樂之情，則德誠制作之不容己者也。然亦有不專於德者，

使或**聰明雖裕，而身非元后之尊；**

學術雖弘，而位非大寶之貴。

是有天下之道統，而正統不與存焉。雖未必皆賤，而苟非南面之尊，要亦賤之屬也。

是必負可以自用之具，

存不敢自專之心。

禮固能作也，而天王之德行在焉，懼其有所瀆也，而所以別宜居鬼者，亦惟率履之而已；

樂固能作也，而天王之德輝在焉，懼其有所僭也，而所以敦和率神者，亦惟遵守之而已。

遵道遵路，雖非大聖人之作爲，而國度王章守而勿失，則不倍於下位者，亦庶幾矣。不然，則賤之弊可勝言哉？

第一組與第二組均爲字數整齊且單層相對的對偶。第三組是上、下股各三十句的「股對」，上、下股之中各自有三聯對偶，上股的：

乾綱獨攬，而或神化未足以宜民；
鼎命是隆，而或中和未足以建極。

於可以自專之中，
存不敢自用之戒。

禮雖欲作也，而所以治躬者，恐不能與天地同節，所以安上治民者，
一惟先王之文物而已；
樂雖欲作也，而所以治心者，恐不足與天地同和，所以移風易俗者，
一惟先王之節奏而已。

下股的：

聰明雖裕，而身非元后之尊；
學術雖弘，而位非大寶之貴。

負可以自用之具，
存不敢自專之心。

禮固能作也，而天王之德行在焉，懼其有所瀆也，而所以別宜居鬼
者，亦惟率履之而已；
樂固能作也，而天王之德輝在焉，懼其有所僭也，而所以敦和率神
者，亦惟遵守之而已。

與前舉唐順之〈請問其目〉一篇中第三組「股對」同樣是雙層的對偶表現，
而在數量上，此組則是上、下股各多出一聯對偶。上、下股中的各聯對偶，
從句數上來看，前後呼應，上股第一聯為隔句對，下股第一聯即為隔句對；
上股第二聯為兩句相對，下股第二聯也是如此；第三聯則均為上下各五句對
偶。不過，從字數上觀察，只有上、下股第二聯，兩者字數均為七言。彼此
的第一聯與第三聯，字數是不對等的。

由此可知，四書文雖然要求須有對偶，但「股對」並未有具體的嚴格限
制，所運用的對偶也與其他文體中的對偶不同，其特點有以下兩個：

第一、在字數上，「股對」並沒有固定的字數限制或偏重，端看寫作者之
安排，甚至於上下股字數可以不等，除以上兩篇的「股對」例子之外，又有
如熊伯龍〈四方之政行焉〉〔註65〕中的「股對」之一：

朝廷者，起化之地，非化所究之地也。施之四方，而以為宜，斯莫

〔註65〕《本朝四書文》卷七，「論語下之下」，頁 1451-777。

　　不宜矣。我周一體乎四方之所當然，而百物由之而不廢，則安往而

　　不遂乎？蓋自二國不獲以後，求如此之四達不悖也，抑難矣；

　　君相者，立法之人，非法所行之人也。考之四方，而以爲可受，斯

　　莫不受矣。我周謹持乎四方之所必然，而一旦舉之而不疑，則何爲

　　而弗成乎？蓋雖無侮無拂以來，以視此之受命改制也，抑有間矣。

上下股在句數上均爲十二句，但在字數上，下股比上股多出兩個字，與前兩篇中字數不等的「股對」綜合來看，字數不等的對偶在四書文中本爲常態，顯示「股對」在字數上的要求比起其他文體中的對偶來得寬鬆。

　　其次，在句式上，「股對」百分之百都是隔句對，只是其句數多寡、篇幅大小不同而已。而在篇幅較大的「股對」中，往往可以見到一股之中又使用對偶的方式，產生「對中有對」的雙層對偶結構，唐順之〈請問其目〉中的第三組「股對」與胡友信〈雖有其位〉的第三組「股對」都是這種雙層結構，又如韓菼的〈今王鼓樂於此何以能田獵也〉〔註66〕中有：

　　王今日者請仍**命鼓師，召太常；鼓瑟之忌進，絕纓之髡侍**。相與**抗**

　　曼聲，娛長夜，如是者不改；

　　王今日者請仍**馳輇獵之車，駊騄耳之駿；靡橈旂，樹珠旗**。以射乎

　　之罘，觀乎成山，如是者亦卒不改。

上下股中各自有三組對偶，股與股相對，其中各組對偶亦相對，形成一股由幾組對偶組成的結構。這在其他文體中是不可能出現的。

　　總的來說，四書文是明清以來科舉考試的產物，考試要求使用對偶的情況下，對偶自然成爲其文體的特徵。而也因爲有此功利的目的，寫作者也就刻意在其中推成出新，因此，對偶在四書文中的運用，相當多樣且富變化，具有其獨特的形構，其篇幅、句數以及字數的多寡，端看作者個人才學能力而定。而且四書文中的對偶，主要著重在意義上的相對，其形式僅講究句數一致，字數上可容許有一兩字的差異，因此，聲律的規範，也就不易套用其中，「股對」自然也就是「古對」。

第二節　對偶在其他體裁中的運用

　　對偶除了具體表現在「特定文體」之外，在一般不要求非使用對偶不可

〔註66〕《本朝四書文》卷十，「孟子上之上」，頁 1451-843。

的文體中，同樣可以看到對偶的出現。這是因爲中國文字「獨體」的特性，很容易造成上下句字數相等的駢句，加上意義的相對，自然就成爲對偶。對偶在這些文體中，雖然並非扮演主要的角色，屬於一種修辭性的文學技巧，但也經常可以見到對偶出現，顯示出對偶普遍氾濫到各種文體的現象。

中國文章中，可區分爲駢文與散文兩種。在此，散文相對於駢文而言，其對偶比例自然不似駢文來的高，而對偶也非散文必要的形式條件；不過，作爲修辭技巧的對偶，早在先秦散文中，即已隨處可見，《尚書‧大禹謨》便有「罪疑惟輕，功疑惟重」、「滿招損，謙受益」、「任賢勿貳，去邪勿疑」、「戒之用休，董之用威」、「汝惟不矜，天下莫與汝爭能；汝惟不伐，天下莫與汝爭功。」，《易經‧繫辭》中的「在天成象，在地成形」、「鼓之以雷霆，潤之以風雨」、「乾道成男，坤道成女」，《左傳》的「山有木，工則度之；賓有禮，主則擇之」，《國語》的「眾心成城，眾口鑠金」、「從善如登，從惡如崩」，《老子》的「道可道，非常道；名可名，非常名」，《莊子》的「小知不及大知，小年不及大年」，《論語》的「君子周而不比，小人比而不周」……無論是史傳散文，或是諸子散文，對偶的使用在先秦的散文中是一個顯而易見的現象。此時的對偶是一種自發性的寫作，並不受到任何外在的形式、文學風氣的影響，也沒有音韻、聲調、對偶的要求，寫或不寫都視作者個人需要而定。

漢代散文，受到辭賦大量使用對偶的影響，逐漸有駢化的趨勢，對偶出現的頻率也相對增加。賈誼的〈過秦論〉、枚乘的〈諫吳王書〉、鄒陽的〈上書吳王〉等篇都已幾乎通篇駢偶，其中又以王褒的〈聖主得賢臣頌〉最爲典型，此文全篇駢行，對偶如「荷旃被毳者，難與道純棉之麗密；羹藜含糗者，不足與論太牢之滋味」、「生於窮巷之中，長于蓬茨之下」、「所任賢，則趨舍省而功施普；器用利，則用力少而就效眾」、「虎嘯而谷風冽，龍興而致雲氣」、「翼乎如鴻毛遇順風，沛乎如巨魚縱大壑」與後世的駢文已無分別。

六朝散文，幾乎與駢文劃上等號，此時期，駢文達到極盛，連《文心雕龍》這種學術性著作也用駢文寫成，但也有非駢文的史傳、筆記與專著作品，如《後漢書》、《世說新語》、《水經注》、《洛陽伽藍記》、《顏氏家訓》等，皆是代表。但其中亦不乏對偶，如《水經》中的「清水出河內修武縣之北黑山」一句，其注則有「南峰北嶺，多結禪棲之士；東巖西谷，又是刹寺之圖」、「竹柏之環，與神心妙遠；仁智之性，共山水效深」，《洛陽伽藍記》中有「殫土木之功，窮造型之巧」、「鰥寡不聞犬豕之食，煢獨不見牛馬之衣」、「或黃甲

紫鱗，出沒於繁藻；或青鳧白雁，浮沈於綠水」，《顏氏家訓》中〈涉務篇〉有「居承平之世，不知有喪亂之禍；處廟堂之下，不知有戰陣之急」、〈文章篇〉有「辭與理競，辭勝而理伏；事與才爭，事繁而才損」。

　　唐宋以來的散文，又被稱之為「古文」，與駢文相對。古文打破了駢文講求對偶、聲律的形式限制，並不排斥對偶的使用，就連反對駢文最力、積極提倡古文的韓愈，他的代表作之一〈原道〉中，也使用對偶，如：「仁與義為定名，道與德為虛位」、「煦煦為義，孑孑為仁」、「凡吾所謂道德云者，合仁與義言之也，天下之公言也；老子之所謂道德云者，去仁與義言之也，一人之私言也」等等。反駢的韓愈尚且如此，那麼其他人的散文中，偶爾出現幾組對偶，也就不足為奇了，如柳宗元的〈鈷鉧潭西小丘記〉中：「清冷之狀與目謀，瀯瀯之聲與耳謀」、「悠然而虛者與神謀，淵然而靜者與心謀」，歐陽修的〈醉翁亭記〉中，也有：「日出而林霏開，雲歸而岩穴暝」、「野芳發而幽香，佳木秀而繁蔭」、「臨溪而漁，溪深而魚肥；釀泉為酒，泉香而酒洌」等的對偶。

　　整體而言，古代散文（即「古文」）雖然並未要求是否使用對偶，但是，一般寫作時，並不排斥對偶，所以，在各個階段的散文中，都或多或少的有對偶的出現。原則上，是把對偶視作一種修辭手法。相反的，完全沒有使用對偶的古文，往往是刻意不用對偶，甚至於到了清朝，古文家方苞在〈古文約選序〉中即明確規定：「古文不可入語錄中語，魏晉六朝人藻麗俳語，漢賦中板重字法，詩歌中雋語，南北史中佻巧語」，即將不用對偶駢辭立為寫作古文的規範。不過，換個角度來說，由於古代散文中普遍存在著使用對偶的情形，致使方苞意識到必須為古文立下有別於駢文的規定，因此，有這番言論的出現。如此一來，更足以反映出對偶已普遍蔓延在古代散文之中。

　　古體詩，是相對於唐代產生的近體詩而出現的一種詩體名稱。其實，在近體詩出現以前的詩歌，原則上，均可視為古體詩，近體出現之後，詩人不依照近體格律，刻意模仿較少拘束的古詩而寫作的詩，即為唐以後的古體詩。

　　古體詩本來就可以不用對偶，不過，也不避用對偶，在唐以前的古詩中，就已有使用對偶，《詩經》中就有：「覯閔既多，受侮不少」（邶風、柏舟）、「南有喬木，不可休息；漢有游女，不可求思」（周南、漢廣）、「昔我往矣，楊柳依依；今我來思，雨雪霏霏」（小雅、采薇）。〈古詩十九首〉中亦有：「胡馬依北風　越鳥巢南枝」（其一）、「昔為倡家女　今為蕩子婦」（其二）、「青青陵上柏　磊磊澗中石」（其三）。這些對偶的出現都是為了修辭的目的，增加

整齊的美感，原則上非常自由，可用可不用，有避同字的，也有不避同字的。

　　唐代以後，由於近體詩的出現，古體詩的寫作雖刻意避免在押韻、聲調、對偶上與近體詩相同，但又不免受到近體詩聲律的影響。因此，對偶在唐以後古體詩中的表現，相對的較前期古詩中對偶來的複雜一些，大體上，有兩種形式：一種是平仄不相對的「古對」，如：

　　　　黃河走東溟，白日落西海。（李白〈古風〉）
　　　　平平仄平平　仄仄仄平仄

　　　　霜濃水石滑，風急手足寒。（杜甫〈水會渡〉）
　　　　平平仄仄平　平仄仄仄平

　　　　四澤蒹葭深，中洲煙火絕。（王昌齡〈行子苦風泊來舟貽潘少府〉）
　　　　仄仄平平平　平平平仄仄

其平仄與傳統古詩中的對偶類似，不過，其出發點在於刻意形成與「律對」有別的聲調，基本上，是從有「律」的觀念而來的，而唐以前的古詩，既無所謂「律」的觀念，所形成的對偶，自然沒有律與不律的問題，就是純粹的「古對」。

　　另外一種則是出、對句皆為「律句」的對偶。這是因為，古體詩受到近體聲律的影響，在詩中運用「律句」，甚至於形成「律聯」而產生的，王力在《漢語詩律學》中即稱此類古體詩為「入律的古風」〔註67〕。在這類古體詩中的對偶，自然可能出現出、對句皆為「律句」者，如：

　　　　青郊香杜若，白水映茅茨。
　　　　平平平仄仄　仄仄仄平平（李頎〈不調歸東川別業〉）

　　　　綺席卷龍鬚，香杯浮瑪瑙。
　　　　仄仄仄平平　平平平仄仄（孟浩然〈襄陽公宅飲〉）

　　　　照室紅爐促曙光，縈窗素月垂文練。
　　　　仄仄平平仄仄平　平平仄仄平平仄（杜甫〈湖城東遇孟雲卿復歸劉顥宅宿宴〉）

　　　　雨足誰言春麥短？城堅不怕秋濤卷。
　　　　仄仄平平平仄仄　平平仄仄平平仄（蘇軾〈和子由送將官梁左藏仲通〉）

此四例中，出、對句皆為「律句」，且兩句之間偶數字均平仄相對，唯有句末字

〔註67〕見王力：《漢語詩律學》，第三十一節「入律的古風」，頁436。

的平仄，第一例爲仄平相對、第二、三例爲平仄相對、第四例爲仄仄相對。第一例對偶，儼然就是「律對」，只不過它出現在古體詩之中，這種完全合律的「律聯」，在古體詩中，按理說是不多見的特例。而第二、三、四例從句末字的聲調關係，即可判斷其非「律對」，但是，從出、對句都是「律句」的角度上來看，又與「古對」不同。這種「倒律聯」的對偶出現在古體詩中，無疑地，受到「律對」的影響極大，是「運律入古」的對偶方式。「倒律聯」在古體詩中是常見的，尤其在唐宋人的古體中多見，由於習慣近體詩的寫作，不知不覺地將近體聲律運用在古體之中，進而造成「運律入古」的對偶方式的出現。

由此可知，古體詩雖然可以不用對偶，但是，我們仍然可以看到對偶普遍出現在大部分的古體詩中，甚至在近體詩出現之後，古體詩中的對偶也有跳脫修辭的目的，而講究聲調的部分。

詞曲在句式上都是長短句，曲又有襯字的彈性，在許多地方不適合於對偶，因此，詞曲中的對偶，並沒有硬性的規定。雖無硬性規定，原則上，只要前後兩句字數相等時，就可以使用對偶。例如詞譜中的〈阮郎歸〉〔註68〕下闋第一、二句爲三言：

　　　　花露重，草煙低。（馮延巳）

〈西江月〉〔註69〕上下闋第一、二句均爲六言：

　　　　點點樓頭細雨，重重江外平湖。

　　　　莫恨黃花未吐，且教紅粉相扶。（蘇軾）

〈鷓鴣天〉〔註70〕上闋第三、四句均爲七言：

　　　　舞低楊柳樓心月，歌盡桃花扇底風。（晏幾道）

〈石州慢〉〔註71〕上闋第一、二句，下闋第二、三句均爲四言：

　　　　薄雨收寒，斜照弄晴。

　　　　畫樓芳酒，紅淚清歌。（賀鑄）

〈沁園春〉〔註72〕上闋第八、九句，下闋第七、八句，均爲四言：

　　　　載酒園林，尋花巷陌。

　　　　躲盡危機，消殘壯志。（陸游）

〔註68〕蕭繼宗：《實用詞譜》（中華叢書編審委員會，1970 年），頁 46～47。

〔註69〕《實用詞譜》，頁 54～56。

〔註70〕《實用詞譜》，頁 64。

〔註71〕《實用詞譜》，頁 173～174。

〔註72〕《實用詞譜》，頁 207～209。

曲譜中，據王力《漢語詩律學》所列，如〈混江龍〉〔註 73〕譜式為
「4744773344」，其中第三、四句同為四言，第五、六句為七言，第七、八句
為三言，第九、十句為四言，都可以用對偶，王力亦稱「儘量用對偶是本調
的特色」；〈油葫蘆〉〔註 74〕為「737773375」，第四、五兩句為七言，第六、
七兩句為三言，可用對偶；〈朝天子〉〔註 75〕第一、二句為二言，也能使用對
偶；〈滿庭芳〉〔註 76〕、〈山坡羊〉〔註 77〕、〈凭蘭人〉〔註 78〕等也都有因為前
後兩句字數相等而形成對偶的機會。

　　詞曲既無規定要使用對偶，但我們也可看到對偶的使用，可見對偶不受
到文體限制的氾濫程度。

　　古典小說是通俗的文學，它使用淺白的文字來敘述故事情節，常常在描
寫景物，或刻畫人物時，或多或少的都會運用到對偶，甚至全篇以對偶文字
構成，如唐人張鷟的《遊仙窟》，即大量使用對偶，其中如透過洗衣女子介紹
崔十娘身世一段：

> 博陵王之苗裔，清河公之舊族。容貌似舅，潘安仁之外甥；氣調如
> 兄，崔季珪之小妹。華容婀娜，天上無儔；玉體透迤，人間少匹。
> 輝輝面子，荏苒畏彈穿；細細腰支，參差疑勒斷。韓娥宋玉，見則
> 愁生；綠樹青琴，對之羞死。千嬌百媚，造次無可比方；弱體輕身，
> 談之不能備盡。〔註 79〕

全段以對偶組成，其文字華麗鋪陳、辭采絢麗，宛如賦及駢文。清人陳球的
《燕山外史》，全書以駢偶文字寫就，如形容竇生一段：

> 燕山望族，柘水詞人，桐乃孤生，萱還早萎。幸一枝之獨秀，承五
> 桂之流芳，年甫配儷，貌如冠玉。素屬身餘蘭臭，奚須荀令薰香？
> 本來面似蓮花，不藉何郎傅粉。九齡應客，謔言斜對楊梅；兩鬢垂
> 髫，隱語能知荷藕。幼殊了了，長更便便，力殫窮經，豈止五車可
> 載；功深汲古，直探二酉所藏。加以洒落襟期，紛披藻思，騎鶴則

〔註 73〕王力：《漢語詩律學》，頁 803。
〔註 74〕同上註。
〔註 75〕同上註，頁 810。
〔註 76〕同上註，頁 811。
〔註 77〕同上註，頁 812。
〔註 78〕同上註，頁 820。
〔註 79〕〔唐〕張鷟著：《遊仙窟》（《遊仙窟、玉離魂（合刊本）》張鷟、徐枕亞著，
　　　　黃瑚、黃坤校注，台北：三民書局，2007 年），頁 5。

腰纏萬貫，倚馬則日就千言，無唾不珠，有懷皆玉。人具懷才之眼，

願從良友結良緣；父存忠愛之心，欲與佳兒求佳婦。〔註80〕

這種以駢偶寫成的傳奇小說，或許只是文人遊戲之筆，並不多見。但是，在明清小說中，除了使用對偶敘述之外，在人物描寫和場景描寫時，則往往穿插一些對偶段落，《西遊記》中即普遍可見對偶，如「烟霞散採，日月搖光」（第一回）、「雄威身凜凜，猛氣貌堂堂」（第十三回）、「嶺上青梅續蘭，崖前古柏留雲」（第五十三回）、「朝聞四野香風遠，暮聽山高畫鼓鳴」（第八十回）、「春風蕩蕩過園林，千花擺動；秋氣瀟瀟來徑苑，萬葉飄搖」（第九十五回），隨手拈來，俯拾皆是。而在描述景致、人物時，則多用長篇的對偶文字，如在第五回「亂蟠桃大聖偷丹，反天宮諸神捉怪」中，描寫通明殿景物一段：

瓊香繚繞，瑞靄繽紛，瑤臺鋪彩結，寶閣散氤氳。鳳翥鸞騰形縹緲，

金花玉萼影浮沈。上排著九鳳丹霞宸，八寶紫霓墩。五彩描金桌，

千花碧玉盆。桌上有龍肝和鳳髓，熊掌與猩唇。珍饈百味般般美，

異果佳餚色色新。〔註81〕

全段十四句，由七組對偶組成。第六回「觀音赴會問原因，小聖施威降大聖」中描寫二郎神與孫悟空打鬥場面一段：

昭惠二郎神，齊天孫大聖，這個心高欺敵美猴王，那個面生壓伏真梁棟。兩個乍相逢，各人皆賭興。從來未識淺和深，今日方知輕與重。鐵棒賽飛龍，神鋒如舞鳳，左攔右攻，前迎後映。這陣上梅山六弟助威風，那陣上馬流四將傳軍令。搖旗擂鼓各齊心，吶喊篩鑼都助興。兩個鋼刀有見機，一來一往無絲縫。金箍棒是海中珍，變化飛騰能取勝，若還身慢命該休，但要差池為蹭蹬。〔註82〕

除了最後六句不是對偶之外，前面連續使用八組對偶。

對偶在古典小說中，基本上是一種修辭性的運用，沒有硬性的規定。不過，我們也能看到由於小說的語言風格受到賦和駢文的影響，在描寫人物和場景時，多使用駢詞儷句。顯示對偶在古典小說中亦普遍受到創作者喜愛，並大量地使用在小說中的一些特定部分。

而對偶在章回小說中最為具體的運用，則是在回目上的對偶精工。只要

〔註80〕陳球：《燕山外史》（香港：五桂堂書局），頁5。

〔註81〕吳承恩撰、繆天華校注：《西遊記》（台北：三民書局，1998年），頁53。

〔註82〕同上註，頁65。

是一回雙目的回目形式，往往都是以對偶的方式呈現，《三國演義》、《水滸傳》、《紅樓夢》等無不如此。這種對偶的回目形式，是刻意為之的，在毛宗崗批注的《三國演義》〔註83〕，其凡例中即言：

> 俗本題綱，參差不對，雜亂無章，又于一回之中，分上下兩截。今悉體作者之意而聯貫之，每回必以二語對偶為題，務取精工，以快悅者之目。

為了達到「悅目」的目的，將原本不對的回目，修改為對偶的形式，可見其用心。而像《紅樓夢》的回目，更是在曹雪芹筆下，即已是整齊的對偶形式。

對偶在小說中回目的運用，其意義特殊，因為回目是總括整篇的標題，有著獨立的性質，以一聯對偶來代表一回，那麼此聯對偶也就有其獨立存在的價值。對偶在小說中不單只是一種修辭技巧，也代表其獨立性質的確立。

唐宋以後，在官方性質的制、詔、狀、牒以及官府判詞等應用文書中，對偶的運用更為多見，《全唐文》中的制詔之類多使用對偶，張鷟的《龍筋鳳骨判》四卷、白居易的《白居易集》中卷六十六、六十七的百判，也都是對偶之文。陸贄《翰苑集》中各種體裁的官方文書，都普遍存在著對偶，如〈奉天改元大赦制〉：「長于深宮之中，暗于經國之務。積習易溺，居安忘危。不知稼穡之艱難，不察征戍之勞苦。澤靡下究，情不上通。事既壅隔，人懷疑阻」、〈招諭淮西將吏詔〉：「狼心多忌，梟性無親，以芟伐立威，以猜刻為志。朝為昵比，夕為仇讎。肆其芟夷，蔑若草芥。馮陵汝海，流血盈川，侵軼浚郊，積骸徧野。農耕廢業，井邑成墟」、〈放淮西生口歸本貫勅〉：「懲過不可以不罰，原情不可以不矜。將推內恕之心，用廣自新之路」、〈答百寮請停大禮表〉：「再經播遷，久曠禋祀，不惟霜露之感，實貽墜失之憂。」、〈論敘遷幸之由狀〉：「吏不堪命，人無聊生。農桑廢於徵呼，膏血竭於笞捶。市井愁苦，室家怨咨」、〈賜吐蕃宰相尚結贊書〉：「敦以舅甥，結為鄰援。懲戰爭之弊，知禮讓之風」等，顯示出對偶的運用，從文學的修辭藝術衍變為官方實用文書程式化的形式，也反映出對偶已普遍氾濫於政府文書、應酬文字等應用文體上。

一般說理議論的文章，或多或少也都會運用到對偶，而劉勰的《文心雕龍》則是運用對偶最具代表的典範。其書篇幅龐大，內容豐富，以〈原道〉、

〔註83〕羅貫中著，毛宗崗批注：《三國演義》（台北：老古文化事業股份公司，1997年），頁3。

〈宗經〉、〈徵聖〉等篇，討論文學之起源，確立全書立論的思想之後，分別論及文體、創作、批評等方面。這些理論性的議題，劉勰都大量地運用對偶來闡述，如〈神思〉篇論及寫作過程中文章構思與想像的關係，即透過對偶，將想像須受到思想統攝的抽象理論，描述得非常生動形象：

> 文之思也，其神遠矣。故寂然凝慮，思接千載；悄焉動容，視通萬里。吟咏之間，吐納珠玉之聲；眉睫之前，卷舒風雲之色。其思理之致乎？故思理爲妙，神與物遊。神居胸臆，而志氣統其關鍵；物沿耳目，而辭令管其樞機。樞機方通，則物無隱貌；關鍵將塞，則神有遁心。〔註84〕

形象的對比，使文章不僅說理條暢，且華彩翩翩。

總而言之，對偶在特定文體之外的其他體裁中，雖然只是文學修辭性的使用，但是，我們也看到對偶普遍蔓延氾濫到各種文學體制之中，甚至於被大量地運用在這些不必刻意使用對偶的文體，可見對偶已不單純只是其中的修辭技巧而已。

第三節　獨樹一幟的對聯

對聯，又稱楹聯、楹帖、對子，是中國文學中一種特殊的文體。對聯以「副」爲單位，由上下兩聯所組成。

基本上，對聯就是對偶，它具備了對偶所要求的意義相對、句法相同、詞性相對、字數整齊等條件，甚至也可以講究聲音上的平仄相對。不過，對聯與對偶仍有不同之處。它與對偶的差異，在於一副對聯就是一篇「獨立成篇」的文學作品，上下兩聯即構成一個完整的意義；而對偶主要依附在文體中表現，若從文體中將對偶抽離出來，這些對偶不盡然都能表達「獨立」完整的意思，有時還是必須藉由原本前後文句的意義連結補充，才能理解其意思，例如杜甫〈送鄭十八虔貶台州司戶，傷其臨老陷賊之故，闕爲面別，情見於詩〉裡的一聯對偶：「倉惶已就長途往，邂逅無端出餞遲」，只是兩人面對臨別時的情景描述，若不從上、下詩句一併理解，抽離出來的這聯對偶是無法有其完整的意思，自然不是對聯；而〈蜀相〉中：「三顧頻繁天下計，兩朝開濟老臣心」一聯，已概括了諸葛亮的生平，這既是一聯對偶，也是表達完整的一副對聯。所以，我

〔註84〕劉勰撰、周振甫著：《文心雕龍今譯》（北京：中華書局，2005年），頁248。

們可以說，對聯必定是對偶，而對偶則不一定可以爲對聯。

一、最早的對聯

　　對聯既是對偶，對聯的起源也就與對偶一樣，源於中國文字「獨體」、「單音」的特質。不過，「獨立成篇」的對聯畢竟與對偶不同，現在一般都認爲最早的對聯，始於五代後蜀國君孟昶所題的「新年納餘慶，佳節號長春」〔註85〕。清人梁章鉅在其書《楹聯叢話》卷之一的第一則，即言：

> 嘗聞紀文達師言：「楹帖始於桃符，蜀孟昶『餘慶』、『長春』一聯最古。」……按《蜀檮杌》云：「蜀未歸宋之前一年歲除日，昶令學士辛寅遜題桃符版於寢門，以其詞非工，自命筆云：『新年納餘慶，佳節號長春』。……實後來楹帖之權輿，但未知其前尚有可考否耳？〔註86〕

梁氏依其師紀昀所言以及北宋張唐英的《蜀檮杌》記載，稱孟昶此聯爲「後來楹帖之權輿」，不過，他也語帶保留地說：「但未知其前尚有可考否耳？」對於在孟昶之前是否有對聯，預留了可以討論的空間。

　　由孟昶這副對聯出現的始末來看，它屬於因應春節在桃符板上題寫吉祥詞句的「春聯」，因爲懸掛在門口，又可視之爲「門聯」。不論是「春聯」，或是「門聯」，都是對聯。所以，清末譚嗣同即從「門聯」的角度，提出另一種說法，在《石菊影廬筆識》一書中記載：

> 紀文達言楹聯始蜀孟昶「新年納餘慶，佳節號長春」十字。考宋劉孝綽，罷官不出，自題其門曰：「閉門罷慶弔，高臥謝公卿。」其三妹令嫻續曰：「落花掃仍合，叢蘭摘復生。」此雖似詩，而語皆駢儷，又題於門，自爲聯語之權輿矣。〔註87〕

譚氏認爲「題於門」者，也就是「門聯」，最早出現的應該是南朝宋劉孝綽、劉令嫻兄妹的兩副對聯：「閉門罷慶弔，高臥謝公卿」和「落花掃仍合，叢蘭

〔註85〕見〔元〕脫脫等修：《宋史》（廿五史本，開明書局，第七冊，1934年）卷479，列傳第238，頁1212，第三欄；北宋張唐英《蜀檮杌》（見《蜀檮杌校箋》張唐英撰，王文才、王炎校箋，成都：巴蜀書社，1999年，頁458）也有同樣的記載。

〔註86〕梁章鉅：《楹聯叢話》（收於《楹聯全話》，江蘇廣陵古籍刻印社），頁11。

〔註87〕見譚嗣同：《石菊影廬筆識》（收錄於《譚瀏陽全集》，台北：文海出版社，1968年）卷上，頁353。

摘復生」。比起孟昶的「春聯」還要早將近五百年。但查考《南史、劉孝綽傳》並無與此相關的記載，無法得知譚氏此說依據爲何，因此，譚氏此說並未受到一般人的接受。

　　不過，在宋代詩話中已有唐人寫作對聯的記載，如文瑩《玉壺詩話》記載，後唐人范質在茶肆中：

　　　　……時暑中，公執一葉素扇，偶寫「大暑去酷吏，清風來故人」一
　　　　聯在上，陋狀者奪其扇曰：……〔註88〕

范質在扇上所題的一聯對偶，就是「獨立成篇」的對聯。又在《全唐詩話》卷一裡，「王灣」一則中記載：

　　　　王灣登先天進士第。……〈遊吳中江南意〉云：「海日生殘夜，江春
　　　　入舊年。」……張公居相府，手題于政事堂，每示能文，令爲楷式。

　　〔註89〕

張公所題在政事堂的也是對聯。

　　另外，根據現代楹聯學者討論對聯格律時所引用的例證中，我們可以發現五副以上唐人楹聯的例子，如余德泉《對聯格律、對聯譜》中有兩副：

　　〔唐〕陳蓬自題居所聯〔註90〕

　　　　竹籬疏見浦，

　　　　茅屋漏通星。

　　〔唐〕林嵩自題書室聯〔註91〕

　　　　大丈夫不食唾餘，時把海濤清肺腑；

　　　　士君子豈依籬下，敢將台閣占山巔。

奉騰蛟的《對聯寫作規則》中，有三副：

　　唐僖宗敕封「義門陳氏」聯〔註92〕

　　　　九重天上旌書貴，

　　　　千古人間義字香。

〔註88〕見文瑩：《玉壺詩話》（《宋詩話全編》，第壹冊），第十七則，頁166。
〔註89〕見闕名：《全唐詩話》（《宋詩話全編》，第拾冊），頁10559。
〔註90〕見余德泉：《對聯格律、對聯譜》（長沙：嶽麓書社，1999年），頁26。查福
　　　　建《福鼎縣志》卷七記載：「陳蓬，號白水仙，乾符（唐僖宗年號）間人士。
　　　　嘗題所居聯：『竹籬疏見浦，茅屋漏通星。』又有：『石頭磊落高低踏，竹戶
　　　　玲瓏左右開。』」（葉六至七）。顯示出陳蓬至少有兩幅對聯存世。
〔註91〕《對聯格律、對聯譜》，頁27。
〔註92〕奉騰蛟：《對聯寫作規則》（長沙：嶽麓書社，2006年），頁4。

〔唐〕李道宗題湖北靈泉寺聯〔註93〕

　深山窈窕，水流花發洩天機，未許野人問渡；

　遠樹蒼涼，雲起鶴翔含妙理，惟偕騷客搜奇。

〔唐〕雲中子題益陽裴公亭聯〔註94〕

　得仙人之舊館，感吾生之行休，何伸雅懷，未嘗不臨文嗟嘆；

　惟江上之清風，與山間之明月，每有會意，亦足以暢敘幽情。

由此可見，五代孟昶的「餘慶」、「長春」一聯只能算是最早出現的「春聯」，至於對聯，早在唐代，即已出現，而且有題在扇面上的「題扇聯」，有掛在廳堂的「堂室聯」，也有楹柱上的「楹聯」等各種的呈現方式。此外，在篇幅上，有每聯一句，各五言，或七言，上下相對的形式之外，也有每聯兩句以上的「隔句對」、「長隔對」，顯示對聯不僅在唐代即已出現，且唐人對聯的使用已經相當普及與成熟。

二、對聯的平仄

　　按理說，對偶在聲律上，有「古對」與「律對」之分，對聯自然也應該有「古對」與「律對」的分別。尤其在唐代近體詩聲律完成之後，唐人寫的對聯，當然應該有「律對」，有「古對」，但是，從上列的唐代對聯來看，在平仄聲調上，皆合於律，都是「律對」，顯示唐人不僅在寫近體詩時用「律對」，「律對」的觀念也延伸到其他文體中，如律賦、駢文，進而在獨立成篇的對聯也使用「律對」。

　　一般都認為，對聯需要講究聲音上的平仄相對，而對聯的平仄要求，則是以近體詩的格律作為基礎，《中國楹聯大辭典，理論篇》指出：

　　　對聯的平仄規律，與詩基本相同，一般套用詩的「一三五不論，二四六分明」的基本法則。……對聯嚴格規定上聯末字用仄聲、下聯末字用平聲。〔註95〕

又說：

　　　對聯的平仄規律，一般是按照律詩的要求，但詩一般只限於五言和七言律詩，而對聯最長的有1612字，對聯中八言以上的長聯平仄規

〔註93〕《對聯寫作規則》，頁126。

〔註94〕《對聯寫作規則》，頁126。

〔註95〕裴國昌主編：《中國楹聯大辭典》（江蘇科學技術出版社），頁7。

律，每句的最後一個字要平仄互對，每句逢雙的字，即二、四、六……
也要逐字相對，極少數名聯，以內容取勝，平仄不太協調，或對仗
不太工整，……百字以上的長聯平仄要求比較寬鬆，其中有個別詞
組平仄失調，但要遣詞流暢，語句鏗鏘，調理分明，層次得當，仍
不失爲佳聯。〔註96〕

這兩段話可歸納成三點：第一、對聯的平仄，五言、七言者以近體詩平仄規
律爲準，而上聯末字必定爲仄聲、下聯末字必定爲平聲；第二、八言以上的
對聯，則要求上、下聯中各句末字彼此平仄相對，且句中偶數字也要逐字平
仄相對；第三點則是例外的說明，認爲只有「少數名聯」或「百字以上的長
聯」，在平仄可以比較寬鬆。

　　對聯平仄的規律，既然是「依照律詩的要求」，基本上，也就是以近體詩
聲律中的「律聯」作爲其平仄規範。因此，所謂對聯「上聯末字用仄聲、下
聯末字用平聲」的嚴格規定，就是「律聯」上句末字爲仄聲、下句末字爲平
聲的要求。而對於「八言以上的長聯平仄」以偶數字平仄相對之說，也是從
近體詩「二四六分明」的基本法則，類推出來的。

　　其他對於對聯平仄的言論，也離不開「律聯」的規範，如《楹聯叢編》
所收錄的《楹聯作法》認爲的對聯平仄爲：

　　對聯雖分平仄，一聯之中，某處應用平聲，某處應用仄聲，當隨用
　　意之如何，聲調是否順適而變化運用，向無死則之規定。……例有
　　規定不得違犯者，則上聯之末字，定當選用仄，下聯之末字，定當
　　選用平聲。〔註97〕

這裡對於對聯的平仄要求，雖然有其寬鬆的一面，但「例有規定不得違犯者」，
也是從「律聯」上、下句末字仄平相對的要求而來。基本上，對於對聯的平
仄規則的要求，大多是以近體詩的聲律規範作爲基礎。

　　近年，大陸學者余德泉提出「對聯譜」的說法，之後，學者奉騰蛟也提
出一系列的「對聯規則」，爲對聯提供了多樣的寫作原則。

（一）余德泉的「對聯譜」

　　余德泉在《對聯格律、對聯譜》一書中，以清人林昌彝之說「凡平音煞
句者，頂句亦以平音，仄音煞句者，頂聯亦以仄音。照此類推，音節無不調

〔註96〕《中國楹聯大辭典》，頁13。
〔註97〕見《楹聯作法》（《楹聯叢編》，第一冊），頁9。

叶」作爲其理論基礎，提出「仄頂仄，平頂平」的對聯平仄規則，稱之爲「馬蹄韻」，並形象化的概括說：

> 其所以叫馬蹄韻，在於其規律正像馬之行步，後腳總是踏著前腳腳印走，每個腳印都要踏兩次。若以一邊的腳爲平，另一邊的腳爲仄，左右輪流，那麼「平平」之後便是「仄仄」，「仄仄」之後便是「平平」了。鑑於後腳之最初站立點與立定時前腳之站立點，並無後繼，所以起句和末句的句腳，一般都是單平或者單仄。〔註98〕

在此說明對聯上下聯中各句的句腳平仄，以「平平」接「仄仄」，「仄仄」接「平平」的順序關係。

「馬蹄韻」的平仄運用規律是余德泉「對聯譜」的主要精神，無論是從對聯的句腳，或句中，其平仄均以此爲出發點。

在對聯句腳上平仄的運用，以「上聯末句仄收，下聯末句平收」〔註99〕爲前提，將聯中的句數，分爲奇數句、偶數句兩組，制訂出上聯各句末字平仄規則的列表兩組〔註100〕，茲將此兩組表格結合如下：

> 每邊二句：平仄
>
> 每邊三句：平平仄
>
> 每邊四句：仄平平仄
>
> 每邊五句：仄仄平平仄
>
> 每邊六句：平仄仄平平仄
>
> 每邊七句：平平仄仄平平仄
>
> 每邊八句：仄平平仄仄平平仄
>
> …………
>
> 下聯句腳與上聯平仄相反。

余氏在對聯上聯末字爲仄聲，下聯末字爲平聲的基本要求上，結合其所謂的「馬蹄韻」規則，將一聯中的各句句末字加以規範，如上聯以兩句構成者，其第二句末字爲聯末字，所以必定爲仄聲，而第一句句末字則爲平聲；下聯各句末字則與上聯各句句末字平仄相反，如：

〔註98〕見余德泉：《對聯格律、對聯譜》（長沙：嶽麓書社，1999 年），頁 16。

〔註99〕同上註，頁 34。

〔註100〕同上註，頁 34、40。

門辟九霄，仰步三天勝迹；
　　　平　　　　　仄

階崇萬級，俯臨千嶂奇觀。（泰山南天門聯）〔註101〕
　　　仄　　　　　平

上聯以三句構成者，即以二句者為本，由於第三句句末字必定為仄聲，第二句句末字為平聲，所以第一句句末字為平聲，形成三句句腳字平仄順序為「平、平、仄」，如：

一畫本天開，破上古洪荒，草昧無須繩更結；
　　平　　　　平　　　　　　仄

六書隨世換，供後人摹寫，英雄未免筆難投。
　　仄　　　　仄　　　　　　平

（杭州倉頡廟聯）〔註102〕

依照「仄頂仄，平頂平」的原則類推，四句者其上聯句腳字平仄為「仄、平、平、仄」、五句者為「仄、仄、平、平、仄」、六句者為「平、仄、仄、平、平、仄」，……至二十五句者。茲再舉五句者為例，餘不贅列：

安土原同淨土，但令六塵不染，八垢皆空，此地勝靈山，
　　　　仄　　　　　仄　　　　平　　　　平

會看一花一世界；
　　　　仄

慶雲無益慈雲，待將十行胥圓，萬善皆足，有緣參福果，
　　　　平　　　　　平　　　　仄　　　　仄

共證三藐三菩提。（安慶迎江寺聯）〔註103〕
　　　平

這種依所謂「馬蹄韻」安排的對聯句腳平仄，余氏稱之為「全合式」。除此之外，又有「段合式」〔註104〕、「變格式」〔註105〕、「間破式」〔註106〕以及「段

〔註101〕《對聯格律、對聯譜》，頁188。
〔註102〕《對聯格律、對聯譜》，頁212。
〔註103〕《對聯格律、對聯譜》，頁276。
〔註104〕見《對聯格律、對聯譜》，頁44：「段合式，就是『仄頂仄，平頂平』的規則，不是一貫到底，而是在對聯中根據聯意的層次作分段安排。這種對聯若作通觀，並不全合馬蹄韻，但就每段而論，則都是合馬蹄韻的。」
〔註105〕見《對聯格律、對聯譜》，頁47：「變格式，是指對聯末二句句腳為雙平或雙仄者。」

合間破式」〔註107〕等四種，平仄原則雖不完全符合「馬蹄韻」，但基本上仍部分符合，所以余氏亦視之為「馬蹄韻」之運用者。

至於「馬蹄韻」在對聯句中的運用，余氏以「字數」和「節奏」作為其決定因素：

> 決定馬蹄韻在句中運用規則的主要因素有兩個：一是每句的字數，二是句中的節奏。就是說，字數不同的聯句，有不同的平仄運用的規則；字數相同而節奏不同者，平仄運用規則也不同。〔註108〕

由此看來，「馬蹄韻」在聯句中的運用，既要考慮字數，又要兼顧節奏，似乎並未有一固定的格式。

他在「不同字數的聯句對馬蹄韻的運用」一節裡，從一言句的平仄說起，到五、七言句即結束。其中討論最多的，是五、七言句的平仄。他開宗明義地即說道：「五言和七言句，與律詩五言和七言句平仄相同」〔註109〕，而對於五、七言平仄與「馬蹄韻」的關係，余氏認為：

> 「（仄仄）平平平仄仄」、「（平平）仄仄仄平平」，中間有三平或者三仄相連，與「仄頂仄，平頂平」的規則不合，句腳原則上是不允許的。但律詩的句式本來有此兩種，且與節奏有關。律詩五言句為二三節奏，五分作「二」和「三」，「平平平仄仄」就成了「平平——平仄仄」，「仄仄仄平平」就成了「仄仄——仄平平」，三平三仄就成了兩平和一平、兩仄和一仄，這又在「馬蹄韻」範圍。〔註110〕

因為律詩中有此句式，所以雖然不合於「馬蹄韻」，也視之為對聯的平仄規律，於是，再從節奏上，補充說明其合於「馬蹄韻」之處。其他在討論到「孤平」、「三平腳」以及「一三五不論」等處，余氏也以「律詩不允許，對聯也不允許」〔註111〕為據。可見余氏「馬蹄韻」在句中的運用，就字數上而言，即是

〔註106〕見《對聯格律、對聯譜》，頁54：「間破式，就是從總體上看對聯是用馬蹄韻寫的，但『仄頂仄，平頂平』的規則，為服從聯意的需要間或有所打破，又非段合式之分段安排者。」

〔註107〕見《對聯格律、對聯譜》，頁61：「段合間破式，就是馬蹄韻的規則在一聯句腳運用時，基本安排是段合式，但段中句腳平仄有時又有所打破。段合間破式也是因語意的影響而產生的。」

〔註108〕《對聯格律、對聯譜》，頁72。

〔註109〕《對聯格律、對聯譜》，頁75。

〔註110〕《對聯格律、對聯譜》，頁76。

〔註111〕《對聯格律、對聯譜》，頁79。

以近體平仄規則爲基礎。

在「不同節奏的聯句對馬蹄韻的運用」一節中，余氏是以聯句中的節奏點作爲區隔：

> 一個聯句不管有多長，只看它可以分爲幾個節奏，每個節奏可以包含幾個字。包含一個字，就按一言句的平仄格式處理。包含兩個字就按二言句的平仄格式處理。包含三個字，就按三言句的平仄格式處理。以此類推。這樣，再長的句子也可以變得比較短，平仄也就好安排了。〔註112〕

也就是當句中節奏點確定之後，在這個節奏中的平仄，即按其所包含的言數平仄格式來安排，而這些言數的平仄格式，即余氏在前一節「「不同字數的聯句對馬蹄韻的運用」中所規範的，所以，如書中所舉袁枚贈某園主人聯〔註113〕：

> 勝地怕重經，記當年一絲竹宴諸生，回頭是夢；
> 仄仄仄平平　仄平平　平仄仄平平　平平仄仄
>
> 名園須得主，幸此日一樓台逢哲匠，著手成春。
> 平平平仄仄　仄仄仄　平平平仄仄　仄仄平平

上下聯的第一、第三句爲五言句與四言句，即可以其所謂的五言、四言句的平仄格式安排，而第二句爲八言句，依節奏點可分成三言句與五言句兩部分：三言句即按三言平仄，五言即按五言平仄。雖然，在此例中，其下聯三言句「幸此日」的平仄爲「三仄」連用，明顯不符余氏在「字數」上對三言句平仄的規範，不過，余氏認爲由於「其餘都合馬蹄韻」，在此也就沒有特別計較這個問題。可見，其以節奏區隔聯句，主要的目的在有利於將字數的平仄格式套用於其中。

綜合余德泉所提出的各項規則，其「對聯譜」即是：在上聯末字爲仄聲，下聯末字爲平聲的基本要求下，每聯各句句末字依「馬蹄韻」，「仄頂仄，平頂平」的平仄規則運用，而各句句中的平仄，不論是從字數，或節奏，也都是以其所謂的「馬蹄韻」爲原則。

對於余德泉所提出的「馬蹄韻」之說，本文則有三點商榷之處：

第一，「馬蹄韻」，既然稱爲「韻」，顧名思義，則應該是指押韻的方式與規律，但究其所論，平聲與仄聲之間，沒有同屬一個韻部的問題，純粹只是

〔註112〕《對聯格律、對聯譜》，頁81。
〔註113〕《對聯格律、對聯譜》，頁86。

聲調上的平仄規律而已。因此，或許稱之為「馬蹄格」，較為客觀。

　　第二，余氏強調「聯律從根本上說就是馬蹄韻」，所以不論在句腳，或句中，其平仄均依「馬蹄韻」而行。但是，在談到「馬蹄韻」在句腳中運用的最後，他卻說道：

> 在上述各式對聯中，可以說變格式對聯要比全合式少，全合式沒有
> 段合式多，段合式沒有間破式多，間破式又沒有段合間破式多。這
> 也說明，完全合律的對聯，在對聯中總是居於少數。〔註114〕

既然完全合律，也就是符合「馬蹄韻」平仄規則的對聯，並非多數，那麼何以對聯的句腳平仄就必須以「馬蹄韻」為標準呢？「變格式」、「段合式」、「間破式」以及「段合間破式」等格式，在一定程度上，都違反了「仄頂仄，平頂平」的原則，而且數量上也都比「全合式」來得多，顯然「馬蹄韻」並不盡然具有代表性，與強制的規範性。

　　在句中平仄運用上，我們不難發現，近體詩平仄規律的觀念凌駕於「馬蹄韻」之上。「孤平」、「三平腳」、「三仄腳」、「一三五不論」等等近體詩聲律的觀念，成為余氏論述不同言數句子中平仄格式的重心，雖然，他也提出「節奏」此一因素，但是在確定節奏之後，仍又回到就字數多少而定的平仄格式。「馬蹄韻」在聯句中的運用，其實就是近體詩的平仄規則。

　　因此，我們可以這麼說，就對聯聯中句腳的平仄而言，「馬蹄韻」只是其中的規則之一，而在句中的平仄來說，則是以近體詩平仄運用為原則。「馬蹄韻」者並不盡如余氏所說的，是聯律的「根本」規則。

　　第三、以「馬蹄韻」為基礎的「對聯譜」，雖稱之為「譜」，但並非所有寫作對聯者均須遵循此一規則，與寫作近體詩必定依照的「平仄譜」，在文體寫作的權威性上，有相當大的差距。余氏過於強調「馬蹄韻」對於對聯寫作的重要性，進而以「譜」稱之，反倒使得其對聯的平仄規律受到侷限，而不見其他方式的寫作規則。事實上，「譜」的概念是必須依照此「譜」寫作，否則就離譜，不成規則。近體詩的寫作必須依照「平仄譜」，不然就不是近體詩。然而對聯的寫作不盡然必依「譜」寫作，不依「譜」寫作的一樣可以是對聯。所以，余德泉所謂的「對聯譜」，也可以把它視為對聯寫作的規則之一。

〔註114〕《對聯格律、對聯譜》，頁70。

（二）奉騰蛟的「對聯寫作規則」

在余德泉提出以「馬蹄韻」作為「對聯譜」的根本規則之後，奉騰蛟在其《對聯寫作規則》書中，即提出「一仄多平」、「兩仄多平」、「句腳全仄」、「單句平仄交替」、「雙句平仄交替」等五種〔註115〕上聯各句句末字平仄的寫作規則。所謂「一仄多平」就是上聯除了最後一句末字，即聯末字為仄聲之外，其他各句句末字皆為平聲，如清人李慶元題嘉禾青雲觀聯〔註116〕：

　　流水碧無情，誰人悟徹源頭，領略這明月清風，塵海回波登岸去；
　　　　　平　　　　　平　　　　　　　平　　　　　　　　仄

　　空山青有意，何處鑿開岩洞，點染些落霞芳草，武陵歸棹問津來。
　　　　　仄　　　　　仄　　　　　　　仄　　　　　　　　平

「二仄多平」則是第一句與最後一句句末字為仄聲，中間各句末字為平聲，如蘇州寒山寺聯〔註117〕：

　　江楓漁火，勝地重來，與國清寺并起宗風，依舊鐘聲聞夜半；
　　　仄　　　　平　　　　　　平　　　　　　　　仄

　　木屐樺冠，仰天狂笑，有寒山集獨參妙諦，長留詩句在吳中。
　　　平　　　　仄　　　　　　仄　　　　　　　　平

「句腳全仄」就是句末字全用仄聲，如清人彭源瑞對乾隆皇帝〔註118〕：

　　氷冷酒，一點水，兩點水，三點水；
　　　仄　　　仄　　　仄　　　仄

　　丁香花，百人頭，千人頭，萬人頭。
　　　平　　　平　　　平　　　平

「單句平仄交替」是句末字以「平、仄、平、仄、平、仄」規律出現者，如四川灌縣二王廟聯〔註119〕：

　　深掏灘，低作堰，懿訓昭垂，為準為則；
　　　平　　　仄　　　平　　　仄

〔註115〕奉騰蛟：《對聯寫作規則》（長沙：嶽麓書社，2006年9月）。「一仄多平」對聯規則，見頁4～123；「二仄多平」對聯規則，見頁126～161；「句腳全仄」對聯規則，見頁162～172；「單句平仄交替」對聯規則，見頁173～179；「雙句平仄交替」對聯規則，見頁180～184。
〔註116〕《對聯寫作規則》，頁9。
〔註117〕《對聯寫作規則》，頁142。
〔註118〕《對聯寫作規則》，頁167。
〔註119〕《對聯寫作規則》，頁176。

灣截角，下抽心，儀型作式，無頗無偏。
　　　仄　　　平　　　仄　　　平

「雙句平仄交替」則是句末字以「平、平、仄、仄、平、平、仄」規律出現
者，即余德泉所謂的「馬蹄韻」〔註120〕，在此不贅引例句。

　　奉騰蛟的「對聯寫作規則」，其目的並非在建構一套對聯格律的標準，而
是「介紹一系列的屬聯規則」〔註121〕，所以，這五種規則各自獨立，均針對
聯中各句末字的平仄規律，對於句中的平仄，並未提及。而五種規則，唯一
共同遵循的，則是上聯末字爲仄聲，下聯末字爲平聲的要求。從奉氏所提出
的對聯規則看來，對聯的格律不僅只有余德泉所謂以「馬蹄韻」爲基礎的「對
聯譜」一種，反而呈現出活潑、多樣的特性。

　　結合兩人的對聯平仄規則之說，可以發現對聯並沒有一套固定的平仄規
則可言，兩人所提出的各種平仄規則均有符合的聯例，顯示出寫作對聯者在
寫作時，並未有依循固定譜式的心態，所以，呈現出來的平仄聲調自然有多
種情形，而反映出各種規律，甚至可以沒有規律。事實上，余德泉的「馬蹄
韻」之說以及奉騰蛟所提出的多項「對聯規則」，其主要關注的焦點，都是在
爲長聯中各句句末字的平仄找尋出一套（或多套）規則。不過，兩人對於五
言、七言的對聯平仄與上、下聯末字的仄平相對，都一致以近體詩平仄規律
爲依據〔註122〕。

　　這些論對聯平仄者，之所以會不約而同地以近體詩格律作爲對聯平仄的
規律，其原因在於，唐代以後，近體詩風行天下，近體詩的平仄譜式已然固
定，在近體詩「律對」的觀念下，論者受到近體詩平仄譜的影響，先入爲主
的認爲對聯即爲「律對」，自然就以「律對」的平仄規則來規範對聯的平仄。
但是，他們不知道對偶有「古對」、「律對」之分，對聯既然是對偶，當然也
一樣有「古對」，有「律對」。所以，對一般人以及論對聯平仄者而言，不符
合「律對」平仄要求的對聯，往往被視爲「例外」、「特例」，殊不知這種對聯
並非「例外」，只是與「律對」相對的「古對」。

　　而「對聯譜」，或者對聯寫作規則，都是大原則的規範，不像近體詩的平

〔註120〕見《對聯寫作規則》「雙句平仄交替」對聯規則說明，頁180。
〔註121〕《對聯寫作規則》，頁3。
〔註122〕余德泉即言：「五言和七言句，與律詩五言和七言句平仄相同」（頁75）；奉
　　　騰蛟亦認爲對聯的格律與近體詩「既不相同但有相關之處」，而五、七言對聯
　　　的格律是同於近體詩格律（頁1～2）。

仄譜已有完整譜式，並具有絕對的權威性，只要寫作近體詩，就必須按此平仄譜寫作，所以，一般人在寫作對聯時，不見得受到這些對聯規則的限制，自然會寫出合於「律」的「律對」，也會有不合於「律」的「古對」。

既然，對聯並沒有規定一定要是「律對」，當然也可以是「古對」，如乾隆皇帝所題的三希堂堂聯〔註123〕：

> 懷抱觀古今，
> 平仄平仄平
>
> 深心託毫素。
> 平平仄平仄

其上聯平仄爲「古句」、下聯平仄爲「代律句」，同時，上聯末字「今」爲平聲、下聯末字「素」爲仄聲，完全不符合一般所謂的「對聯平仄」。有些人會以爲這是上、下聯位置懸掛顛倒，而予以改「正」，如《中國楹聯大辭典》的編者即將此副對聯順序改爲上聯「深心托毫素」、下聯「懷抱觀古今」〔註124〕，以符合其「仄起平落」的規定。其實，這是因爲編者先入爲主的受到「律對」的影響，而沒有「古對」的觀念，不知道它就是一副「古對」的對聯。

此外，在一些書院楹聯中，也可以見到上、下聯末字並非仄平相對，而是平仄相對的楹聯，如：

無錫東林書院聯〔註125〕

> ⎧ 依德之行（平），
> ⎨
> ⎩ 庸言之謹（仄）。
>
> ⎧ 願聞己過（平），
> ⎨
> ⎩ 樂道人善（仄）。

常熟虞山書院聯〔註126〕

> 學術正人心自淑（平），
>
> 教化成風俗斯美（仄）。

湖南嶽麓書院聯〔註127〕

〔註123〕見於「侯明明藝術館」網頁，有「北京三希堂」照片，其中「懷抱觀古今」一聯置於右，爲上聯，「深心託毫素」一聯置於左，爲下聯。

〔註124〕見《中國楹聯大辭典》，頁32。

〔註125〕朱恪超、李文鄭、梁紅、張豪編：《中國對聯庫》（鄭州：中州古籍出版社，2002年9月），頁918。

〔註126〕同上註，頁919。

　　　　惟處有材（平），

　　　　於斯爲盛（仄）。

在《紅樓夢》第五十三回中，賈氏宗祠大門楹聯也是上、下聯末字平仄相對：

　　　　肝腦塗地，兆民賴保育之恩（平）；

　　　　功名貫天，百代仰蒸嘗之盛（仄）。

我們不能因爲其末字平仄不符合所謂的「規定」，就說這些對聯都掛反了吧！
事實上，這些都是「古對」的對聯。

　　以對聯形式表現的章回小說回目，其上、下聯末字平仄相對與仄平相對
者，也往往並存，如《紅樓夢》第一至第十回回目：

　　　　甄士隱夢幻識通靈，賈雨村風塵懷閨秀。（第一回）
　　　　　　　　　　平　　　　　　　　　　仄

　　　　賈夫人仙逝揚州城，冷子興演說榮國府。（第二回）
　　　　　　　　　　平　　　　　　　　　　仄

　　　　賈雨村夤緣復舊職，林黛玉拋父進京都。（第三回）
　　　　　　　　　　仄　　　　　　　　　　平

　　　　薄命女偏逢薄命郎，葫蘆僧亂判葫蘆案。（第四回）
　　　　　　　　　　平　　　　　　　　　　仄

　　　　遊幻境指迷十二釵，飲仙醪曲演紅樓夢。（第五回）
　　　　　　　　　　平　　　　　　　　　　仄

　　　　賈寶玉初試雲雨情，劉姥姥一進榮國府。（第六回）
　　　　　　　　　　平　　　　　　　　　　仄

　　　　送宮花賈璉戲熙鳳，宴寧府寶玉會秦鐘。（第七回）
　　　　　　　　　　仄　　　　　　　　　　平

　　　　比通靈金鶯微露意，探寶釵黛玉半含酸。（第八回）
　　　　　　　　　　仄　　　　　　　　　　平

　　　　戀風流情友入家塾，起嫌疑頑童鬧學堂。（第九回）
　　　　　　　　　　仄　　　　　　　　　　平

　　　　金寡婦貪利權受辱，張太醫論病細窮源。（第十回）
　　　　　　　　　　仄　　　　　　　　　　平

其中第一、二、四、五、六回爲平仄相對者，第三、七、八、九、十回爲仄平

〔註127〕同上註，頁923。

相對者，兩者出現的比例各佔一半，顯示出對聯末字的平仄並未有嚴格規定。

以上所舉各聯，其平仄均不完全依照所謂的規則，但是，不會有人不認為其為對聯。總而言之，對聯本來就有「古對」與「律對」，固然對於初學者而言，有一個明確的寫作方法與規則予以遵循，是必要的，但是，面對實際存在的現象，也不必刻意為之曲解。

三、對聯的運用

由於對聯「獨立成篇」的特性，一副對聯就是一篇短文，結合了中國書法的視覺造型，使得對聯具備獨有的藝術形式。我們可以在任何地點、場合看到對聯的存在，也可以隨時隨地藉由對聯作為應酬題贈、表達情意的方式，而沒有任何限制，甚至於在章回小說的回目與內文都可以見對聯的出現，對聯的運用，可以說是無所不在。此處即從對聯在各種場合中的運用以及與章回小說的結合兩方面討論。

（一）實用於各種場合的對聯運用

在各種應酬的場合中，我們都可以見到對聯，其實用價值是眾所皆知的。對聯的出現，往往是基於因應特殊的應酬場合，或是特殊節日的需要。而舉凡張貼、懸掛、雕刻於門庭宮室、院舍堂館、山水園林、碑塔墓窟等處的對聯，由於大多是以題於門柱、楹柱的「楹聯」形式呈現，所以，對聯，又稱「楹聯」。「楹聯」是對聯最主要的表現形式，它固定在門柱、楹柱等建築物的實體結構上，而無法隨意移動，表現出相對的穩定性。當然，對聯不必非「楹聯」不可，前文所提到的題扇聯，落筆所到之物，信手拈來，更凸顯對聯形式的自由。

就對聯出現場合的實用性質來區分，對聯的表現，大致上，可分為四種：有因應特殊節日的春聯、節日聯，有表現在各地風景名勝、建築堂室的楹聯，配合特殊場合而表現的賀聯、輓聯與題贈聯，以及不拘形式，隨時隨地可以出現的「對子」。

1、春聯、節日聯

日常生活中最常見的對聯，就是逢年過節，家家戶戶張貼的「春聯」，它是因應年節的對聯，也成為我國民間的習俗。隨之而來的，則有因應各種時令節日，如立春、元宵節、清明節、端午節、中元節、立秋、中秋節、冬至

等等的對聯，都是從「春聯」衍生出來而針對特定節日的「節日聯」，例如：

立春日聯〔註128〕

　　四序當推春日始，百年難遇歲朝初。

元宵節聯〔註129〕

　　火樹銀花，今夜元宵竟不夜；

　　碧桃春水，洞天此處別有天。

端午節聯〔註130〕

　　日逢重五，節序天中。

中秋節聯〔註131〕

　　三五良宵，秋澄銀漢；

　　大千世界，光滿玉輪。

冬至日聯〔註132〕

　　岸容待臘將舒柳，驛使探春為贈梅。

2、風景名勝聯

　　在中國各地的風景名勝、建築居所，我們可以看到大量的對聯，其內容不外乎題寫該名勝景觀，或者與此建築居所相關的人、事、物。這類對聯，大多商請當時名人提筆寫作，或是一般文人登臨遊覽時，臨時寫作，其應酬性質極高。而這類對聯也往往成為該名勝景觀，甚至歷史文化的重要組成部分。

　　由於名勝古蹟的主題與物件的不同，對聯所表現的種類也就非常多樣，據《中國楹聯大辭典》中「名勝篇」所收輯我國各地的對聯資料，僅杭州、西湖一處的對聯就可見到山水風景、亭台軒館、寺庵廟祠、名人故居、學院書院等二十餘種，如詠歎西湖十景、山光湖色的風景聯：

平湖秋月〔註133〕

　　玉鏡靜無塵，照葛嶺蘇堤，萬頃波澄天倒影；

　　水壺清濯魄，對六橋三竺，九宵秋淨月當頭。

三潭印月〔註134〕

〔註128〕《中國楹聯大辭典》，頁835。

〔註129〕《中國楹聯大辭典》，頁836。

〔註130〕《中國楹聯大辭典》，頁839。

〔註131〕《中國楹聯大辭典》，頁841。

〔註132〕《中國楹聯大辭典》，頁842。

〔註133〕《中國楹聯大辭典》，頁267。

四面山光照，三潭水影清。（謝光行）

葛嶺〔註135〕

日似丹光出高嶺，鶴因梅樹住前山。（阮元）

飛來峰〔註136〕

飛峰一動，不如一靜；

念佛求人，莫如求己。

九溪十八澗〔註137〕

重重疊疊山，區區環環路；

高高下下樹，叮叮咚咚泉。

題刻在各式各樣，如亭、軒、館、閣、園等建築的楹聯，如：

湖心亭〔註138〕

如月當空，偶以微雲點河漢；

在人爲目，且將秋水翦瞳人。（張岱）

中山公園〔註139〕

千峰林影簾前月，四壁湖光鏡裡天。（乾隆）

虎跑泉〔註140〕

山勢北連三竺去，泉聲西自五雲來。（張以寧）

雷峰塔〔註141〕

雷峰如老衲，寶石似美人。（聞子將）

石觀音閣〔註142〕

眼前即是西方，面錢塘，背鑒湖，祇樹寶蓮成勝界；

心向何須南海？左仙閣，右福地，龍飛鳳舞護靈山。（徐有利）

宗教性質的寺廟、宮殿、庵祠等對聯，如：

靈隱寺〔註143〕

〔註134〕《中國楹聯大辭典》，頁 269。
〔註135〕《中國楹聯大辭典》，頁 279。
〔註136〕《中國楹聯大辭典》，頁 281。
〔註137〕《中國楹聯大辭典》，頁 299。
〔註138〕《中國楹聯大辭典》，頁 268。
〔註139〕《中國楹聯大辭典》，頁 275。
〔註140〕《中國楹聯大辭典》，頁 284。
〔註141〕《中國楹聯大辭典》，頁 288。
〔註142〕《中國楹聯大辭典》，頁 296。

鷲峰從天竺飛來，乃生成佛地；

鹿苑弘泉唐施濟，爲汲引聖湖。

彌陀殿〔註144〕

終日解其頤，笑世事紛紜，曾無了局；

經年坦乃腹，看滿杯洒落，卻是上乘。

省城隍廟〔註145〕

人心竟若此，天理究如何？

孟子祠〔註146〕

尊王言必稱堯舜，憂世心動徹禹顏。

玉皇宮〔註147〕

水映七星，斯文瞻北斗；

天成八卦，用坎鎮南離。

教育性質的學院、書院等聯，如：

杭州學院聯〔註148〕

天地自成文，湖山有美；

國家期得士，桃李無言。（彭元瑞）

敷文書院聯〔註149〕

正宜明道，養士求賢。

詁經書院聯〔註150〕

公羊傳經，司馬記史；

白虎德論，雕龍文心。（阮元）

名人故居的莊聯、別墅聯：

唐莊聯〔註151〕

金溪小築，苑在一方，其地爲虞伯生故址；

〔註143〕《中國楹聯大辭典》，頁290。
〔註144〕《中國楹聯大辭典》，頁293。
〔註145〕《中國楹聯大辭典》，頁301。
〔註146〕《中國楹聯大辭典》，頁300。
〔註147〕《中國楹聯大辭典》，頁289。
〔註148〕《中國楹聯大辭典》，頁310。
〔註149〕《中國楹聯大辭典》，頁310。
〔註150〕《中國楹聯大辭典》，頁311。
〔註151〕《中國楹聯大辭典》，頁304。

玉冰分流，匯成五畝，此中有唐山人詩瓢。（俞樾）

汾陽別墅聯〔註152〕

　　紅杏領春風，願不速客來醉千日；

　　綠楊足烟水，在小新堤上第三橋。（丁修甫）

還有墓聯，如秋瑾墓、林逋墓、蘇小小墓、武松墓、馮小青墓、于謙墓、張蒼水墓、胡則墓、梁氏墓、倪王氏墓、鄭貞女墓等等，其中最爲著名的，無疑是岳飛廟墓的對聯：

　　青山有幸埋忠骨，白鐵無辜鑄佞臣〔註153〕。

3、賀聯、輓聯、題贈聯

在一般婚喪喜慶的場合中，我們同樣可以見到對聯的存在，如賀壽聯、賀婚聯、輓聯，甚至於自輓聯等：

紀昀賀乾隆八十壽聯〔註154〕

　　八千爲春，八千爲秋，八方向化八風和，慶聖壽八旬逢八月；

　　五數合天，五數合地，五世同堂五福備，正昌期五十有五年。

維多利亞（英國女皇）賀光緒帝婚聯〔註155〕

　　日月同明，報十二時吉祥如意；

　　天地合德，慶億萬年富貴康寧。

陳寅恪輓王國維聯〔註156〕

　　十七年家國久魂銷，猶餘剩水殘山，留與纍臣供一死；

　　五千卷牙籤新手觸，待檢契文奇字，謬承遺命倍傷神。

俞樾自輓聯〔註157〕

　　生無補乎時，死無關乎數，辛辛苦苦，著二百五十餘卷書，流傳四方，是亦足矣！

　　仰不愧於天，俯不愧於地，浩浩蕩蕩，數半生三十多年事，放懷一笑，吾其歸歟？

此類對聯必須針對特定的對象、時間與場合寫作，馬虎不得。除自輓聯是自

〔註152〕《中國楹聯大辭典》，頁317。
〔註153〕《中國楹聯大辭典》，頁322。
〔註154〕《中國楹聯大辭典》，頁877。
〔註155〕《中國楹聯大辭典》，頁891。
〔註156〕《中國楹聯大辭典》，頁976。
〔註157〕《中國楹聯大辭典》，頁1001。

己預先寫就，對自己一生的總結、感嘆之外，其他賀聯、輓聯與題贈聯都是為他人而寫作的應酬之作。

　　不過，在這種場合中，對聯的運用，不必像「楹聯」須依附固定的物件，而無法移動，它可以因應不同的需要有著不同的形式，上列婚喪喜慶場合出現的賀聯、輓聯等，往往因為在一個場合裡有多幅對聯同時存在，不可能通通懸掛在門柱、楹柱上，所以大多以捲軸幛布等的方式來呈現。

　　同樣的，因為人際關係的交往（或響往），而題贈他人的題贈聯，內容一般帶有讚頌、祝願、勸勉的性質，其數量不限於一副，自然不必以「楹聯」的形式來表現。梁羽生《名聯觀止》一書中有一則關於題贈對聯的記載，頗能說明這種對聯產生的時機與表現的方式：畫家張大千三十六歲時有韓國之行，友人們為他餞行，在當場，方地山即席做了兩幅對聯相贈，其一：「世界山河兩大，平原道路幾千？」，其二：「八大到今真不死，半千而後又何人？」〔註158〕。這兩幅對聯都是在特定的餞行場合即席寫作的，自然不是「楹聯」，而在這樣的場合理，應該也不會刻意準備筆墨紙硯等書法工具，那麼其表現的方式也就相對更為自由，甚至於可能只是口頭唸誦出來而已。

　　4、對　子

　　「對子」是對聯的名稱之一，也是一種文人之間逞才鬥巧的文學活動。它不拘於字數長短、以及時間、場合，任何人隨時隨地，只要一時興起，都可以對上一對，如唐人溫庭筠和李商隱，以至於與唐宣宗的「對對子」，即是非常有名的例子：

　　　　李義山謂曰：「近得一聯句云：『遠比召公，三十六年宰輔。』未得偶
　　　　句。」溫曰：「何不云『近同郭令，二十四考中書』」宣宗嘗賦詩，上
　　　　句有「金步搖」，未能對。遣求進士對之，庭筠乃以「玉條脫」續，
　　　　宣宗賞焉。又藥名有「白頭翁」，溫以「蒼耳子」為對。〔註159〕

這三次「作對」都是臨時性的，李商隱與溫庭筠的對子屬於完整的對聯，而溫庭筠與唐宣宗的「金步搖」、「玉條脫」之對，或者是藥名的「白頭翁」、「蒼耳子」之對，雖然只是講究詞彙中各字的詞性相對，與一般對聯不盡然相同，然而是在沒有事先準備之下，臨機反應，更顯出溫庭筠的急智，也反映「對子」不受形式、時間、地點限制的特性。

〔註158〕見梁羽生：《名聯觀止》，「聯聖贈張大千聯」一文，頁36～37。
〔註159〕《全唐詩話》，溫庭筠條，頁10660。

（二）章回小說中的對聯

對聯除了獨立成篇的個別表現之外，也與章回小說結合，表現在對偶工整的回目上，以及小說內容中的「楹聯」。

章回小說的回目等於一篇文章的標題，它概括了「整回」的內容，所以本身就具有「獨立性」。而章回小說的回目，多以「一回兩目」的形式出現，即是以兩句話來概括整回的內容，這兩句話往往是意義相對、字數相同、句法相近的對偶句。這些對偶的回目，就是對聯，如：

《水滸傳》〔註160〕

第十一回　　梁山泊林沖落草，汴京城楊志賣刀。

第二十七回　武松威震安平寨，施恩義奪快活林。

第六十三回　呼延灼月夜賺關勝，宋公明雪天擒索超。

《金瓶梅》〔註161〕

第三十回　　蔡太師擅恩錫爵，西門慶生子加官。

第五十五回　西門慶兩番慶壽誕，苗員外一諾贈歌童。

第九十八回　陳敬濟臨清逢舊識，韓愛姐翠館遇情郎。

《春明外史》〔註162〕

第四十一回　爽氣溢西山，恰成美眷；罡風變夜色，難返沈痾。

第六十四回　已盡黃金，曲終人忽渺；莫誇白璧，夜靜客何來。

第八十二回　一榻禪心，天花休近我；三更靈夢，風雨正欺人。

表現在小說回目的對聯，最明顯的特徵在於，上、下聯句末字不盡然都是仄平相對的，如末字平仄相對者有《紅樓夢》第四十回：「史太君兩宴大觀園（平），金鴛鴦三宣牙牌令（仄）」、《水滸傳》第十六回：「花和尚單打二龍山（平），青面獸雙奪寶珠寺（仄）」、《西遊記》第十回：「老龍王拙計犯天條（平），魏丞相遺書託冥吏（仄）」，或是同聲相對者，有《紅樓夢》第十三回：「秦可卿死封龍禁尉（仄），王熙鳳協理寧國府（仄）」、《水滸傳》第九回：「林教頭風雪山神廟（仄），陸于火燒草料場（仄）」等等。充分證明對聯有「古對」、「律對」的形式。

此外，在小說的內文裡，也常有「楹聯」的出現，曹雪芹的《紅樓夢》

〔註160〕金聖嘆批：《水滸傳》（三民書局）。

〔註161〕《新刻繡像批評金瓶梅》（明清善本小說叢刊本）。

〔註162〕張心遠（張恨水）：《春明外史》（太原：北岳文藝出版社，1993年）

第十七回:「大觀園試才題對額,榮國府歸省慶元宵」可算是章回小說中出現「楹聯」數量最多的一回,其中敘述了賈寶玉爲大觀園中各處亭榭樓院等,題上「楹聯」的過程,光是賈寶玉就題了四處的「楹聯」:

> 繞隄柳借三篙翠,
>
> 隔岸花分一脈香。(「沁方亭」聯)
>
> 寶鼎茶閒煙尚綠,
>
> 幽窗棋罷指猶涼。(「瀟湘館」聯)
>
> 新綠漲添澣葛處,
>
> 好雲香護采芹人。(「稻香村」聯)
>
> 吟成豆蔻才猶豔,
>
> 睡足酴醾夢亦香。(「蘅蕪院」聯)

在賈寶玉題蘅蕪院聯之前,已有兩名門客先後對此院提出兩聯:

> 麝蘭香靄斜陽院,
>
> 杜若香飄明月洲。(其一)
>
> 三徑香風飄玉蕙,
>
> 一庭明月照金蘭。(其二)

在一回中出現了六幅對聯,當然與小說此回主要的內容爲大觀園中的景物「題對」有關,不過,這也顯示出對聯在章回小說中的表現,不僅限於回目,在內文中也有其表現的空間。

　　對聯之所以廣泛地出現在中國人日常生活的各種場合、地點以及各個應用層面,除了基於審美與實用的價值觀之外,它更直接與中國古代知識份子養成過程中,啓蒙教育的「作對子」訓練離不開關係。中國的讀書人,自小開卷即誦讀《三字經》、《千字文》、《笠翁對韻》、《聲律啓蒙》等童蒙書籍,而這些書籍多以對偶句的形式排列,在熟讀這些書籍之後,塾師們即訓練其「作對」的能力,以奠定在參加科舉考試,面對試律詩、試律賦、試八股文時,寫作對偶的基本功。我們可以說所有的讀書人都必定經歷過此「作對」階段,也都具備此一基本能力,同時,「作對」也成爲考驗其能力的試金石。上文所舉到溫庭筠與李商隱、唐宣宗之間的「作對」,即表現出溫庭筠臨機「作對」的功力。「作對子」所表現出來的形式是對偶,有人出上對,就有人應下對,它不受時間、場合、地點、字數等限制,隨時隨地都可以來上一「對」。

文人雅士，良友相聚、遊覽山水，一時興起，口出成對，落筆即成爲對聯。
這是因爲他們都具備「作對」這種寫作對聯的能力。對聯的廣泛被運用，也
同樣受到「作對」不受時空限制的特性影響，任何環境下都可見到對聯的出
現，甚至於章回小說的回目，不必一定以對聯的形式呈現，卻因爲作者、或
編修者都是文士，在「作對」的習慣下，也表現出對聯的形式。因此，可見
「作對」與對聯運用上普遍廣泛之間的關係，致爲密切。

　　對聯是中國文學中獨特的一種文體，它既是對偶，又是「獨立成篇」的
文學體制，從現存的資料來看，唐代即已出現對聯。

　　而一般論對聯平仄者，由於其本身對於對偶的認識不清楚，又受到近體
詩「律對」的影響，嚴格地要求對聯平仄，反而使得讀者無法全面瞭解對聯
的平仄。事實上，對聯的平仄就是對偶的平仄。對偶有合於「律」的「律對」
與不合於「律」的「古對」，所以，對聯也有「古對」與「律對」之分。對聯
嚴格講究平仄，無疑地，是片面的說法。

　　對聯已普遍廣泛地深入我們的日常生活中，它可以「楹聯」、「門聯」的
具體形式出現，也可以捲軸幛布的形式呈現，甚至不拘形式，隨時隨地都可
以出現對聯。小說回目所表現出來的對聯，更顯示出對聯表現的自由程度，
可以與其他文體相結合，而不減損其「獨立成篇」的特質。

第六章　結　論

　　本文從對偶本身出發，對於其起源定義、發展、分類以及其在文體中的表現等方面，作了一個比較全面而有系統的探討，總結爲以下幾點：

　　第一、從對偶的起源及定義來看，對偶主要源自於我國文字「獨體」、「單音」的特性以及二元對應和諧的民族思維，中國文學中的對偶之所以能跨越文體，歷久不衰，主要也是因爲這兩個基本因素，再配合其他如「聯想」、「審美」等因素，對偶得以在中國文學之形成並得到高度發展。而中國文字「單音」的特質，更造就對偶在聲律上，出現「古對」與「律對」的差別，這是歷來討論對偶定義者，甚少留心注意到的部分。「律對」是在唐代近體詩格律成熟之後，在「律聯」基礎上出現的對偶，講究字面意義與平仄聲律的雙重相對；「古對」則不要求平仄聲律，僅著重在意義、句法與詞性上的相對。

　　第二、對偶的發展過程，本文以其聲律上的衍變爲觀察重點，縱向將先秦至清代，大致區分爲四個階段：

　　第一個階段是從先秦到兩漢的「古對」時期。這段時期，對偶的使用歷經「自然爲對」到「刻意用對」的過程，其中的關鍵在於《楚辭》。先秦散文中已有相當數量的對偶句，但《楚辭》中大量使用對偶的比例卻是先秦作品中最高的，而且屈原還連續使用幾組對偶與隔句對在同一篇作品中，這都是刻意用對的結果。楚辭之後的漢賦，在使用對偶上更踵事增華，變本加厲，對偶也成爲漢賦形式上的重要特徵。不過，在這個階段，由於尚未有聲律的觀念，文學中的對偶都是意義相對的「古對」。

　　第二個階段是「古對」到「律對」的過渡時期，以魏晉六朝爲主。在這個階段，永明聲律說的興起與純文學觀念的建立，是對偶從「古對」過渡到

「律對」的重要影響。聲律說提出「前有浮聲，後須切響」、「一簡之內，音韻悉異；兩句之間，角徵不同」的人為刻意的聲調安排，使得文人嘗試在對偶中運用刻意安排的人為聲調來達到音律協諧的目的，促使對偶從「古對」朝「律對」的方向發展，然而此時對偶的聲律，仍屬於實驗嘗試階段，尚未形成固定的規律。漢魏以來，純文學觀念的建立，使得追求文學形式美的意識得以確立，對於文學中「麗」的追求，其實也就是對於對偶儷辭的追求。這一個時期是對偶發展的最佳環境，既有聲律說的出現，引發對偶在質上的改變，又有最適合對偶發展的文學溫床。

　　第三個階段是「律對」時期，以唐宋兩代為主。在聲律說的推波助瀾之下，唐代近體詩的格律終於完成。作為近體詩格律之一的對偶，在「律聯」的聲律規範下，成為標準的「律對」，也完成對偶從「古對」到「律對」的演變過程。此階段駢文中的對偶，由於駢文句式以四六句為主，再加上聲律的規範，已大部分講求平仄相對的要求，雖其規格不似「律對」嚴謹，然而也促使「律對」成為此時對偶的主流。不過，真正使得「律對」成為對偶主流，則是由於科舉考試的影響。唐宋科舉考試，進士科例考試律詩、試律賦。律詩、律賦本來就講究聲律與對偶，在試律詩中的對偶自然是「律對」，而試律賦中的對偶，雖然不像律詩中的「律對」那麼嚴格，但是在律賦要求聲律的條件下，也有其一定的規律可循，亦可視為「律對」。「考試領導流行」，試律詩、試律賦既然都要求「律對」，那麼參加科舉考試的考生們，當然必須具備寫作「律對」的能力，「律對」也就成為此時對偶的主流。這並不意味「古對」在此時即銷聲匿跡，只是相對於「律對」而言，「古對」是弱勢的。

　　第四個階段是「古/律對並重」時期，以明清為主。明清以來，科舉考試進士科，除了試律詩、試律賦之外，又加考四書文（即「八股文」）。四書文中的「股對」，只講究意義上的相對，對於字數、聲律並不盡然要求一致與相對，因此「股對」即為「古對」。與唐宋科舉考試的考生一樣，在「考試領導流行」下，明清考生既要具備寫作「律對」的能力，又要具備寫作「古對」（「股對」）的能力，「古對」、「律對」同時並重於此時期。

　　第三、以對偶的分類而言，從劉勰的「四對」說提出之後，唐代上官儀的「六對」、「八對」到《文鏡秘府論》的「廿九種對」，每個人的分類標準均非一致，有從內容分類的，也有從形式分類的，但也顯示對於對偶分類的多角度觀察。「廿九種對」反映了唐人的對偶分類觀，同時也代表對偶的分類已

臻於完備。後世的對偶分類之說，大致上都以「廿九種對」爲基礎，加以變化。其他諸如以對偶字數、對偶出現位置等作爲分類標準者，對於對偶本身而言，並無太大意義，縱使其分類數量頗爲龐大，亦失之過繁。本文對於對偶的分類，則傾向以內容與形式兩方面作基本分類，如此對於因爲分類角度的不一致，而產生的各種對偶，以及後世衍生出來爲數眾多的對偶名目，將可有效地予以區別開來。

第四、對偶在文體中的運用，本文從三方面觀察所得如下：

其一、是對偶在「特定文體」中的運用，以賦體、連珠、駢文、近體詩以及四書文爲對象。這些文體都是規定必須使用對偶，沒有對偶則不足以稱其名。對偶在這些文體中，隨著文體的個別特徵的不同而有不同的形式或特徵，如賦體中騷體賦有含「兮」字的對偶、律賦中的對偶則以「律對」與隔句對爲主；連珠中的對偶則以隔句對爲主要的表現；駢文中的對偶，除了以四六言句式爲主之外，亦講究平仄的相對；近體詩中，對偶以五、七言句式爲主，且均爲「律對」；四書文的對偶，則不拘於聲律與字數，對偶篇幅往往相當大。

其二、是對偶在其他體裁中的表現。一般文體並不要求對偶，對偶在此類文體中往往是一種修辭的需要，如散文、古體詩、甚至於小說及其回目中都可以見到對偶的存在。對偶在這些文體中的出現，顯示對偶普遍氾濫到各種文體，不僅僅是在「特定文體」中必然可見而已。

其三，是獨樹一幟的對聯。對聯即是對偶，但對聯又是「單獨成篇」的文體。就如同對偶有「古對」與「律對」之分一樣，對聯也有古、律對，一般談論對聯格律者並未瞭解到此點，往往以律詩格律規範對聯聲律，其實不盡然是正確的。再則，對聯的表現相當廣泛，既可以楹聯形式出現，亦可有捲軸幛不形式，甚至不拘形式，如口頭作對子，或是融入其他文體之中，顯示對聯的無所不在、無處不可使用的特性。

對偶是中國文學獨有的特色，它不僅是一種文學修辭手法，也是文體格律之一，更可以獨立成爲一種文體，甚至它已成爲文化中的一環，根深蒂固地氾濫於中國人日常生活的周遭。本論文從對偶本身出發，對於中國文學中的對偶形式，作了有系統的敘述與討論，相信對於此一議題，已得到相當程度的認知與理解。

主要參考書目

一、古　籍

1. 《楚辭補註》，〔漢〕王逸章句，〔清〕洪興祖補註，台北：藝文印書館，1981 年。

2. 《文選》，〔梁〕蕭統編，〔唐〕李善注，上海古籍出版社，1994 年 12 月。

3. 《文心雕龍今譯》，〔梁〕劉勰撰，周振甫著，北京：中華書局，2005 年 6 月

4. 《文鏡祕府論校注》，（日）弘法大師撰、王利器校注，台北：貫雅文化事業有限公司，1991 年 12 月。

5. 《四書集註》，〔宋〕朱熹集註，台北：世界書局，1957 年。

6. 《文苑英華》，〔宋〕李昉等編，文淵閣四庫全書本，台北：台灣商務印書館，1986 年。

7. 《漢魏六朝百三家文集》，〔明〕張溥輯，台北：文津出版社，1979 年 8 月。

8. 《四六法海》，〔明〕王志堅編，文淵閣四庫全書本，台北：台灣商務印書館，1986 年。

9. 《十三經注疏》，〔清〕阮元校，台北：大化書局，1981 年。

10. 《莊子集釋》，〔清〕郭慶藩集釋，台北：貫雅文化，1992 年。

11. 《六朝文絜》，〔清〕許槤編，四部備要本，北京：華夏出版社，1999 年 7 月。

12. 《全唐詩》，〔清〕彭定球等編，北京：中華書局，1960 年。

13. 《全唐文》，〔清〕董誥等編，北京：北京圖學文化傳播公司，商務印書館出版，光碟版，2006 年。

14. 《欽定四書文》，〔清〕方苞編，文淵閣四庫全書本，台北：台灣商務印書館，1986年。

15. 《古文辭類纂評注》，〔清〕姚鼐編，吳孟復、蔣立甫主編評注，安徽教育出版社，2004年6月。

16. 《登科記考補正》，〔清〕徐松撰，孟二冬補正，北京燕山出版社，2003年7月。

17. 《老子今註今釋》，陳鼓應註釋，台北：台灣商務印書館，1992年。

18. 《全漢賦》，費振剛、胡雙寶、宗明華輯校，北京大學出版社，1993年4月。

19. 《先秦漢魏晉南北朝詩》，逯欽立輯校，台北：木鐸出版社，1988年7月。

二、近人專著

對偶專著部分

1. 《中國唯美文學之對偶藝術》，張仁青、李月啓著，台北：明文書局，1991年7月。

2. 《中國文學的對句藝術》，古田敬一著，李淼譯，台北：祺齡出版社，1994年。

3. 《詩文批評中的對偶範疇》，張思齊著，台北：文津出版社，1995年9月。

4. 《對偶辭格》，朱承平著，長沙：嶽麓書社，2003.年9月。

散文部分

1. 《中國散文概論》，方孝岳著，《中國文學八論》，台北泰順書局，1971年9月。

2. 《中國散文史》，陳柱著，台灣商務印書館，1991年3月。

3. 《中國散文史》，劉一沾、石旭紅著，台北：文津出版社，1995年6月。

辭賦部份

1. 《賦史大要》，鈴木虎雄著，殷石臞譯，地平線出版社，1975年7月。

2. 《賦學》，張正體、張婷婷著，台灣學生書局，1982年8月。

3. 《齊梁麗辭衡論》，陳松雄著，文史哲出版社，1986年1月。

4. 《辭賦流變史》，李曰剛著，文津出版社，1987年2月。

5. 《漢賦通義》，姜書閣，齊魯書社，1989年10月

6. 《賦學概論》，曹明綱著，上海古籍出版社，年月

7. 《辭賦通論》，葉幼明著，湖南教育出版社，1991年5月。

8. 《中國辭賦發展史》，郭維森、許結著，江蘇教育出版社，1996 年 8 月。

9. 《賦史》，馬積高著，上海古籍出版社，1998 年 9 月。

10. 《賦與駢文》，簡宗梧著，台灣書店，1998 年 10 月

11. 《六朝駢賦研究》，黃水雲著，文津出版社，1999 年 10 月。

12. 《律賦論稿》，尹占華著，巴蜀書社，2001 年。

駢文部分

1. 《中國駢文發展史》，張仁青著，台北：台灣中華書局，1970 年 5 月。

2. 《中國駢文概論》，瞿兌之著，《中國文學八論》劉麟生主編，台北：泰順書局，1971 年 9 月。

3. 《駢文學》，張仁青著，台北：文史哲出版社，1984 年 3 月。

4. 《駢文史論》，姜書閣著，人民文學出版社，1986 年。

5. 《六朝駢文聲律探微》，廖志強著，台北：天工書局，1991 年 7 月。

6. 《中國駢文史》，劉麟生著，北京：東方出版社，1996 年 3 月。

7. 《六朝駢文形式及其文化意蘊》，鍾濤著，北京：東方出版社，1997 年 6 月。

詩詞部分

1. 《實用詞譜》，蕭繼宗著，中華叢書編審委員會印行，1970 年 3 月。

2. 《作詞十法疏證》，任中敏疏證，台北：西南書局，1972 年 2 月。

3. 《詩詞曲作法》，王力著，宏業書局，1985 年 3 月。

4. 《中國詩歌原理》，（日）松浦友久著，孫昌武、鄭天剛譯，洪業文化事業有限公司，1993 年 5 月。

5. 《全唐五代詩格校考》，張伯偉編撰，陝西人民教育出版社，1996 年 7 月。

6. 《古典詩的形式結構》，張夢機著，駝峰出版社，1997 年 7 月

7. 《近體詩創作理論》，許清雲著，洪業文化事業有限公司，1997 年

8. 《中國詩律學》，葉桂桐著，文津出版社，1998 年 1 月。

四書文部分

1. 《清代八股文》，鄭雲鄉著，北京：中國人民大學出版社，1994 年 3 月。

2. 《說八股》，啟功、張中行、金克木等著，北京：中華書局，1994 年

3. 《八股文小史》，盧前著，附於《中國駢文史》劉麟生（北京：東方出版社，1996.3）

4. 《八股文概說》，王凱符著，北京：中華書局，2002 年。

對聯部分

1. 《楹聯叢編》，廣文書局編，台北：廣文書局，1981 年。
2. 《中國楹聯大辭典》，裴國昌主編，江蘇科學技術出版社，1991 年 1 月。
3. 《楹聯全話》，梁章鉅著，江蘇：江蘇廣陵古籍刻印社，1994 年 10 月。
4. 《名聯觀止》（上、下），梁羽生著，台北：台灣古籍出版社，1996 年。
5. 《對聯格律、對聯譜》，余德泉著，長沙：嶽麓書社出版，1999 年 1 月。
6. 《古今楹聯大觀》，陳香著，台北：國家出版社，2000 年。
7. 《中國對聯庫》，朱恪超、李文鄭、梁紅、張豪編，中州古籍出版社，2002 年 9 月。
8. 《對聯寫作規則》，奉騰蛟著，長沙：嶽麓書社出版，2006 年 9 月

其 他

1. 《修辭學》，黃慶萱著，三民書店，2002 年 10 月。
2. 《詩歌修辭學》，古遠清、孫光萱著，五南圖書出版有限公司，1997 年 6 月。
3. 《中國古代詩歌句法理論發展》，王德明著，桂林：廣西師範大學出版社，2000 年 12 月。
4. 《唐詩的魅力》，高友工、梅祖麟著，李世耀譯，上海：上海古籍出版社，1989 年 11 月。
5. 《文心雕龍註》，范文瀾註，北京：人民文學出版社，1998 年。
6. 《唐代科舉與文學》，傅璇琮著，文史哲出版社，1994 年。
7. 《文心雕龍札記》，黃侃撰，上海古籍出版社，2000 年 11 月。
8. 《詩賦合論稿》，鄺健行著，江蘇古籍出版社，2002 年 4 月。
9. 《中國文學批評史》，羅根澤編著，台灣商務印書館，1996 年 4 月。

三、期刊論文及學位論文

1. 〈對偶句法與駢文〉，許世瑛，《大陸雜誌》第 1 卷第 6 期，頁 18～20，1950 年 9 月。
2. 〈舊詩對仗的研究（上）〉，張正體，《中華詩學》第 11 卷第 2 期，頁 29～33，1974 年 8 月。
3. 〈舊詩對仗的研究（下）〉，張正體，《中華詩學》第 11 卷第 3 期，頁 24～27，1974 年 9 月。
4. 〈杜詩中的對偶〉，林春蘭，《中國語文》第 60 卷第 4 期，頁 68～74，1987 年 4 月。

5. 〈鮑照詩中的對偶句〉，唐海濤，《中華文化復興月刊》第 21 卷第 3 期，頁 73～75，1988 年 3 月。

6. 〈詩歌對仗之美〉，黃永武，《中華文化復興月刊》第 21 卷第 11 期，頁 24～28，1988 年 11 月。

7. 〈康樂詩的藝術均衡美——以對偶句爲例〉，林文月，《台大中文學報》第 4 期，頁 53～80，1991 年 6 月。

8. 〈景尹師論律詩之章法與對仗理論及其實踐〉，陳新雄，《國文學報》第 22 期，頁 229～250，1993 年 6 月。

9. 〈律詩試釋〉，李師立信，《六朝隋唐文學研討會論文集》，中正大學主編，1994 年，頁 1～10。

10. 〈對偶新探——以永嘉四靈詩爲例〉，陳萬成，《漢學研究》第 13 卷第 1 期，頁 223～237，1995 年 6 月。

11. 〈駢文考源及其相關問題〉，李師立信，南京大學主辦，「魏晉南北朝文學國際研討會」抽印本，1995 年 11 月。

12. 〈論六朝詩之賦化〉，李師立信，《第三屆中國詩學會議論文集》，彰化師範大學中國文學系編印，1996 年。

13. 〈論雜律〉，李師立信，《第三屆中國唐代文化學術研討會論文集》，政治大學中國文學系編印，1997 年，頁 197～208。

14. 〈杜甫律詩對仗的語式變異〉，韓曉光，《杜甫研究學刊》1997 年第 4 期，頁 24～29，1997 年。

15. 〈《東籬樂府》對偶句的同義詞分析〉，周碧香，《語文教育通訊》第 15 期，頁 25～33，1997 年 12 月。

16. 〈唐人詩文集之集結體例〉，李師立信，《傳統文學的現代詮釋》，東海大學中國文學系編，文史哲出版社出版，1998 年，頁 95～112。

17. 〈王力《漢語詩律學》商榷〉，李師立信，《「山鳥下聽事，簷花落酒中。」——唐代文學論叢》，國立中正大學中國文學系主編，頁 365～396，1998 年。

18. 〈融入生活中的「對偶」修辭〉，黃麗貞，《中國現代文學理論》第 10 期，頁 184～204，1998 年 6 月。

19. 〈《東籬樂府》對偶句的語言風格〉，周碧香，《國立編譯館館訊》第 27 卷第 1 期，頁 185～201，1998 年 6 月。

20. 〈讀「文心雕龍、麗辭」篇〉，何宗德，《輔大中研所學刊》第 8 期，頁 239～251，1998 年 9 月。

21. 〈再論雜律〉，李師立信，東吳大學主辦，「唐代文化學術研討會」抽印本，1999 年。

22. 〈論中國韻文學格律的發展〉，許子漢，《東華人文學報》第一期，頁 165

～182，1999 年 7 月。

23. 〈清代律賦對偶論〉，詹杭倫，《中國古典文學研究》第 6 期，頁 109～122，2001 年 11 月。

24. 〈謝朓詩對偶之應用〉，楊寶季，《中國語文》第 93 卷第 3 期，頁 66～74，2003 年 9 月。

25. 〈謝靈運山水詩的駢儷藝術發微〉，蔡盈任，《東方人文學誌》第 3 卷第 4 期，頁 13～28，2004 年 12 月。

26. 〈律詩對偶法則新探〉，傅武光，《國文天地》第 21 卷第 2 期，頁 57～61，2005 年 7 月。

27. 《明代前期八股文形構研究》，鄭邦鎮撰，台灣大學中文研究所博士論文，民國 75 年。